お金に困って侯爵令息の期間限定で夜の相手をすることになりましたが

水のすみれ

eR
eロマンス ロイヤル

ノルベルト・オーギュラス
王国一の貿易商でもある侯爵家の令息。粗暴で口も悪いが、容姿端麗でスタイルも良く、社交界でその名を知らぬものはいない有名人。幼馴染の王太子とは気が置けない仲で、気安い振る舞いも許されている。世の女性からは人気だが、いまだに婚約者もおらず、女性には興味がないのではとの噂も。言い寄って来る女性たちに対する態度は冷たく、それゆえ恐れられている面がある。
レジーナ・エマーソン
クラヴァー男爵家のダッドリーと婚約していたが、実家の伯爵家が多額の借金を背負ったことから婚約破棄される。家族思いの性格で家のためお金を稼ごうと街をさまよい出会った侯爵家夫人のドルアに、嫡男ノルベルトの夜の相手を持ちかけられる。伯爵家の実子ではなく、傍系の縁戚の娘だったが、実の両親に売られそうになったところを助けられたという辛い過去がある。

CHARACTERS

For a limited time, I will be the sexual partner of the son of a marquis.

ダッドリー・クラヴァー

レジーナと婚約していた男爵家嫡男。成り上がりの男爵家で、ひけらかすように大ぶりなダイヤの指輪や派手な装飾のジャケットを着ている。幼い頃よりなんでも手に入れてきた結果、思い通りにならないレジーナに常に辛く当たっていた。とある夜会でアメリアに出会い一目惚れをし、レジーナとの婚約を破棄する。

ジークハルト・ラス・ド・ビアモンテ

ノルベルトと幼馴染の王太子。眩いほどの整った風貌に加え、穏和で優雅で品があり、洗練された振る舞いから、ノルベルトとは違う層の女性人気が高い。幼い頃から勉学も剣術も優秀で人柄も良く、優等生とされているが、実はしたたかで腹黒い面も持つ。ノルベルトの不器用な恋をこっそり見守っており、陰で手助けをする友人思いの面も。腹黒同士として侯爵夫人とは、有益な情報を交換したりしている。

ドルア・オーギュラス

オーギュラス侯爵家夫人でノルベルトの母親。侯爵家を切り盛りする豪胆な性格で、一向に相手を作ろうとしない息子を憂い、あれこれと相手を強制的に送り込んで来た。常に喧嘩腰 のノルベルトとのやりとりを楽しんでいる節がある。言動がやや強引なところがあるが、誰に対しても公平で着飾ることなく思いやりに溢れている。

アメリア・スタントン

ダッドリーに近づいてきた侯爵令嬢。人の目を惹く華やかで可愛らしい顔立ちと、豊満な胸で男性たちを魅了し、ダッドリーがレジーナと婚約破棄をするきかっけとなった。

CONTENTS

For a limited time, I will be the sexual partner of the son of a marquis.

プロローグ

足音を一切響かせないふかふかなカーペットの上をゆっくりと歩きながら、レジーナはフードの下からそっと辺りを窺《うかが》った。

外国の個展で話題になった絵画や調度品が所々に飾られ、廊下の窓は朱色のカーテンで閉ざされている。落ち着きのある邸宅なのに一目で富裕層だと分かるのは、目の前を歩く侍女を見ても明白だった。

燭台《しょくだい》を持つ彼女はただの侍女にすぎないが、身に纏《まと》う上質な素材のドレスは色目こそ落ち着いたグリーンだが、新品のようで汚れひとつない。サラサラの長い髪は一つに編み込まれ、佇《たたず》まいも厳格な貴族の出身と言われても驚かないそれだった。

「こちらでございます」

侍女は扉の前で足を止める。レジーナはその重厚な扉を見上げてごくりと唾《つば》を呑《の》んだ。

「では、私は失礼致します」

「……ありがとうございました」

手渡された燭台を受け取ったレジーナは、ここまで案内してくれたことにフードを押さえながらも礼を告げる。彼女は「いいえ」と生真面目《きまじめ》な返事を残して去っていった。

レジーナは大きく息を吸い、ふうと吐き出した。

「……とうとう、この時が来てしまったわね……」

燭台を持つ手がかたかたと震えていた。その手をもう片方の手でぎゅっと押さえ付け、レジーナは覚悟を決めて扉を見据える。そして取っ手に手を掛けると、ゆっくりと扉を開いた。

「っ……！」

だが目にした光景に、レジーナは決めたばかりの覚悟も忘れて戸惑《とまど》った。

そこは応接間だった。テーブルに向かい合うように長いソファーが置かれ、その奥に一人掛けのソファーがある。そこに、〝彼〟はいた。

「誰だ」

低く唸《うな》るような声。

こちらを〝見てもいない〟その一声で圧倒されたレジーナは、萎縮《いしゅく》してその場から動けなくなった。

「またあのクソババアが寄越してきたんだろうが、誰が来ようとどうこうするつもりはない」

怖い。彼の声は棘《とげ》のある鋭く冷ややかなものだった。

「殺されたくなければ今すぐ出て行け」

ぶるりと背中に悪寒が走る。震える手から力が抜けて思わず燭台を落としそうになる。なんとか握り直し、テーブルの上に置く。

「……何とか言ったらどうだ」

そう言った彼が俯《うつむ》いていた顔を上げた。

その目元には白い布が巻かれ、両手と両足は銀の鎖《くさり》でソファーに固定されていた。

(侯爵《こうしゃく》夫人の仰《おっしゃ》っていた安全対策はしてあるというのは、こういうことだったのね……)

しずしずと近付いたレジーナの気配に気付いた男は、威嚇《いかく》する野犬のように声を荒らげ牙を剥《む》いた。

「っ貴様!」

「すみません!」

レジーナが口を開くと、彼は驚いたように動きを止めた。

「先に謝罪いたします。ですが……、私にはもう、他に道はないのです」

フードを下ろしたレジーナは、真っ黒な外套《がいとう》を脱ぐと長いソファーの背凭《せもた》れに掛けた。露《あらわ》になった体には下着としては頼りないシースルーのシュミーズ一枚を纏っているだけだった。

「ご理解くださいとは申しません。……全てが終わった後でしたら、殺されても構いません」

「……お前……」

戸惑いながらも何かを言おうとした男より早くレジーナは彼に近づき、着ているシャツのボタンを一つずつ外していく。

「でも今だけは、どうか……お許しください」

その願いが通じたかのように、男は抵抗しなかった。

レジーナがこの提案を受けたのは今からちょうど一週間前のことだった。

第一章　彼に初めて抱かれた夜

「レジーナ・エマーソン！　今日でお前との婚約は破棄《はき》させてもらう！」

全てのきっかけは、婚約中だったグラヴァー家が主催した夜会の最中に告げられた最悪な言葉だった。

突然の事態にレジーナは呆然《ぼうぜん》とした。

「………………え、……あの、それは、……」

婚約者ダッドリーの宣告になんとか返事をしようとしたが、頭の中が真っ白で何も言葉が出てこない。

周囲の人々は遠巻きにひそひそと話し、扇子《せんす》の陰でくすくすと笑う声だけが聞こえてきた。

「エマーソン伯爵《はくしゃく》がまた借金をしたそうじゃないか？　グラヴァー家がどれほど援助してやったと思ってる？　さらには助けてもらった身分だというのにお前は我が家で大した努力もしなかった。ダンスも刺繍《ししゅう》も社交も何一つ満足にできず、お母さんは未《いま》だに家計も任せられないと言っていたぞ！」

（お父様がまた借金？　それに、努力しなかったって……）

婚約破棄されないよう、自分なりに努力を重ねてきたつもりだった。婚約者の機嫌を損ねることのないよう、言われたことには黙って忠実に従っていた。

「他所《よそ》の男に気に入られようと尻尾《しっぽ》を振って追いかけたり、何でも分かっているふりをして見栄《みえ》を張ろうとしたり、これまでお前の愚行《ぐこう》に目を瞑《つむ》ってきたがもう限界だ！」

あまりにも大声で言うものだから、ホールに集まっていたほとんどの人が声を潜めて事の顚末《てんまつ》を見守っていた。

いや、婚約破棄という格好のネタを見逃さないようにしているのだろう。

「ダッドリー様、それは……困ります……」

「私も困るんだよ。もう新しい婚約者となる女性を迎える準備をしている最中だから。お前より可愛くスタイルもよくて、愛嬌《あいきょう》もある」

（新しい婚約者って……。それじゃあ私は……お父様とお母様は……？）

真っ青な顔で自分たちの行く先を案じていたレジーナは、婚約者がすぐ側《そば》まで来ていたことにも気付かなかった。

ぽんと肩に手が載りはっとする。すれ違いざまにダッドリーはほくそ笑んでいた。

「それにお前は体の関係も毎度拒みやがって。お前のような奴《やつ》、俺以外の誰が相手をしてくれると思ってんだ？　身の程を知れ。貧乏ネズミが。今日中に家に帰れよ」

周囲の同情や嘲笑《ちょうしょう》、好奇の視線に耐えきれず逃げるように会場を飛び出したレジーナは、どうにか馬車に乗って実家のエマーソン伯爵邸に戻ってきた。

花嫁修業として半年ほど前からグラヴァー男爵家《だんしゃくけ》で暮らしていたレジーナにとっては久しぶりの我が家だ。だが門番はおらず、屋敷に入ってからも侍従や侍女とも誰一人すれ違わなかったし、何より不自然なほど家財がなかった。

「家財をあれだけ売ったのに借金の足しの半分にもならなかったわ」

声のする部屋の前で足を止める。

照明器具もないのか真っ暗な部屋に、蠟燭《ろうそく》を灯《とも》した炎だけが見えた。

「仕方ない。この家も売るしか……」

「そんな！　お義母様《かあさま》からこの家だけは決して手放してはならないと生前、遺言を受けたではありませんか！」

「そんなこと言っても……、もう他に売れるものなど残っていないじゃないか。グラヴァー男爵にもこれ以上の資金援助は断られて、婚約も……もう維持できないと……」

「そんな……！」

暗がりの中で肩を落とす母親の背中を、父親がそっと撫《な》でている。

「すまない。これからは田舎《いなか》でひっそりと暮らそう。レジーナには私から話すから」

「うっ……うづっ……」

レジーナは息を潜め両手で口を覆《おお》うと、ずるずるとその場に座り込んだ。

（全部本当のことだったんだわ……）

一年前、父親であるバーナードは流行《はや》りの投資に手を出して失敗し、エマーソン伯爵家は多額の借金を背負った。それを救ったのが、娘であるレジーナの婚約だった。

婚約を持ちかけてきたグラヴァー男爵家は、国に金を納めて爵位を買った新興貴族だった。そのため古参の貴族たちとは折り合いが悪く、名のある貴族を親族に欲しかったようで、歴史だけは長いエマーソン伯爵家が借金を抱えたと知るやいなや、この時とばかりに婚約を持ちかけて、対価として資金援助を申し出た。

一人娘を政略結婚の犠牲《ぎせい》にしたくなかったエマーソン伯爵夫妻はその申し出に躊躇《ためら》ったが、レジーナは自らの意思で婚約を受け入れた。それ以来、夫となるであろうダッドリー・グラヴァーの〝望む姿〟であろうと努力し続けてきた。

「そんな……っ、レジーナはグラヴァー家のご子息にあれほど懐《なつ》いていたのに……。それに、デビュタントを目前に……こんなことって……」

母はとうとうその場に崩れ落ち、嘆《なげ》き悲しんだ。

先日十八歳を迎えたレジーナは成人の祝いを男爵家で盛大に開くはずだった。

「私たちだけでもお祝いしてやろう。大丈夫。その日くらいはご馳走《ちそう》を用意するさ」

家の中を空っぽにして侍女たちを解雇《かいこ》するほど資金繰りに苦しんでいたのに、グラヴァー男爵家にいたレジーナには何も知らされていなかった。

もし打ち明けてくれていれば、些細《ささい》なことでも協力したのに。一瞬でもそう考えたレジーナだったが、蝶《ちょう》よ花よと育てられ労働のろの字も知らない自分に、何ができるのかとすぐにもう一人の自分が囁《ささや》いた。

(これほど頼りない娘だから、私には何も言えなかったんだわ……)

泣き崩れる母と、その背中を撫でながら、必死に慰《なぐさ》める父。二人の声を聞いていられず、レジーナはのそのそと立ち上がるとおぼつかない足取りでその場を離れた。

外はすっかり日が暮れていて、梟《ふくろう》の鳴き声が聞こえてきた。

馬車は返してしまった。伯爵家は王都にあるため大通りにはすぐに出られたが、店は既に閉まり人もまばらだった。

本当に婚約を破棄されてしまったのか。もう一度金銭援助を申し出ることはできないのか。もしくは他に、今すぐにお金を借りられるような場所があれば。

ふと、お茶会で同年代の令嬢が言っていた言葉が思い浮かんだ。

『娼婦《しょうふ》って案外稼《かせ》げるらしいわよ。うちの小間使いから聞いたんだけど、王宮勤めの文官や騎士団の人たちも通ってくるらしいから、気に入られれば一夜で大金を貰《もら》えることもあるらしいわ』

『王都の東にある裏通り。あそこは娼館が建ち並ぶ通りだから行ってはいけないわ。話の通じないタチの悪い男たちがいっぱいいるのだから』

明かりのないショーケースに映った自分の姿を見やる。地味な小豆色《あずきいろ》の長い髪、同じ色の瞳、目だけはくりくりしているが、他に目立った特徴のない平凡な顔。外出を控えていたため色は白い方だが、胸があるわけでも色気があるわけでもない。

そんな自分でも相手にしてもらえるのだろうか。そんな一抹《いちまつ》の不安が頭を過《よぎ》ったが、他に大金を手にできる方法も思い付かない。

(東通りは……向こう、よね)

レジーナはくるりと踵《きびす》を返した。

薄暗い夜道など歩いたことのないレジーナは、人影やぼそぼそと話す声を聞くだけで怯《おび》えていた。周囲を窺《うかが》いながらどうにか人のいない道を進み、そろそろ東通りに着いたかしらと思っていた時だった。

「うわあ、綺麗《きれい》な姉ちゃんだねえ」

「ひゃっ!?」

肩にがっしり腕が回ってきて、レジーナは飛び上がった。

頭髪の薄いひょろひょろな中年の男は、目が据わっていて顔は赤らんでいた。開いた口から漂《ただよ》う酒の臭《にお》いにレジーナは顔を歪《ゆが》める。

「おい聞いたか今の声。可愛いなあ、処女か？」

「まさか。ここいらには娼婦しかいねえぞ」

もう一人、ワインの瓶《びん》を持って直飲《じかの》みしていた男も同じように酒に酔っているようで、真っ赤な顔で地面から立ち上がると、しゃっくりをしながらよたよたと近寄ってくる。

「つ、や、やめてください！」

どうにか肩の手を退《ど》けたが、もう一人の男の手が伸びてきてレジーナの顎《あご》を摑《つか》んで引き寄せた。

「へえ、存外可愛いじゃん。綺麗な顔。こんなとこにいるのは勿体無《もったいな》いな。没落貴族か何かか？」

「肉付きはよくないが反応が初心《うぶ》でそそられるな。俺たちと遊ぼうぜ」

ニタニタ笑う男たちの口元を見れば歯はまばらで、薄汚れた衣類のせいか悪臭《あくしゅう》もした。そんな彼らの体中を舐《な》め回すような視線にゾッとして、レジーナは摑んできた男をどんと突き飛ばすと逃げるように走り出していた。

「あっ！　おい！」

「待て！」

息を切らしながら足場の悪い道をどうにか走り抜ける。背後を振り返りながら走っていたレジーナは前方を見ておらず、前を向いた瞬間、顔面から何かにぶつかった。

「つんぶっ」

感触からして壁ではなさそうだった。慌《あわ》てて見上げたレジーナは目を見開いた。凛々《りり》しく顔立ちの整った、見たことのないほど美しい老婦人がいたからだった。

「見つけたぞ！」

「おい！　せっかく見つけた獲物《えもの》を逃がすもんか！」

「あっ……、す、すみませんでした！」

思わず見惚《みと》れていたレジーナだったが、すぐ近くに男たちの姿が迫り、逃げなければと女性の横を通り過ぎようとした。

だが、通り過ぎる直前に、女性の肩にひょいと抱えられる。

「!?!?」

「あ!?」

「てめえ!!」

男たちは威勢よく女性を睨《にら》み付ける。

「やれ」

「はい」

だが女性の一声でどこに隠れていたのか護衛たちが集まってくると、男たちの顔が一気に青ざめる。女性はそれを見届けることなく、身を翻《ひるがえ》すとレジーナを背負ったまま表通りへ向かった。

「……あ、あの」

「何だ」

「お、下ろしてください……」

女性が屈《かが》んだことで地面に足がついたレジーナは、安堵《あんど》のあまり息を吐いた。

「乗りなさい」

「はい？」

目の前には家紋のない馬車があり、横からは女性に肩をがっしりと摑まれる。口元には笑みが浮かんでいたが、その目には有無《うむ》を言わせぬ圧があった。

「は、はい」

（えっ、ゆ、誘拐《ゆうかい》……!?）

そんな考えが一瞬頭を過るも、抵抗して乱暴されるのが怖くて素直に従った。中は広く案外ゆったりしていて、座席は馬車の揺れが気にならないほど柔らかかった。

「あんなところで何をしていたんだ」

向かいに座った女性が御者のいる方をノックすると、馬車が走り出した。彼女のスカイブルーの瞳がレジーナに向けられる。

「あ……その……」

「どう見ても貴族の令嬢のようだが、あそこは娼館が建ち並ぶ通りだ。分かるか？　娼婦という、金で女を買う男の相手をする――」

「っ分かっています」

自分にも言い聞かせるように、レジーナはもう一度言った。

「……分かっています。そのために行ったのです」

「何だ、男どもに乱暴に扱われたいのか？」

レジーナは走り回って裾の汚れてしまったドレスをぎゅっと握り締める。

「……お金が、必要なんです……」

「両親に売られでもしたのか」

「そんなことをする人たちではありません！　あの場に行ったのは……私の、意思です」

両親を侮辱《ぶじょく》されたようでムキになって言い返したのは、レジーナにとっては親であると共に恩人でもあったからだった。

元々レジーナはエマーソン伯爵家の実の子ではなく、傍系の貴族の子どもだった。けれど実の両親が金に困り、まだ四歳だったレジーナを売ろうとし、人身売買が行われそうだったところを助けてくれたのが今の両親であるエマーソン伯爵夫妻だった。

その後実の両親は流行病《はやりやまい》で亡くなり、実の子のように愛情を込めて育ててくれたエマーソン伯爵夫妻の事をレジーナは本当の親のように思っている。だから心のどこかで、今の貴族としての恵まれた暮らしはエマーソン伯爵夫妻のお陰だという強い思いがあった。

借金返済のために婚約話を受けたのも、その恩返しのためだった。

（〝家族〟の助けになりたかった。それなのに……）

「……そんなに金が欲しいのか」

「はい……」

「金貨千枚」

「……はい？」

きょとんとした顔のレジーナに、女はふっと口元を緩めた。

「それを払うと言ったら？」

「……え、……あの……」

唐突な話に目をぱちくりさせていると、女は噴き出して笑い声を上げた。先ほどの陰湿な男たちのものとは違い、からっとした笑顔だった。

「嘘《うそ》ではない。報酬《ほうしゅう》は五千枚としよう。それとは別に千枚を一週間後に払う」

レジーナはあまりの金額に目を見開いた。

「ですが、一体何をすれば……」

「簡単だ。やることは娼館と同じ、男の相手をするだけ。報酬はその対価だ。だが娼館と違って不特定多数の男を相手にするわけではなく一人の男だし、見てくれはそれほど悪くはない。それからその期間の衣食住は約束する」

「そ、……それなら……」

指を折って好条件を示した女性は、食い付いたレジーナにニヤリと笑った。

「ただし、一週間は毎晩その男と寝床を共にしてもらう。昼間は免除しよう。だが避妊《ひにん》はなしだ。私が望むのはその男の血筋を残すこと。つまりは子どもだ」

「えっ……」

（子ども……って、赤ちゃんの事……だよね……？）

「も、もし……私が妊娠しなかったら……」

「それならそれで構わない。次の女を用意するだけだからな。約束通り報酬は支払う」

レジーナはほっと胸を撫で下ろした。

今はとにかく、お金が必要だった。

「やります！」

声を張ったレジーナに女はこれまた愉快《ゆかい》そうに口を歪めた。

馬車が止まり、レジーナは窓の外を覗《のぞ》いた。話に気を取られて門を通過していたことにも気が付かなかったらしい。自分の家とは比べ物にならない広大な屋敷を見上げ、レジーナは戸惑《とまど》いの声を上げた。

「……あの、ここは……」

「オーギュラス侯爵家《こうしゃくけ》だ」

「えっ……！」

レジーナがぎょっとすると、女性は笑みを深めた。

「改めて、オーギュラス侯爵家のドルア・オーギュラスだ。よろしく」

ドルアに差し出された手を、レジーナはすぐには握れなかった。

その後裏口からこっそりと通された部屋で、ドルアはすらすらと契約書を書いていった。

「……あの、私がお相手する男性というのは……」

「息子《むすこ》のノルベルトだ」

（やっぱり……）

ノルベルト・オーギュラス。

彼は社交界でその名を知らない者はいないほどの有名人だった。

外務大臣を務め自身も国内最大の貿易商を営むオーギュラス侯爵。その侯爵家の一人息子という立場に加えて、体術や剣術にも優れていて王家から騎士団への勧誘があったのを何度も断っているらしい。家督《かとく》を継がなくて済むのならば、今頃幼馴染《おさななじ》みで仲のいい王太子殿下《おうたいしでんか》の近衛《このえ》騎士だったであろうとも言われていた。

すらりとした長身と引き締まった体軀《たいく》に加えて容姿端麗。金を溶かしたようなプラチナゴールドの髪に透明感のある水色の瞳、均整のとれた美しい顔。二十歳《はたち》という年頃にも拘《かか》わらず婚約者がいないこともあり、夜会のたびに令嬢たちは虎視眈々《こしたんたん》と彼を狙っていた。そんな彼は常に女性に囲まれていたが、当の本人は女性には興味がないという噂《うわさ》で、どんな美女の誘いもにべもなく断っていたという。

「女性には興味がないと聞いたことがあるのですが……」

「さあ。あいつの興味までは知らないな。私は我が侯爵家の血筋が途絶えなければそれでいい」

(なるほど。少しだけ分かってきたわ)

息子のノルベルトが男にしか興味がなく、跡取り息子が欲しい侯爵夫人は誰でもいいから女と子どもを作ってほしいわけだ。

(子どもなんて、考えたこともなかったけれど……)

「ほら、よく読んでサインしろ」

渡された契約書はほぼ説明を受けた通りだった。一週間の行為後に報酬は渡すが、妊娠検査のためにその後三ヶ月は侯爵家の領地で過ごすこと、その後に残りの報酬の五千枚を支払うこと、仮に妊娠が発覚した場合は出産までその地で過ごすこと。

それから、レジーナが望まなければ素性は明かさなくてもいいと記されていた。

「……私が誰なのか、説明しなくてもいいのですか？」

「奴には目隠しをさせる。令嬢が望まなければ外さなくてもいいし、名乗る必要もない」

素性を隠して娼婦の真似事《まねごと》をすれば大金が手に入る。今のレジーナにとってこれほど都合のいい話はない。子どものことも深く考えずすらすらと署名をすると、ドルアはレジーナが躊躇《ためら》う前に契約書を即座に回収した。

「では改めてよろしく。レジーナ」

にこやかに差し出された手を、レジーナはぎこちなく取った。

「は、はい。侯爵夫人」

「そうだ。これを見ておくといい」

「何でしょう？」

渡された雑誌を開いたレジーナは顔から火が出そうになった。

描かれていたのは妙に生々しい裸体の男女だった。立っている男が向かい合う女の太腿《ふともも》を抱えるように持ち上げ、男の肉棒が女の下腹部に入っている画。直視できずページをめくると、膝《ひざ》をついた足を大きく開いた女の後ろに同じ体勢をした男が重なり、女の腕を摑んで下半身を絡《から》める、こちらも直視できない画。ページにはご丁寧に説明書きまである。

慌てて雑誌を閉じドルアを見やると、彼女は分かっていたようににやにやとしていた。

「男を相手にするということがどういうことか、挿絵《さしえ》で学んでおけ」

「そっ、そういう事は男性に任せておくものだと聞いております……！」

「あいつには抵抗できないよう措置を取るつもりだ。まあ一種の安全対策でもあるがな。だからレジーナが誘惑して、その挿絵の通りのことをしなければならない」

それから一週間、レジーナは何度も恥ずかしい思いをしながら、今後行うであろう行為を挿絵で学んだのだった。

◆　◆　◆

（男性をその気にさせるためには……、まず……）

レジーナはノルベルトの足の上に跨《また》がった。ズボン越しに柔肌を感じたノルベルトの肩がピクリと跳《は》ねる。

「な……何をしてる」

抵抗できない人を襲うのはとても申し訳ないが、レジーナも対価をもらうためには仕事をしなければならない。

指先で筋肉のついた凹凸《おうとつ》のある体をなぞると、ノルベルトの体が震えた。

「やめろ」

「ごめんなさい……。怖い、ですか？」

「は？」

やや怪訝《けげん》そうな声になり、レジーナは首を傾《かし》げた。

「私も、怖いので……少し、分かります」

初めては痛いと聞く。当然したこともないので分からないが、そんな痛い思いを進んでしようとはならない。逃げられるのなら今すぐ逃げ出したい。

けれど悲痛な両親の声を思い出し、そんな甘いことを言っていられる状況ではないと自らを奮い立たせる。

全ては二人のため。自分が一週間我慢《がまん》すれば、それで済むのだと。

怖いならやめろ、とでも言われるかと覚悟していたが、ノルベルトはやや間を置いて柔らかな声で尋ねてきた。

「……あのクソババアに命令されてこんなことをしてるのか」

「命令では、ありません」

「脅《おど》されてんなら……」

「違います」

首筋に触れると、ノルベルトは声を詰まらせた。自分より二回りほど太い首の喉仏《のどぼとけ》が上下した。

「もう……この話はおやめください」

レジーナの吐息がノルベルトの首筋を掠《かす》める。体ばかりを見つめて彼女は気付いていなかったが、ノルベルトの耳は真っ赤に染まっていた。

「おかしいだろ……。……なんで……」

次に何をするかに頭を巡らせていたレジーナには、ノルベルトの悩ましげな声は届いていなかっ

た。

レジーナの指先が胸筋をなぞり、主張し始めた胸の先端に辿《たど》り着く。そこを触るだけで、ノルベルトが再び震える。

（摘《つま》んだり、食べたりするといいのよね……？）

「うっ……！」

試しに指で挟んでみると、思いの外ノルベルトが大きな声で呻《うめ》いた。レジーナが驚いて固まっていると、ノルベルトは顔を背《そむ》ける。

「やめろ……」

痛かったかしら。そう思い優しめにもう一度摘んでみると、今度は声を我慢したのかびくりと体が反応していた。

先端に顔を近づけそっと口付ける。

「っ!?　は!?　なっ……！」

はむと咥《くわ》えて舌で舐めると、ノルベルトが悶《もだ》える。

「っやめてくれ……」

「っひゃっ！」

前に倒れ込みそうになっていたノルベルトから不意に耳元で囁かれ、レジーナは耳を押さえ彼の上から飛び退《の》く。自分でも驚くくらいに心臓がバクバクしていた。

（今……何が起こったの？）

自分の体とは思えない、初めてのことに戸惑いを隠せない。耳元で囁かれただけで体がぞわりとした。とはいっても、先日娼館の通りで酔っ払いに絡まれた時の嫌悪感を抱くようなぞわりとはまた違う。体の奥からぞくぞくとするような、どちらかといえば快感に近いそれだった。

(薬の効果が出始めたのかしら……)

この部屋に来る前に、レジーナは媚薬《びやく》入りだという紅茶を飲まされていた。初めては痛いから紛《まぎ》らわすのにちょうどいいのだという。レジーナはどうにか気持ちを落ち着かせようと胸を押さえる。

ノルベルトは一瞬何に驚いたのか理解できなかったようだが、すぐにそれがレジーナの耳元で話したせいだと気が付いたらしい。

「……耳、弱かったのか」

「い、いえ……そういうわけでは……」

恥ずかしくなってそれきり動けずにいると、ノルベルトの方から語りかけてきた。

「続き、しないのか？」

「え……？　あ……」

そう、本来の目的はまだ果たせていない。何ならまだ序盤である。

続きを、しなければ。そう思うのに、混乱した頭は何も考えられない。

(えっと、次に、何をすればいいんだったかしら……？)

色々雑誌で見て男を喜ばせる技を学んだはずなのに、今のことですっかり抜け落ちてしまった。覚えているのは、衝撃的だった最後のところだけ。

「…………」

屈んだレジーナの指先が割れた腹筋を伝ってさらに下へと降りていく。はちきれんばかりに膨《ふく》らんでいたそこが、びくりと揺れ動いた。

「……おい」

ボタンを外し前を寛《くつろ》げると、ノルベルトの声に余裕がなくなってきた。

「ちょっと待て」

嫌がるノルベルトの腰が引けて浮き、逆にトラウザーズを下ろしやすくなる。反り立ったモノが勢いよく跳ねて彼の腹筋にぺちんと当たった。

「つ……！！」

「つ〜〜」

男性のそんなところを見るのはもちろん初めてで、誰が見ているわけでもないというのにレジーナは恥ずかしくてたまらなくて、目を逸《そ》らし気味にちらちらと見つめた。

蠟燭だけが頼りの暗い部屋で見たそれは、レジーナの腕ほどあるのではと疑うほど太く雄々《おお》しく、びきびきと血管が浮き立っていた。

「あんまり見るな……」

「あっ、す、すみません……」

視界を塞《ふさ》がれていようと、黙り込んでいればこちらが何をしているか気付いてしまうのだろう。

(同じことをされたら、私だって嫌だから……)

レジーナは見物をやめて手を伸ばし、それにちょんと指先で触れてみる。するとそれはまるで生き物であるかのようにびくっと震えた。

(これを、私の中に……？　本当に入るのかしら……)

驚きと恐怖、そして少しの期待に体が疼《うず》いた。

レジーナは再びノルベルトに跨がり、腰を浮かせる。

「っ何して……!?」

シュミーズ一枚のレジーナは下半身は何も穿《は》いていなかった。媚薬のせいかそこは少しばかり潤《うる》んでいて、レジーナは反り立つものにそこを押し当てた。

「だって、これを……その……い、入れるのですよね……？」

「すぐに入るわけないだろ！」

「で、ですがその……、その前にやることを忘れてしまって……媚薬も飲みましたし……」

位置が合っているのかも分からないが腰を下ろそうとすると、それを受け入れるのを抵抗するかのように全く入らない。それどころかじわじわとそこが痛んできた。

「っそんなものを飲んだのか!?　いいからやめろ！　そのままじゃ痛いだけだ！」

「で、でも……」

「一度降りろ！」

言われた通り諦《あきら》めて離れて腰を下ろすと、上から呆《あき》れたような溜息《ためいき》が落ちてきた。

「ご、ごめんなさい……」

強く言われたレジーナは縮み上がり、どうしたらいいのかと途方に暮れる。無理矢理襲おうとした上に失敗しているようでは、何をしにきたのか分からない。

「いや、怒ってるわけじゃないが……。その……本気で、するつもりなのか」

最後の確認なんだろうか。躊躇いがちに尋ねられ、レジーナはおずおずと頷《うなず》いた。

「はい……」

「……テーブルに鍵《かぎ》があるはずだ」

「鍵？」

背後のテーブルを振り返ると、薄暗くて気づかなかったが確かに鍵が置かれていた。

「ありました」

「腕の錠《じょう》を解いてくれ」

「……それは……」

「先に体を慣らさないと、痛くて入るものも入らないぞ」

確かに彼の言う通り、押し込もうとしても痛みが増すだけで本当に入るのか疑うほどだった。

（少しは乗り気になってくださった、ということでいいのかな……）

そもそも、男がどうしたら感じるのかも雑誌で学んだだけで、実際にノルベルトがそういう気分になっているのか、レジーナにはちっとも分からなかった。そんな彼が自ら進んでことに及ぼうとしているなら、任せてしまってもいいのではないだろうか。

「……分かりました」

今日失敗しても最悪あと六日はある。そう判断したレジーナは鍵を差し入れる。ガチャっと音がして、解放された手首を何度かさすったノルベルトは、見えないからだろう、遠慮がちに腕を伸ばしてくる。その両手が探すようにレジーナの肩に触れ、今度はレジーナがびくりと震えた。

何をされるのか、そうドキドキしながら見守っていると、その手は肩をなぞり、レジーナの背中に回った。

「っ……」

逞《たくま》しい腕は硬く熱く、レジーナのものとはまるで違った。

「服、着てなかったのか？」

「シュミーズだけ、です……」

レジーナがそれ以上何も言わないでいると、腕の力が徐々に強くなりノルベルトの体にぴったりとくっつくほど引き寄せられた。硬い筋肉質な体で、蒸気が出るのではと思うほど熱い。

男性との初めての抱擁《ほうよう》に、レジーナは息をするのも忘れて固まっていた。大きなノルベルトと比べてレジーナはすっぽりと包みこめてしまうほど華奢《きゃしゃ》だった。

「小さい……。細いんだな……」

「そんなことは……」

呟《つぶや》くように囁かれて、レジーナの顔は真っ赤だった。幸いなのは、そんな顔が彼の胸に埋まって隠れていることだった。

「目隠しを外してもいいか」

「え……」

そう言ってノルベルトの手が目隠しに触れる。それが動く瞬間、レジーナは彼の手を押さえ付けていた。

「っだ、ダメです！」

「なんで」

「それはっ……は、恥ずかしいので……」

「俺の全てを見ておいて？」

ぐうの音も出ないとはこのことで、レジーナは頬《ほお》を染めて言葉を詰まらせる。顔が見えていたら今頃恥ずかしさのあまり逃げ帰っていたかもしれない。

「……じゃあ、名前は？」

「え？　な、名前も……内緒です」

名乗らなくてもいいと契約書にあったことを思い出して答えると、目元に重ねていた手を取られて指を絡められる。

「手も小さいんだな」

驚いて身動きできずにいると、その指がにぎにぎとレジーナの指を握り、動いていた。

「あ、あの……もういいでしょうか」

妙に恥ずかしくて、レジーナは慌ててその手を引く。さっきから、胸の辺りがざわざわしていた。

「その……慣らす、ため……ですよね？」

「……分かってる」

背中に回っていた手にぐっと引き寄せられ、ノルベルトの吐息が首筋に掛かる。芯から体が震えるような、中を掻《か》き乱されるような感覚が湧いた。

先ほど自分は平然と同じことをしていたが、される方はこんな気持ちだったのかと今更ながら理解した。

ちゅっと首筋に口付けると、ノルベルトは何度も何度も繰り返す。

「つ、は、ん……ひゃっ」

熱い吐息が肌を掠め、そこを滑らかな舌が這《は》った。肩を震わせたレジーナの反応にノルベルトは、楽しむようにふっと笑った。

「可愛いな」

「つな……なにを……！」

ノルベルトの両手がレジーナの腕を伝《つた》い上に滑っていく。やがて首までやって来ると、レジーナの顔をそっと両手で包み込み、頬の感触を確かめるようにふにふにと触られた。何だかくすぐったくて笑いそうになっていると、そのまま顔を向き合わされ、彼の顔が迫ってきた。

「つん……」

すんでのところで、レジーナは彼の口元を両手で覆って止める。

「き、キスはダメで、っひゃ！」

レジーナの手の指の隙間を熱い舌が掠める。

「何で」

その声は初めに聞いたときのようにやや低く不機嫌そうだった。

「そ、その……初めてのキスは、好きになった人とって決めているので……」

「……ふうん」

理解してもらえただろうか。そう思いながら手を離すと、後頭部をぐいと引き寄せられ額に口付けられた。

驚いて額を押さえながら見ると、形のよい唇の端が上がっていた。

「ここならいいだろ」

「……ま、まあ……」

不思議な気分だった。好きでも何でもない人に口付けられて、どこか嬉《うれ》しく思う自分がいた。

「キスは初めてなのか」

「……はい」

太腿をなぞるノルベルトの長い指が、シュミーズの下から入ってくる。既に布越しに胸の先端がつんと立っていた。

「こういうことは？」

「つきゃ……」

大きな手で誰にも触れさせたことのない乳房を掴まれ、レジーナは悲鳴にも似た声を上げた。

「は、初めてに決まっています！」

「そうか……」

安堵したように聞こえたのは気のせいだろうか。そう思っていると彼の指がレジーナのたわわなそれを揉《も》みしだいた。

「つん……」

「意外と大きいんだな」

「つあ……！」

彼にしたように胸の先端を指で摘まれ、なんとも言えない感覚に身を捩《よじ》る。吸い寄せられるように近づいてきたノルベルトの唇がそれを咥えた。

「つあ、あ……っ」

熱い舌先が弄《もてあそ》ぶようにコロコロと転がす。媚薬のせいかお腹《なか》の奥の方が疼いてしようがなくて、レジーナは太腿を擦《こす》り合わせた。

お腹から下りていったノルベルトの手が陰毛に触れ、指先がさらに奥へと進み、疼くそこをなぞる。

「っひゃ……！」

「こんなに濡《ぬ》れてたんだな……」

嬉しそうに呟いたノルベルトは、そのまま蜜壺《みつつぼ》に指を差し込んでいく。

「あ、ああ……ダメ……、んんっ」

太い指が浅く出入りすると、それまで以上の快感がレジーナを襲った。

「慣らすように言ってきたくせに？」

「それはっ……あ、ああっ……」

痺《しび》れと僅《わず》かな痛み。それを覚えさせるように、指先が何度も抜き差しを繰り返し、肉を掻き分けて奥へと進んでいく。

その間ももう片方の手はレジーナの胸を揉み、熱い舌が先端を貪《むさぼ》った。

「つん、や、っあっ」

卑猥《ひわい》な水音を掻き消すようにレジーナから漏《も》れる声も大きくなっていった。

痛みはとうに消え、上と下に与えられる快感に体が喜びを覚え始めていた。

それを見破ったように指先が前腹の内壁を擦る。その瞬間、レジーナは強烈な快感に襲われた。

「あっ、だ、めっ……」

「……いいのか」

迫ってくる何かに身を委《ゆだ》ねてしまいたいのに、抵抗したがる自分もいた。そこには、まるで自分が自分でなくなってしまうような、そんな恐怖があった。

「やっ……も、もうっ、ん」

目の前がチカチカしてぎゅっと目を瞑る。すると感覚が研《と》ぎ澄まされて、余計にぞくぞくした。レジーナの腰を抱き彼女の喘《あえ》ぎ声《ごえ》を聞きながらノルベルトは熱い吐息を溢《こぼ》した。

それが胸を掠め、レジーナの興奮はよりいっそう高まる。

次の瞬間、レジーナの快感は頂点に達した。

「つあ、あ――!」

ビクビク震えながら背中を反らしたレジーナをノルベルトはそっと抱きしめる。そのままふっと力が抜けて彼の胸に倒れ込んだ。

「あ、っ……」

未《いま》だ痙攣《けいれん》する秘所から指を出されて、自分のものとは思えないような甘い声が漏れた。

「……大丈夫か?」

「ん、は、はい……」

息を切らすレジーナの頭を撫でると、ノルベルトはぎゅっと抱きしめて、そっと髪に口付けを落とす。

それがまるで愛されているような錯覚を起こし、指を抜かれたばかりのそこが再び疼いた。

「……やっぱり呼びたい」

「……え？」

「名前」

些《いささ》か早口な彼は興奮しているのか、レジーナの首筋に口付けを落とすと続け様に甘噛《あまが》みした。

「つひゃぁっ、な、何……！」

驚いてそこを押さえながら見上げると、ノルベルトの顔が目の前にあった。弓なりの形のいい眉、シャープな顎のライン、傷ひとつないきめ細やかな肌をした、鼻筋の通った美しい顔立ちだった。

今この目隠しを外してしまったら、見つめ合うことなんて恥ずかしくてできない気がした。

「俺はノルベルトだ」

「あ……私は……」

本名を言うわけにもいかない。一週間だけの関係だし、誰かの耳に入っては外聞が悪い。

「……れ、……リナ、リナです」

「……リナ……」

小さく呟いてノルベルトはレジーナを強く抱きしめた。

「リナ……」

まるで愛《いと》おしい人を呼ぶような声に聞こえて、胸の奥が震えてきゅっと締め付けられた。

それと同時に、ずきりとそこが痛む。

こんなに素敵な人を偽名を用いてまで騙《だま》して襲おうとするなんて、本当はよくないことなのだと。

「……本当に覚悟はできているのか？」

「はい」

「……痛かったらちゃんと言えよ」

「……はい」

体を起こしたノルベルトは、レジーナの腰を摑むと前屈みになって己の屹立《きつりつ》を押し当てる。探すように彼が動かしたそれがぐじゅぐじゅになったレジーナの蜜壺に触れると、レジーナは今更ながら恐怖が込み上げてきた。思わずノルベルトのシャツを握り締めると、その思いを悟ったかのように頰に口付けられた。たまたま目の前にあったのが頰だったのだろう。

驚いて見やるとそれで気を紛らわしたつもりだったのか、屹立が蜜を絡めるようになぞって前後した。ぬちゅ、ぬちゅと、水音が立ち、先ほどの快感を再び思い出した体が、それを求めるように腰を寄せていく。

「リナ」

「はい……」

「俺の名前も呼んでくれないか」

こう言うとき名前を呼び合うものなのか、例の雑誌には何も書かれていなかった。

「……ノルベルト様」

「様は付けなくていい」

「でも……」

「敬語もやめろ」

相手は格上の侯爵家で、令嬢たちがこぞって渇望《かつぼう》する、レジーナにとっていわば雲の上のような存在。そんな人のことを気安く呼び捨てになどできるはずがない。

不意に彼が顔を上げる。見えていないはずなのに、布越しに目が合っている気がして、レジーナは思わず目を逸らした。

「……リナ」

「……ノルベルト、様」

「リナ……」

「む、無理です呼び捨てなんて……」

そう抵抗すると、ノルベルトは少し怒ったようにいきなりぐいと中に入ってきた。

「つあ……、ん……っ」

「つ……きついな……」

肉を引き裂き奥へ奥へと行こうとする熱の質量に、レジーナは耐えきれず目尻に涙が浮かんだ。浅く息を漏らすレジーナの異変に気付いたノルベルトはぴたりと動きを止めると、レジーナの背に腕を回し引き寄せる。

「背中に腕を回すといい。爪を立ててもかまわないから」

優しい声に促《うなが》されるように背中に手を回す。温かな彼の熱に安心したのも束の間、凶器とも思われるようなモノがレジーナの奥へと入り込んでいき、物凄《ものすご》い圧迫感に体が引き裂かれる気がした。ノルベルトにしがみついていると、何を思ったのかノルベルトもレジーナを包み込むようにぎゅうと強く抱きしめ返してきた。

「リナ……」

密着したことでより深く入り込んでくる。熱くて硬い、自分のものではないものが、自分の中にあった。

「ん、あ……ノルベルト様……」

「全部入った……。……少し、動くぞ」

切羽詰《せっぱ》まったように言ったノルベルトがゆっくりと動き出す。下から押し上げてくる反動でレジーナの体も跳ね、浅い出し入れが繰り返された。

「つ、う、ぁ、っ……」

感じたことのないその感覚にレジーナはノルベルトの背中に爪を立てて耐える。それを受け入れるようにノルベルトはレジーナの頭を撫でた。

「リナ……痛くないか……？」

ノルベルトの吐息が耳に掛かり、擦られるところが疼いた。

「ふっ、ん……は、いっ……っあっ」

そう返事をすると、ぐっと奥を貫かれて、レジーナは再び目がチカチカした。それまでの穏やかな出し入れから一転、レジーナの細い腰を掴んだノルベルトは容赦なくレジーナの中を蹂躙《じゅうりん》し始めた。

息をする間もなく突かれ、レジーナの喉から掠れ声が漏れた。

「ふ……待っ、て……」

体に力が入らず、レジーナはされるがままだった。

「つぅ……、んっ……」

痛みは最初だけだった。ノルベルトが奥に奥にと入り込んでくるたび、レジーナの理性は崩壊していった。水音が響き渡り、ぱちんぱちんと肌がぶつかり合う。

まるで獣の交尾のように激しく野蛮なそれが貴族らしからぬ姿ではと分かっているのに、その羞恥心《しゅうちしん》と背徳感が余計にレジーナの興奮を高めていた。

「やっ……」

再び迫りくる波に抗《あらが》うように、レジーナは腰を浮かせる。

「逃げるな、リナ」

耳元で囁かれ、疼くそこが離さないと言わんばかりにきゅうきゅうと彼を締め付ける。

「っ……あ、ぅ……」

下から腰を打ち付けられ中を擦られるたび、まるで初めてではないように蜜が溢《あふ》れてくる。既に快感を知った体は、心とは裏腹に彼を奥まで受け入れつつあった。

「やっ、……っいや、また、っ」

「っイくのか？」

その意味が分からなかったレジーナは問いかけようとしたが、彼はその間もがんがん腰を動かし続け、すぐにレジーナに絶頂が押し寄せてきた。

「っだめ、だめ、……っ――」

体の奥から痙攣したレジーナは力が抜けたようにがくっとノルベルトの肩にもたれかかる。中がビクビクしている間、待ってくれているかのように骨張った手がレジーナの頭を撫でた。やがて落ち着いてくると、レジーナはふわふわした感覚に浸ってそのまま眠りそうになってしまう。

「……っふぇ……!?」

ところが動きを止めていたノルベルトが、すぐにまた下から激しく突き上げてきた。

レジーナは体を起こす気力もなくノルベルトの肩に寄りかかったままだが、先ほどの快感を思い出し、体がまた彼を喜んで受け入れていく。

「待っ、て……もっ……む、り、です……」

今横になったらぐっすり眠れるほど疲れてしまったのに、ノルベルトはレジーナを抱いて離そうとしなかった。

「俺はまだイってないぞ」

「そん、なっ……」

「そのために、来たんじゃ……ないのか」

ノルベルトは汗でへばりついた髪を払う。互いの体も既に汗ばみ肌がぺたぺたとくっついた。

再び内側の壁を擦り付けられ、レジーナは堪《こら》えきれず甘い声を上げた。それに気づいたように、ノルベルトはそこばかりを狙って突いてくる。

「ぁ、……ぅ、待っ、て……」

「……リナ……っ」

ノルベルトもまた呻くと、熱を引き抜き、そして一気に奥まで貫いた。

「あっ……！」

快感漬けにされた体はすぐに絶頂に追いやられる。何度かそれをされて体は陸に打ち上げられた魚のようにビクビクと震えて、あっという間にレジーナは再び果ててしまった。

「くっ……」

苦しげに息を吐いたノルベルトがぐっと深く入ってくる。そこに熱いものが放たれるのを感じて、レジーナは今度こそぐったりとノルベルトに体を預けた。

太腿からガクガクと痙攣し、とうに声は嗄《か》れて疲労も眠気もピークに達していた。

「……終わりまし――やっ、」

安堵したのも束の間、再び腰を打ちつけられる。

「っ……、終わった、はず、じゃあ……!?」

確かに精を放たれた感じがあったのに、ノルベルトは律動《りつどう》を繰り返す。

「一回で、終われるわけ、ないだろっ」

「そん、な……っ」

その晩レジーナは、いつまでも彼の腕から離してもらえなかった。

第二章

求めていた彼女を抱いた夜

心地好《よ》い夢を見た。遠くから眺《なが》めていただけの人が手が届く距離にいて、彼女の小豆色《あずきいろ》の瞳と目が合った気がした。

「はっ――」

普段は重くてなかなか上がらない瞼《まぶた》がその日はぱっと開いた。朝日の眩《まぶ》しさに目を細め手をかざすと、手首には昨夜錠《じょう》の拘束《こうそく》から逃れようと暴れてできたであろう痣《あざ》が残っていた。

「……夢、じゃ……なかった……？」

未《いま》だに信じられない思いのノルベルトはしばし呆然《ぼうぜん》としていた。

『すみません！』

たったその一言で、〝彼女〟だと分かった。夜会で姿を見ないように気をつけていても、耳が求めるように拾っていた彼女の声だったから。

（……だが、なんで……）

体にはシーツが掛けられていたものの衣類は乱れたままだった。足の錠が外れていたので立ち上がり服を直すと、ノルベルトは廊下に続く扉を開けた。

「お目覚めでしょうか、お坊ちゃま」

「……サイモン」

そこには朝に弱いノルベルトを毎朝起こしに来る執事のサイモンが佇《たたず》んでいた。

「……ご入浴の準備が整っております。まずは浴室へどうぞ」

「……彼女はどこだ」

ややきつい口調になったが、ノルベルトが生まれた時から側《そば》に仕えるサイモンはそれさえも喜ばしいというように口元が緩んだ。

「お坊ちゃまが女性についてお訊《たず》ねになられるのは初めての事でございますね」

「質問に答えろ」

ノルベルトが目つきを鋭くさせても、サイモンはにこにこしていた。

「私からはお答えできかねます」

「っああ、そうかよ！」

そう乱暴に答え、部屋を出てずんずんと歩き出すも、「ですがまだ屋敷にはおられます」というサイモンの言葉でぴたりとノルベルトは足を止めた。

「そのような身なりでお会いになられるのですか？」

そして自分の乱れた服装を見下ろすと、部屋に引き返して浴室に向かったのだった。

入浴を済ませ出てくると、部屋のテーブルには朝食が用意されていた。

「気分じゃない」

「お坊ちゃま、一口でもお召し上がりください」

「今はそれどころじゃない」

「あのお方も、今頃同じメニューを召し上がられているはずです」

「……だったら同じ席でもいいだろ……」

どかっとテーブルに着いたノルベルトは出された朝食をぽんぽんと口に放り込んでいく。

「ちゃんと咀嚼《そしやく》を……」

「いい加減にしろ。食べろと言うから食べてやった。これでいいだろ」

口を拭いたナプキンを投げるようにテーブルに放る。立ち上がりがてらテーブルにどんと手を突いて苛立《いらだ》ちを示すノルベルトに、サイモンは眉を顰《ひそ》めた。

「食事マナーのなってない殿方《とのがた》はご令嬢には好まれませんよ」

「はっ。興味ないな」

「あのお方はとても品がおありでしたが」

まるで耳をぴんと立てた猫のようにその言葉を聞き逃さなかったノルベルトは、くるりとサイモンを振り返る。

「……見たのか」

「……ごほん。奥様のところに行かれるのでしたら、今は執務室にいらっしゃいます」

正直なところもっと詰め寄ってサイモンに全ての事情を吐かせたかったが、ノルベルトはぐっと堪《こら》えて部屋を出た。向かった先は昨夜のことを命じたであろう母親の執務室だった。

乱暴にドアを蹴《け》り開けたノルベルトを侍従たちがぎょっとした顔で振り返る。

「つお坊ちゃま、奥様の許可なくそのような……っ」

「事前にご連絡いただかないと困ります……！」

どうにか止めようと駆け寄ってきた侍従たちだったが、候爵家の次期当主でもあるノルベルトに触れて制することなどできず、ノルベルトはお構いなしに部屋の奥の執務机の前まで歩み寄る。

「おいクソババア。どういうことだ」

まるで待ち構えていたかのようにドルアは満面の笑みを浮かべ、ノルベルトを見上げてくる。その顔には愉快《ゆかい》と書いてあるようだった。

「何がだ？」

「全部に決まってるだろ！」

ドルアが手を振って人払いすると侍従たちは頭を下げて出て行き、部屋は二人きりになった。今にも母親を殴りそうなほどの剣幕のノルベルトに対し、ドルアはにやにやしながら頬杖《ほおづえ》をついたまままだ。

「彼女とは随分《ずいぶん》と楽しんだみたいじゃないか。今まで送り込んだ女を全て追い出すから、てっきり女には興味がないのかと思っていたぞ」

「……何で彼女を送り込んだ」

「何だ、知り合いなのか？」

「……」

ノルベルトは押し黙ったまま苦い顔をした。自分が一方的に彼女を知っているだけで、二人は会話を交わしたこともなかった。

「つふ、お前にもそんな顔ができるんだな」

「何がだよ」

「寂しそうな仔犬《こいぬ》みたいだったぞ」

「馬鹿にしてんのか」

「ああ」

「っち」

舌打ちしたノルベルトはばんとテーブルを叩《たた》いた。

「どこにいる」

「教えてやると思うか？」

「……もういい。人を玩具《オモチャ》みたいに揶揄《からか》って楽しむようなクソ人間と会話するくらいなら自力で探す」

挑発的なドルアの物言いに堪えきれずそう吐き捨てたノルベルトは、ひらりと身を翻《ひるがえ》した。

「やめとけ。それは契約違反だ」

「契約……？」

「そ。我が家門の血筋を残す、というな」

軽々しく放たれたその言葉に、ノルベルトの中でじわじわと理性が蝕《むしば》まれていく。

「……脅したのか」

「そんな怖い顔をするな。脅したわけじゃない。困っているようだったから、取引を持ちかけただけだ」

まるでブリザードのような冷気を漂《ただよ》わせ睨《にら》み付けるノルベルトに、ドルアはあっけらかんと笑いながら言った。

「……何を対価にしたのか知らないが、倫理観の欠片《かけら》もない人間だな。まるで娼婦《しょうふ》のような真似事《まねごと》をさせるとは」

「そういうお前はどうなんだ」

ドルアはくすりと笑い全てを見透かしたような目でノルベルトを見つめる。

「拒もうと思えばできたはずだ。あんな初心《うぶ》な子がお前のような暴れ馬を本当に襲えるはずがない。それなのにあれだけマーキングして避妊《ひにん》もせず、朝まで離さなかったのはお前の方だろ」

ノルベルトはぐっと唇を噛《か》んだ。

「……るせえ」

遠ざかるノルベルトの背中にドルアは警告を込めて言い放つ。

「探すなよ。契約違反を犯せば彼女の方からこの契約を反故《ほご》にできる。そしたらすぐにでもこの屋敷を出て行って、二度とお前の前には現れないだろうな」

「……契約期間は」

「一ヶ月だ」

バタンと扉が閉ざされると、ドルアは込み上げてくるものを堪えるかのように腹を押さえた。

「……っふふふ。っはははは……!!」

けれど堪えきれず、腹の底から笑い声を上げた。

「あー面白い。あの馬鹿息子《むすこ》があんなに焦るとはな……」

目尻の涙を拭《ぬぐ》いながら立ち上がり、隣の部屋に続く扉を開ける。仕事中毒のドルアが仮眠するための部屋に置いたベッドには、今朝《けさ》早くに侍女に起こされて移動し、朝食を済ませるなり早々に眠りに落ちたレジーナの姿があった。彼女の首から胸元にかけて、彼女が深く愛された証《あかし》の赤い花がいくつも咲いている。

「今回ばかりは王太子殿下《おうたいしでんか》の助言に助けられたようだな」

満足げに微笑《ほほえ》んだドルアは深い眠りにつく彼女を起こさないようそっと扉を閉ざした。

◆　◆　◆

ドルアの執務室を後にしたノルベルトは、ずんずんと歩を進める。頭の中で先ほど言われたばかりの言葉がこだました。

『拒もうと思えばできたはずだ。あんな初心な子がお前のような暴れ馬を本当に襲えるはずがない。それなのにあれだけマーキングして避妊もせず、朝まで離さなかったのはお前の方だろ』

その考えが浮かばなかったわけではない。

初めは拒むつもりだった。恐怖に震えながら無理に体を重ねようとする彼女をそのままにはできなかった。

腕が解放されたら彼女を抱き締めて、宥《なだ》めて、諦《あきら》めるよう説得するつもりだった。

けれど実際に抱き締めたら、そんな考えは吹き飛んだ。

遠くから見ていただけだから知らなかったのだ。彼女が腕の中に収まってしまうほど小さく、強く抱き締めれば骨が折れてしまいそうなほど弱々しくて。それでいて温かく、柔らかく、仄《ほの》かに花のような香りがする、魅惑的な存在だと。

一度抱き締めてしまえば、もう二度と離せなかった。

そのまま抱き締めているだけでも満足できた。

だが身じろぎしただけで彼女の柔らかい胸が肌を掠《かす》め、邪《よこしま》な気持ちが芽生えた。

手を握るだけ。

肌に口付けるだけ。

胸に触れるだけ。

彼女を気持ちよくさせるだけ。

次第に膨《ふく》らんでいく欲望が理性を奪い、彼女の淫《みだ》らな声を聞くだけで気持ちが昂《たかぶ》った。

ずっと目で追っていただけの彼女が、自分の腕の中で善《よ》がっている。はしたなく股《また》を開いて自分の上に跨《また》がり、蜜《みつ》が溢《あふ》れるほど自分に感じている。

そんな背徳感とも言える感情に余計に興奮して、何度もあの体を求めて貪《むさぼ》った。

どうせ一夜限りなら、彼女が忘れられなくなるほど自分を刻み込みたかった。そんな言葉にできない気持ちが溢れて、体ばかりが素直だった。

(……もう一度、会いたい)

「お坊ちゃま、くれぐれもお探しになられるのは……」

昨夜の温《ぬく》もりを思い出して寂しさを覚えたノルベルトは、何もない手をぎゅっと握り締めた。

「分かってる。それよりサイモン、彼女は……今夜も、来るのか？」

「はい」

「……調べるのはいいのか？」

「それに関しては奥様から許可が出ています」

「何でいちいち許可がいるんだかな」

ノルベルトは苛立ち混じりに溜息《ためいき》を吐《つ》いた。

「それで、何に関してお調べしましょう」

「彼女がこんなことをしている理由だ。それと……婚約者がいたはずだが、そいつが今どうなっているのか」

（あのクソほどプライドの高そうな婚約者が他の男を相手にするのを許すとは、とても思えないが……）

その男を思い出しノルベルトは無意識に歯を食いしばっていた。その男はいつだってレジーナをアクセサリーのように連れ回し、レジーナはそんな男のことを見つめ、何を言われても微笑んで頷《うなず》いていた。まるで心の底からあの男を慕っているかのように。

（彼女は今も、あの男の事が……）

「どちらの家門のご令嬢でしょうか」

分かっているくせにサイモンはわざわざそれを尋ねてくる。ノルベルトは不服そうな顔をしたが、サイモンは知らんぷりだ。

「……エマーソン伯爵家《はくしやくけ》の一人娘だ」

「かしこまりました。明日までにお調べいたします」

◆　◆　◆

彼女を初めて見たのは一年半ほど前、王都の外れにある古本屋だった。平民ばかりが行き交う通りに仕立てのよいドレスを着た令嬢は少々浮いていた。

「こんにちは、おじいさま」

「おや、また来たのかいお嬢さん。この前の海祭りの特集は気に入ってくれたかい？」

「ええ、それはそれはとても！　私は生まれてこの方海を見たことがなくて、風景画を目にして驚きましたわ。あれほど青い水が本当にあるのでしょうか？」

期待のこもったキラキラと輝く瞳はまるで少年のようで、穏やかな口調の令嬢のものとはとても思えなかった。

「もちろんだとも。私も初めて海を見た時には感嘆の声を上げたものさ。覗《のぞ》き込《こ》むと水が透けて見えるのに、遠くを見つめると見事な青色だったんだ。おまけに太陽の光が反射して眩しいくらいに光るんだ」

「まあ！　光る水だなんて……！　私もこの目で見てみたいものですわ……」

驚いた令嬢はぱちんと両手を合わせ、うっとりとした表情を浮かべている。それからも「魚も初めて見ましたの。煮込んだものであればこの辺りでも食べられるらしいので、今度食べてみようかと思っておりまして」と話を続ける。

うきうきとした令嬢が立ったまま長々と話し出したので、店主の方から「まあまあ。座ってお茶でも飲みながらにしなさい。この前も話し過ぎて足が疲れていただろう？」と促《うなが》すほどだった。

（他国の文化に興味を持つなんて珍しい令嬢だな。普通の人は自国と違うものを蔑《さげす》むものだが……）

保守的な国の中で令嬢のような女性が、ことさら外国の文化に関心があることがこの時は珍しく思えた。

ただ、それだけだった。

国内の貿易業をほとんど独占し、他国との太いパイプを持つオーギュラス侯爵家は貴族の中でも一目置かれ、その功績を讃《たた》えられ父であるオーギュラス侯爵は国の外交を任されている。

そのため家を空けることが多くなり、必然的にノルベルトの後継者教育も早まった。まだ幼いノルベルトが社交界に出ると、母親に似て整った容姿と大人にも負けない知識と饒舌《じょうぜつ》さが早熟だとウケて、それなりに顔が知られ噂《うわさ》が広まった。

「ここでノルベルト様にお会いできるなんて光栄です。この後ランチでもご一緒しませんか？」

「あら、私はオーギュラス侯爵夫人に先日お茶会にも招待していただいたんですよ？　その時ご挨拶《あいさつ》もさせていただいたのですが」

「あなたたちうるさいわよ！　伯爵令嬢の私を差し置いて出しゃばるなんて！」

ノルベルトはその顔にうるさいと表しつつも、それを口にすることさえ面倒で、すたすたと一人で先を歩いていく。その背中を令嬢たちは慌《あわ》てて追いかけた。

社交界デビューしてからというもの、嫌になるほど女が群がってきた。本能のままそれなりに遊びもしたが、一夜だけで交際や結婚を迫られるようになると面倒で相手にもしなくなった。

「あらノルベルト様、こちらのお店になさるのですか？」

ついてきた令嬢が店内を覗き、固まった。それは他の令嬢たちも同じだった。

「まあ……、あれは何です？　気持ち悪い見た目の……」

「……魚、ではありませんか？　川辺の街で見たことがあります。ですが臭《にお》いが酷《ひど》くてとても人間の食べられるようなものではありませんでしたわ」

「嫌だわ、あんなものを食べるなんて野蛮《やばん》ね」

「じゃあそんなものを食べる俺も野蛮だな」

眉を顰める令嬢たちを尻目にノルベルトは店内へと入っていく。令嬢たちは何か言い繕《つくろ》おうとしていたが、取り付く島もなかった。

どんな令嬢たちもリアクションは同じ。食べ慣れていないものに抵抗感を示す。ドレスでも、お茶でも。

外見や地位という上辺だけしか見ず、その実情を知るとその目に嫌悪や軽蔑《けいべつ》の色を濃く宿す。

「いらっしゃいませ。いつものお席でよろしいでしょうか？」

「ああ」

(国の重鎮《じゅうちん》だけでなく令嬢まで見慣れないものを拒絶する。せめて一口食ってから言え)

そう口に出さなかっただけでも自分を褒《ほ》めてやりたかった。

(あの令嬢は、珍しかったな……)

好物の塩辛い煮込み魚を平らげたノルベルトは、令嬢たちのいなくなった店のドアを出ると王都の外れに向かった。

(……いた)

いつもの古本屋の店内には腰の曲がった高齢の男と、カウンターを挟んで話し込むうら若き令嬢。彼女の側に置かれたお茶は冷めていたが、それでも疲れを知らないかのように意気揚々《いきようよう》と話していた。

「見てくださいおじいさま。南部では今このようなドレスが流行《はや》っているそうなんです」

「これは……寝巻きじゃないのか？」

「そう見えますよね！　けれどちゃんとしたドレスなのだそうですよ。コルセットもなく、生地を重ねたりもしないので、軽くて夏でも涼しいのだとか！」

相変わらず彼女の目はきらきらと輝いていて、純粋に感心する姿は物珍しく見えた。

「そんな画期的《かっきてき》なドレスがあったんだなあ」

「素晴らしいですよね、このようなドレスを考えつくなんて！　毎日のコルセットは本当にきつくて、夏場だと意識が遠のくこともありますから」

「そんなに辛《つら》いのに着る必要があるのか？」

「……本当は、毎日着るのは嫌なんです」

それまで明るい笑顔だった彼女が、ふと声を落とす。

(あんな顔もするのか……)

けれどすぐに彼女はにこりと微笑んだ。

「……でも、そういうわけにもいきませんから」

「……お嬢さんも若いのに苦労しているな」

「そんなことはありませんわ。おじいさまがこうして私の話を聞いてくださるので、毎日幸せですもの」

「お嬢さんのように国の外に目を向けられる人材はそう多くはない。お国の外交官にでもなれば、きっと活躍できるに違いないのに勿体無《もったいな》いなあ」

国に仕えるような仕事のほとんどは男性に限られており、女性は家計を切り盛りするのが役目と思われている。だからこの令嬢がどんなに知識を身につけてもそれを仕事として役立てることができないのが、店主には歯痒《はがゆ》かった。

「いいのです、おじいさま。それより、お願いしていたお魚の図鑑は届きました？」

「ああ、これだろう？」

「まあ、とても分厚いのですね！」

図鑑の中身をぺらぺらとめくった令嬢は初めて見るさまざまな魚に興味津々だった。その姿に、ノルベルトは思わずくすりと笑いをこぼした。

思わずハッとするも、周囲を見渡しても誰もこちらを見ていなかったのでほっと胸を撫《な》で下ろす。

何だか妙な感情を覚えて、その場を後にした。

それからというもの、仕事に行き詰まったり嫌なことがあったり、少しでも時間が空くと、ふらりとその古本屋の前を通るようになった。

彼女はいつだって楽しそうで、ご機嫌で、見たことのないものに夢を膨らませてはそれを店主に語りかけていた。ノルベルトはその姿を見ているだけで微笑んでしまい、いつしか癒《い》やしを感じるようにまでなっていた。

だがある日を境に、古本屋を訪れてもそこに彼女の姿は見えなくなった。翌日も、そしてその翌日も。

あまりにも覗き込んでいたからか、カウンターにいた店主がぎょっとしたように顔を上げて言った。

「何だ、お客さん。何か用かい？」

「いや……」

あの令嬢が何故《なぜ》近頃現れないのかと尋ねることは、ノルベルトの高いプライドが許さなかった。

「……静かな店だと思って」

散々躊躇《ためら》った末に、口から出て来たのはヒントを求めるような当たり障《さわ》りのない言葉だった。

「ああ。いつもはなあ、それは美しいレディが来てくれるんだがなあ」

「……もう、来ないのか？」

「もう何日も見ていないね。体調を崩したのか……。元気な子だからそんなことはないと思うがねえ」

ただの気まぐれなのか。それとも、何かあったのか。

だがそれを調べようにもその令嬢の名前も家門も知らず、唯一の手掛かりである店主にも聞けば怪しまれることは間違いなかった。

悶々《もんもん》としたまま一週間が過ぎた。

「何だ……あいつは」

夜会シーズンのある夜、ノルベルトは渋々出席した王宮の夜会で、ようやく会いたかった令嬢を目にすることができた。

小豆色の腰まである長い髪と、見慣れた横顔。それを見間違えるはずはなかった。

だが彼女の隣には男がいた。吊《つ》り上がった細い目の同じ年頃の男は、ひけらかすように大ぶりなダイヤの指輪をつけ派手な装飾のジャケットを着た、見るからにタチの悪そうな輩《やから》だった。

彼女はその男と腕を組み、優雅に微笑んでいる。

知らない男に、自分の知らない顔を向ける彼女に、ふつふつと怒りが湧いた。どうしてそんな感情を抱いているのか自分でもよく分からなかったが、拳《こぶし》に力が入っていた。

「ノルベルト、ここにいたのか」

長年の友人の声が聞こえても振り返ることができなかった。自分の中で今にも暴れ出しそうな心が、全てをぶっ壊したいと叫んでいた。

「……ノルベルト？」

友人が隣からノルベルトの顔を覗き込み、その視線の先の令嬢に目を留める。他の男が彼女に視線を向けることさえ煩《わずら》わしくて、振り向きざまにわざと友人に肩をぶつけた。

そのまま足早に大広間を抜け人気《ひとけ》のない廊下を進み、誰もいないバルコニーへ出た瞬間、ノルベルトは手に持っていたグラスを床に叩きつけた。

「つくそ!!」

激しく飛び散ったグラスの破片を、地団駄《じだんだ》を踏みながら何度も踏みつける。

「くそっ！　くそ！　くそ！　くそっ!!」

破片が粉々になる頃には、息が切れてベンチにどさっと座り込んでいた。

あの時のキラキラした瞳も天真爛漫《てんしんらんまん》な笑顔も、今日の彼女にはなかった。

ただ愛《いと》おしそうに男を見つめ、唇を閉じて淑《しと》やかに微笑んでいた。

(そういうことだ。あの女も他の女と同じ。男に媚《こび》を売って気に入られようと必死で、仲間と見せかけてライバルを蹴落とし醜《みにく》いほどの口論を始めて初めて本性が現れるに違いない)

勝手に彼女は他の女と違うのだと期待していた自分が馬鹿みたいだった。

「……アホらし……」

秋の夜風が熱くなった頭を冷やしてくれる。

(忘れよう。全部気の迷いだったんだ……)

そう決めた次の週、彼女は再び同じ男と夜会に現れた。忘れようと決めたはずなのに、彼女の姿を目にした瞬間とてつもない怒りに支配された。

目にしないよう反対方向を向いていても、聞き慣れた彼女の鈴の音色のような声を耳が拾い、離れようとしても、遠くから姿を目で追っていた。

彼女は決して〝笑わなかった〟。

楽しそうに会話に頷き、微笑みはするものの、あの古本屋で見せていたように歯が見えるほど大きく口を開けて笑うことはなかった。

淑女《しゆくじよ》としてはそれが当たり前なのだろう。

だがノルベルトは、あの時の彼女の屈託《くつたく》のない笑顔が見たかった。

「ノルベルト、最近何に苛立っているんだい？」

いつの間にか隣に来ていた友人のジークハルトがノルベルトと同じ方向を向く。ノルベルトは彼女を他の男に見られたくなくて、気を引くようにしてその場を離れる。

「……お前に関係ないだろ」

「親友に対して酷い言い草だなあ」

ジークハルトはノルベルトの誘導に従うように着いてきた。

「君が声を掛けたら令嬢はイチコロなんじゃないか」

「そういうのじゃねえよ」

「ふうん？」

だがノルベルトがいつも熱心に視線を送っている令嬢の存在に気づかないはずがなく、分かっているかのように意味深な返事をした。

それがノルベルトのプライドに障った。

「男に媚《こ》びるしか能のないような奴《やっ》らは好きじゃない」

「……いつまでもそうやって意地を張っていると、いつか本当に大事な人を失うだろうよ」

（うるせえよ……）

苛つきながらちらちらと振り返る。彼女は一歩下がって婚約者だという男に優しく微笑んでいた。

彼女に特別な感情を抱いたことはない。

ただ興味があっただけだ。他の令嬢たちが嫌悪する他国の文化にも興味を示し、口を大きく開けて楽しそうに笑う姿が珍しかった。

ただ、それだけだ。

◆　◆　◆

（それだけだった。はず、なのに……）

昨夜体を交えてから、今はただそれだけだとは言えなくなってしまった。

何度も時刻を確認しながら日中を過ごし、ようやく待ち望んだ夜がやって来た。サイモンに目で訴えられて夕飯を胃に詰め込み、食後の紅茶が出される。

一見、何の変哲もない紅茶だ。カップを手に取り、香りを確かめるも、いつも通りだった。

「また睡眠薬入りか」

向かいに座ったドルアは出された紅茶を優雅に嗜《たしな》む。その高貴な佇まいだけを見れば、まさか薬を盛った犯人だとは思わないだろう。だがノルベルトは、狡猾《こうかつ》で用意周到な母親の背中を幼い頃から見てきた。

「遅効性の媚薬《びやく》も入ってるぞ。大人しくやることをやれるなら飲まなくてもいい」

昨日夕食後に出された紅茶を飲んでから記憶が曖昧《あいまい》だったノルベルトは、やはりか、と紅茶に手を付けないままソーサーに戻す。

「彼女にいらんものを飲ませるな」

「あれがなければお前のしつこさに参って今頃この屋敷にはいなかっただろうよ」

ノルベルトはドルアを睨み付けながら席を立った。

「ああそうだ。目隠しは外すなよ。素性が知られることを恐れていた。それも契約に入ってる」

ノルベルトの頭に昨夜目隠しを外そうとした時に拒まれた出来事が過《よぎ》る。

「……破れば終わりかよ」


真っ暗な自室の応接間の椅子に腰掛けると、サイモンが錠を締めていく。

「これまだいるのか」

「あのお方のご意志で外されるまではお付けください」

「俺は猛獣か」

そう言ったノルベルトは、自分が昨夜猛獣のように彼女を襲って離さなかったことを思い出す。

サイモンも同じことを思ってかジト目でノルベルトを見上げた。

「……猛獣ですよ」

「早く出て行け」

目隠しの布を巻いたサイモンは鍵《かぎ》をテーブルの上に残し、挨拶をして出て行く。まだかまだかと待《ま》ち侘《わ》びるがなかなか彼女は現れず、ノルベルトの不安は次第に募っていった。

(やっぱり来ないとか、言わないよな……？)

昨夜執拗《しつよう》に彼女を求め過ぎてしまったことを今更後悔した、その時だった。

コンコン、と二回ノックの音がした。

来た。そう思った瞬間、心臓が飛び出しそうなほど暴れ出した。

扉の開閉の音がして衣擦《きぬず》れの音が近付いてくる。

「……こんばんは」

昨夜何度も聞いた、彼女の声だった。

その声を耳にして、ノルベルトはほっと息を吐いた。もう、来てくれないかと思っていた。

「……」

聞きたいことはたくさんあった。けれどいざ彼女を前にすると、余計な詮索《せんさく》をしてこの関係が終わってしまうことが恐くて上手《うま》く口が回らなかった。

「……体は、大丈夫か」

「あ……はい。……少しだるくて、お医者様に診《み》ていただいたのですが、日頃の運動不足が原因だろうと言われてしまいました」

「……今夜はやめておくか」

医者に診てもらって無事だったなら、問題ないだろう。そう思いつつもらしくもない気遣う言葉が出てきていた。

「いえ！　契約は、契約ですから」

〝契約〟。その二文字がずんと胸に響く。

彼女にとってノルベルトはそれだけの存在なのだと言われた気がして、高揚《こうよう》していた気分がどん底に落とされた。

「……腕のもの、外しましょうか」

「……」

レジーナはテーブルの鍵を拾うと昨夜のようにノルベルトの腕の錠を外していく。解放された途端にノルベルトは我慢《がまん》できなかったように腕を伸ばした。

「つひゃ」

思わずレジーナが手放した鍵がカーペットに落ちる。腕を背中に回して脱ぎ忘れた外套《がいとう》ごとレジーナを固く抱き締めた。

「あ、あの……、ノルベルト様……」

レジーナの首元に甘えるように顔を埋《うず》めたノルベルトの肩が、びくりと震える。

「……リナ」

「はい……」

戸惑《とまど》いがちに返事をする、その声のした方を見上げた。彼女は今、一体どんな表情をしているのだろう。ノルベルトは手を伸ばしてレジーナの顔を探し当てると、頭に被《かぶ》ったフードを下ろし、頬に触れる。その親指が唇を探し当てた。

（柔らか……）

「っ……」

堪能するように触れていると、レジーナが緊張したように唾《つば》を呑《の》み、ぎゅっと唇を結ぶ。

キスがしたい。ふに、と強く唇を押しながら、ノルベルトは欲望のまま後頭部に手を回しぐいと引き寄せる。だがレジーナにふいと横を向かれ、頬に口付ける直前でぴたりと動きを止めた。

「リナ……」

「キスは、ダメです……」

あれだけ体を交えたのに。一晩中愛し合ったのに。

彼女の〝心〟は、まるで自分に向いていない。

（やはり……。あの婚約者の事が未だに忘れられないんだな……）

一瞬だけ悲しみにおそわれるも、それはすぐに怒りの感情に変わっていく。

（それでも、彼女の初めては俺だし、今抱いているのも俺なのに……）

強く歯を噛み締めたノルベルトは再びレジーナの頭を引き寄せると、やや乱暴に耳に歯を立てた。

「つ、んっ」

そこを熱い舌で舐《な》め上げ、やがて耳の中へと入り込む。

「つあ、や、やめてくださいっ……」

レジーナは両手でノルベルトを押したがびくともしなかった。耳元で蠢《うごめ》く自分のものではない何かが全ての感覚を奪い、ダイレクトに響き渡る水音にレジーナの体の奥が疼《うず》く。

「つ、や、ノルベルト様っ……」

びくびくと体を震わせるレジーナをノルベルトは離すまいときつく抱き寄せると、唇がだめならせめてと首筋に口付けていく。

「まっ、て、……ノルベルト様っ」

既に呼吸が乱れ始めたレジーナの柔らかな声に呼ばれるたび、ノルベルトの気持ちは昂っていく。

怒りに任せて鎖骨《さこつ》に歯を立てるとレジーナはくぐもった声を上げた。

「リナ……」

顔が見たい。どんな顔で感じているのか、この目で見たい。

目隠しに触れたノルベルトの手を、レジーナの手が上から押さえつける。

「ダメです」

「リナ……！」

「ダメです！」

声を張り上げたが逆にレジーナに言い返される。

「……見られてしまえば二度とここには来られません」

けれどそう言われては、それ以上押し問答を続ける気にはならなかった。

「つくそ」

ノルベルトはレジーナの胸の膨らみを柔く摑《つか》むと、腹いせのように噛みつく。

「ひゃっ……」

飛び退《の》いたレジーナの腰に手を下ろし、外套をむしり取るようにして放り投げると、触れるところ全てに布の感触がない。

「……シュミーズは？」

「今日は何も着るなと、侯爵夫人に指示を受けまして……」

生まれたままの姿がよっぽど恥ずかしいのか、腰が引けて語尾も小さくなっていく。

(あのクソババアもたまにはいい仕事するじゃねえかよ)

「あっ……待って、くださいっ……」

胸の先端を強く吸われてレジーナは甘い息をこぼす。反対の胸もぎゅっと揉《も》まれて、レジーナは電撃が走ったように震えた。

そんなレジーナの反応を感じ取ったノルベルトは、敏感に膨れ上がった先を摘《つま》み、弄《もてあそ》ぶように周囲を撫で回す。

「ダメ……っあ……」

ノルベルトが興奮して反り立った硬いものをレジーナの下腹部に擦《こす》り付けると、レジーナは熱い吐息を漏《も》らし太腿《ふともも》をすり寄せた。

「長く待てると思うなよ」

乳房に何度も吸い付かれ、先端を優しく齧《かじ》られるたびにレジーナの下腹部が熱く疼く。背中に回された指先に背筋をなぞられ、腰が揺れるほどの快感が全身を駆け抜ける。

ノルベルトの指先が、蜜を滴《したた》らせて彼のトラウザーズまでも汚すそこに伸びる。茂みの中にある尖《とが》った膨らみに触れられ、レジーナはびくっと震えた。

「やっ……！　そこはっ……、あぁ！」

その反応を楽しむように摘んで捏《こ》ねられ、レジーナは大きな喘《あえ》ぎ声《ごえ》を上げてしまう。気づいて口を塞《ふさ》いだが、声がくぐもったことに気づくとノルベルトはその手を引き剥《は》がした。

「声くらい聞かせろ」

「でもっ、んっ……」

さらに奥に指を滑らせると、そこは泉のように蜜が湧いて出ていた。

「もうこんなになってんだな」

「違っ……」

「また媚薬飲んだのか」

「……っぁ……」

媚薬を飲んでいるとはいえ、自分の手でこうも濡《ぬ》れたのだと思うと、レジーナに受け入れられたようで嬉《うれ》しくてつい口元が緩む。

恥じらうレジーナが何も言えないでいると、肯定ととらえたノルベルトはその中に指を滑らせてきた。

「つん……っ」

熱く、狭くうねるそこに、昨日自分は入っていた。誰も入ったことのない、彼女の中に。

早く挿《い》れたいと思いながらも、痛みを感じさせないようゆっくりと指を上下させる。

「つんあ……っ、や……」

だがすぐ耳元で女の声で啼《な》かれると、今すぐにでも突っ込みたいほど気が昂る。煽《あお》られるようにノルベルトの指先の動きも速まっていき、中を掻《か》き混ぜていた指は肉壁を掻き分け進もうとする。

今にも力が抜けてしまいそうなレジーナは耐えきれずノルベルトに頭を預け首にしがみついた。

「つ……リナっ」

「ノルベルト、様っ……」

偽名であると分かっていても互いを呼び合い求め合う。まるで愛し合っている者同士の行為そのもので、ノルベルトは唇を奪いたい衝動をどうにか抑えながらレジーナの首に深く口付けた。まだ色濃く痕の残ったところをちゅっ、ちゅと吸われて、レジーナの体がびくびくと跳《は》ねた。

「つあ……そこっ……」

「いいのか？　昨日もここでイったよな」

お腹《なか》側の肉壁を擦るとレジーナの息が詰まる。そこを集中して狙うと、控えめだった嬌声《きょうせい》がノルベルトの耳に響き、蜜がじゅぶじゅぶと音を立て始めた。

「や、ぁ……！　だ、めっ……あっ」

「リナ……気持ちいいか」

「んっ……、わか、らなっ……っだ、だめっ、ぁ」

「それが気持ちいいってことだろ」

ぎゅうとしがみついてくる存在が愛おしくてたまらない。息を乱し口が回らず、淫らになっていくレジーナを感じて、ノルベルトも息を荒げた。

「っや……ぅ……っ、あっ――っ！」

一際大きな声を上げたレジーナがびくりと震えて背を反らせると、ノルベルトの指をぎゅうぎゅう締め上げ中が収縮した。足の先までピンと尖らせたレジーナの体がゆっくりと緩み、中から再び蜜が溢れ出てきた。

「イったな」

「……それ、っわ……」

ちゅぽん、と指を抜いたノルベルトは自身の服に手を掛ける。

まだ頭がふわふわしていたレジーナはそれをぼんやりと眺めていたが、露《あらわ》になったモノが昨夜のように強大に膨れ上がっているのを見て慌てる。

「ぁ……待って、ください……」

「もう限界だ」

溢れた蜜をすくうように熱いものが押し当てられる。レジーナの中に入りたいと求めてくる滾《たぎ》ったものに、貫かれたいという淫らな欲望が渦巻く。欲望を隠しもしないノルベルトの荒い息遣いが、達したばかりの下腹部の奥を疼かせた。

低い声を上げたノルベルトは一度動きを止めると、ゆっくりと中に沈み込ませていく。昨夜したばかりだからか、蜜を絡めるとすんなり入り口を通った。

「つく……」

「つあ、ぁっ……」

けれど中はやはり狭く、みちみちと肉壁を割いて奥へと進んでいく。

「……リナ、力を抜け」

「つえ、そんなこと、言われても……っふあっ！」

しがみついてくるレジーナの背筋をなぞると、おかしな声を上げながらも彼女の強張《こわば》っていた体から力が抜ける。重みがのしかかり奥まで咥《くわ》え込んだレジーナは、一瞬息を呑んだ。

「……全部入ったな」

「……ん……っあ」

入れただけでぐったりして寄りかかってくるレジーナが可愛くて繋《つな》がったものがむくむくと膨れ上がると、レジーナは甘い声を上げて反応した。

「急に、大きくならないでください……」

「急にじゃない」

「え……っは、ぁっ」

ずっと気持ちが昂っていたノルベルトは、レジーナの腰をがっしり摑むとそれを思い切りぶつけた。ギリギリまで引き抜いた屹立《きつりつ》で最奥まで貫く。下から激しく突き上げるとレジーナの体が浮き、一層深くまで入り込んだ。

「ぁっ！　ぁ、やっ、激し……っ！」

首にしがみつくレジーナの胸がたゆんたゆんと揺れてそそり立った先端がノルベルトの胸を掠める。さらに耳元では嬌声が響き、誘惑に負けたようにノルベルトは余裕なくレジーナを貪った。

◆　◆　◆

「はあ……」

聞きたいことは山ほどあるのに、レジーナに触れると理性が飛んでしまい、昨夜も何も聞き出せなかった。

(せめて朝食くらい、一緒に摂《と》りたい……)

普段面倒だと言って朝食を抜きがちなノルベルトに、そんな考えが浮かんだ。

「お坊ちゃま、朝食の席でまで溜息は……」

「小言はいい。それより、昨日頼んだことは？」

側に控えていたサイモンはごほんと咳払《せきばら》いする。

「エマーソン伯爵家ですが、一ヶ月ほど前に当主のエマーソン伯爵が投資に失敗し、多額の借金を負われたそうです」

「やはりそうか……」

「お心当たりがあったのですか？」

「以前にもエマーソン伯爵は投資に失敗して借金をつくり、婚約者の家がそれを肩代わりする代わりに婚約を交わしたという噂があった。エマーソンは名前だけは昔からある古株だからな」

エマーソン家は借金を返済できる資金が欲しい、相手の家門は金で成り上がった新興貴族だから名の知れた貴族と繋がりがほしい。互いの利害が一致したのだった。

（恐らくそれだけではなく、レジーナが婚約者のことを好いていたことも関係しているんだろうが……）

「そのお相手のご婚約者がグラヴァー男爵家のご子息でした。ですが、今回の借金により婚約を破棄されたそうです。前回の借金よりはるかに高額で、エマーソン伯爵家が落ちぶれるのも時間の問題だろうと周囲に漏らしていたようです」

その報告にノルベルトの落ち込んでいた気分が高揚する。

「婚約……破棄、してたのか」

「正確には破棄されたようですね」

「それはどっちでもいい」

（重要なのは、彼女にもう〝婚約者〟がいないという事実だ）

「奥様と契約されたのも、その借金を全て返済できるほどの額を支払うという内容でした」

「……エマーソン伯爵の指示なのか」

「いいえ。伯爵ご夫妻はこのことをご存じではありません。ご夫妻はご令嬢がいなくなったことに気づき慌てたご様子で捜索にあたられているようです」

（家門を救うために自分を犠牲《ぎせい》にしたのか。……彼女らしい）

婚約者の家で花嫁教育を受けていたようだが、決して生易しい教育ではなかったらしく、ミスをするたび厳しい言葉が投げかけられていたという。

助けてやりたかった気持ちもあるが、彼女は強かった。日々耐え続けて、自分を変えてまでも淑女らしく振る舞っていた。

（婚約者を愛していたから？……）

「……お坊ちゃまの財産でも十分に払える金額です」

カップを手に取ったノルベルトは口をつける直前にその手を止めた。

「ご用意なさいますか？」

サイモンの視線がノルベルトに向けられる。

彼女のことを本当に思うならば、こんな茶番はせずにとっとと金だけ握らせて彼女を解放するべきだと。

それを自分でも分かっているのに、頷くことのできない自分がいた。

（そうしてしまえば、こんな形でもできた彼女との縁が切れてしまう……）

「……俺は調べるよう命じただけだ。余計な口出しをするな」

「……お坊ちゃま」

「下がれ」

しばらくじっとノルベルトを見つめていたサイモンだったが、やがて一礼して部屋を出ていった。

「はあ……」

ひとりになった部屋でノルベルトは背凭《せもた》れに寄りかかると天を仰いだ。

どのみち一ヶ月後には終わる関係だ。

一ヶ月後、金を受け取った彼女は悠々《ゆうゆう》と帰途に就くのだろう。もし家門が立ち直ったら、婚約破棄もなかったことになるかもしれない。

祝福してやるべきなのに、違う男と並んで立つ彼女を思い出して途端に湧き上がった怒りが頭を支配した。

このどうにもならない感情を忘れたくて、彼女が視界に入らないよう、情報が入ってこないよう気をつけていたというのに。

たった二晩過ごしただけで、頭の中は彼女でいっぱいだった。

「……レジーナ……」

リナという偽名を使ってでも彼女が隠したがった名前を初めて口にすると、妙にふわふわした気持ちになった。

いつか、この本当の名前を呼ぶ時がきたらいいのに——。

◆◆◆

「奥様、失礼致します」

ドルアの執務室にサイモンが足を踏み入れると、それまで侍従に何かを指示していたドルアは手を軽く振って人払いする。

「サイモン、どうだった？　あいつは」

「……ご提案した内容はお断りになられました」

「つははは！　やはりか！」

大口を開けて高らかに笑うドルアに、サイモンは苦虫を噛み潰《つぶ》したような顔をする。

「そんな顔をするな。別に使い捨てるわけでもないだろう」

「……このままではそのようになってしまいそうですが」

「あの執着息子がこのまま彼女を無策で解放してやるとでも？　それほど純情な奴なら素直にお前の提案に乗ってすぐ金を渡して、彼女を自由にしてやっただろうな」

「ですがお坊ちゃまは一ヶ月と思い込まれておられます。真実をお伝えしたところで一週間でお坊ちゃまがお心を打ち明けられるとは思えません」

「そうだろうな。あいつは昔から人を従える立場だったから、誰かの心を窺《うかが》うことを知らないし、誰かに拒まれた経験もない」

ノルベルトが生まれた時から執事として仕えているサイモンは知っていた。プライドが高く、故に素直になれない彼が、そう易々《やすやす》と彼女に気を許して本当の気持ちを伝えることなどできないと。

そしてそれは、幼少期より息子の傲慢《ごうまん》で乱暴な振る舞いに頭を悩ませてきたドルアも同じだった。

「でしたら……」

「だからこそこれはいい経験になる。仮に一週間で終わる関係になったとしてもだ」

「……その場合はご令嬢を利用するのと同じということですよね」

「私は正当な跡継ぎが欲しいだけだからな」

(半分は、遅咲きの恋を知った息子が面白いのだが)

ドルアはくくっと笑みをこぼす。

「あんないい情報をくれた王太子殿下には、感謝を込めて花でも贈っといてくれ」

そう、ドルアがレジーナを連れてきたことには明確な理由があった。

今まであてがったどんな令嬢の誘いも断り、強行突破しようにも、寝室にいる女にさえ暴言を吐いて拒絶する息子に辟易《へきえき》していたところ、王太子に有益な情報を差し出す代わりに得た情報がレジーナ・エマーソンという一人の令嬢の存在だった。ドルアと王太子は、他人を手のひらの上で転がしたがるという似たような性格ということもあって折り合いは決してよくはないのだが、立場上互いに知りたい情報を交換することが度々あった。

エマーソン伯爵の名は知っていたし顔見知りでもあったが、令嬢の方に面識はない。まさかと思いつつノルベルトを見送ったのちこっそり夜会に忍び込んだドルアは、つい先ほどまで澄ました顔をしていた息子が熱のこもった視線をどこかに送っているのを見て驚愕《きょうがく》した。そしてその視線を向けられた相手こそが、婚約者に寄り添うレジーナだった。

(なるほど)

足が遠のいていた夜会に頻繁《ひんぱん》に顔を出すようになったのもこれか。そう、妙に納得していた。

意外と自分の息子はピュアらしい。いずれ他の男のものになる運命が決まっている女に焦《こ》がれて、あんな遠くからただ眺めているだけとは。大人しく他の女にレジーナを重ねて抱けば、ある程度の欲望は解消できるだろうに。

それを拒んで、こんな見るに堪えない片思いをこじらせているなんて。

だがそれもいい経験になるだろうと、その時は放っておいた。そして今度はレジーナによく似た経験豊富な娼婦でもあてがうかと、娼館を訪れるために裏通りを歩いていたところ、運よくレジーナ本人を見つけたのだ。

事情がありそうだったからまず屋敷に連れ帰って偶然を装ってノルベルトに会わせ、力業でことに及ばせようと考えていたが、馬車で事情を聞いてその手が省けたと内心ほくそえんでいた。

つまり、不本意ではあるがここまで上手くいったのは王太子のお陰なのである。

「花だけだなんて、また機嫌を損ねて嘘《うそ》の情報を握らされますよ」

「あの腹黒王太子は政治手腕には優れているからな。あれなら現国王の方がまだましだ。腹黒王太子が王になんてなってみろ、愚息《ぐそく》なんかに爵位を譲った途端に、いいように扱われるのが関の山だ」

「どこで聞かれているやも分かりません。発言には十分お気をつけください」

笑みをこぼしたドルアは止めていた筆を動かし「もう下がれ」と指示を出す。サイモンはまだ何か言いたげにしていたが、一礼して部屋を後にした。

◆　◆　◆

そしてその晩。例の如《ごと》く目隠しをされ手足を椅子に縛り付けられたノルベルトは、今か今かと彼女が現れるのを心待ちにしていた。

「……こんばんは」

扉が開いてレジーナが挨拶をすると、ノルベルトの心臓がばくばくと今にも破裂しそうなほど大きな音を立てる。

「……今夜は遅かったな」

「申し訳ありません。お食事がおいしくてつい食べ過ぎてしまいました」

「今晩は……ムニエルだったか」

「はい。我が家では滅多に食卓にのぼらないので……」

そこまで言いかけたレジーナは、はっと口を噤《つぐ》んだ。

「魚料理が好きなのか？」

「……物珍しかっただけです。とても、おいしかったですが……」

自分の知らない、彼女の好み。

「……他には？」

「はい？」

それをもっともっと強請《ねだ》ってしまう。

「他に、何が好きなんだ」

好きなデザート。好きなワイン。好きな色。好きな宝石。好きなドレスの形や質。

彼女の好みの全てが知りたくて尋ねたのに、長い沈黙の末に返ってきたのはあまりにも冷めた声だった。

「………………お答えしたくありません」

顔が見えないから彼女がどんな気持ちで言ったのか分からず、ノルベルトが固まっていると、頭の上から聞きたくなかった言葉が降ってきた。

「これからすることに、私の好みは関係ありませんよね？」

営みは相手のことを知り得なくてもできる。今まで母親が見知らぬ高貴な令嬢を娼婦の如くあてがってきたように。

「そういう話はお控えください。警戒されるのは分かりますが……私も、ノルベルト様のことは他言いたしませんから」

「っ……。何でそうなる。他言されるのを恐れてお前の弱みを握ろうなどとは考えていない」

レジーナが息を呑む気配がした。

「気になったから聞いただけだ。それはそんなにいけないことなのか」

「……この関係が終われば、もう会うことはありません。私の個人的な好みなどお気になさらないでください」

〝もう会うことはない〟

歓喜の頂《いただき》から、絶望のどん底に突き落とされたようだった。

無慈悲《むじひ》な言葉で突き放され、ノルベルトは唇を噛んだ。

薄々そんな気はしていた。けれど、一ヶ月を過ごすうち、いつかは彼女が心を開いて自らの正体を打ち明けてくれるのではないかと期待していた。あわよくば彼女が妊娠したり、欲が出て未来の侯爵夫人の座を求めてきたら、彼女を一生自分のものにできると思った。

だが彼女は、そんなことは微塵《みじん》も考えていないようだった。

「……リナ」

ノルベルトの前までやってきたレジーナは、彼のシャツのボタンを一つずつ外していく。

「やめろ」

「急にどうなさったのです……。昨日までは私のことなど気にしなかったではありませんか」

初日は彼女が来たことに驚いて、一夜限りでも彼女を抱けるなら夢でも構わないと思った。

昨日は彼女を目に映すこともキスを交わすことも拒まれ、婚約者の影を思い出して奪ってしまいたい衝動に駆られた。

だが今日は、彼女の事情を知ってしまった以上、ただの一ヶ月限りの情婦という関係で終わらせたくなかった。

「……あの女が提示した額の三倍払う。俺と契約を結び直さないか？」

「え……」

レジーナは一瞬興味を持った様子だったが、躊躇った末に顔を背《そむ》けると、ノルベルトの前に膝《ひざ》をつき彼のトラウザーズに触れた。

「……お断りします」

「リナ……！」

「ノルベルト様」

彼女の声が、少しだけ震えていた。

「ここに来た時にお伝えしたはずです。私もそれなりに覚悟を決めておりました」

抑揚《よくよう》のない声は、昂った感情を落ち着かせようとしているかのようだった。

第三章　打ち明けたい、打ち明けられたい

ノルベルト・オーギュラス。

彼を目にした者は皆口を揃《そろ》えてこう言った。

あれに見惚《みと》れない者はいないだろう、と。

獅子《しし》の王のように威風堂々《いふうどうどう》と振る舞い、女性陣に呼ばれて向ける気怠《けだる》げな流し目が色っぽく、佇《たたず》んでいるだけで多くの令嬢を悩殺してきたと言われている色男。

けれどどんな美女にも靡《なび》かず女嫌いという噂《うわさ》があり、あまりにしつこく言い寄った女性がある日から突然怯《おび》えて彼に近付かなくなったことから、ノルベルトに酷《ひど》い暴言を浴びせられてショックを受けたのではないかと噂されていた。

だから初めての夜、レジーナはノルベルトが偽者なのではないかという疑心に駆られた。

元々それほど彼について詳しかったわけではないし、噂を聞いて夜会で遠目に見たことがあるくらいだったが、王太子殿下《おうたいしでんか》とは親しげに砕《くだ》けた表情を見せていたものの、他の人に対してはそうではなく、あまり興味のなさそうな印象だった。冷たくあしらわれたという話は聞いても、優しくされたなんて話は聞いたことがない。

それなのに情事の最中もレジーナを気遣い、痛くはないかと何度も尋ねてくる。怒鳴られる覚悟

もしていたのだが、そんなこともなかった。

（ずっと落ちないよう抱きしめていてくれたし……手付きもすごく優しかった……）

まるで、とても大切な宝物に触れるように。

「どうだった」

二日目の朝、にやにやしたドルアに真っ先にそう尋ねられ、レジーナは素直にこう返した。

「とても……お優しい方でした」

「つふ、ははははは……！　あいつが⁉　優しい⁉　っく……‼」

それを聞いたドルアは腹を抱えてひとしきり笑うと、落ち着いてきた頃に目尻の涙を拭《ぬぐ》いながら何やら侍女に指示を出した。立ち去った侍女が戻ってくると、その手には鏡があった。そして向けられた鏡に映る自身の首を見て、レジーナは驚愕《きょうがく》した。

「つえ……⁉」

白い肌が隠れてしまいそうなほどあちこちにちりばめられた無数の花に、首が赤く染められていた。

「どれほどキスをしたら首がこんなになるんだ？」

ドルアに揶揄《からか》われたレジーナは恥ずかしさのあまり頬《ほお》を紅潮させ、さっと首を押さえた。

「よっぽどレジーナが気に入ったようだな」

「気に入……？」

「だってそうだろ？　こんなに昨夜の痕跡《こんせき》を残して、自分のものだと主張してるんだ」

その言葉に、レジーナは今度こそ頭から湯気が出そうなほど顔を真っ赤にさせた。

体にも相性があるというから、それがよかったのかもしれない。気まぐれでそんな気分だったのかもしれない。

そう思いながらも、鏡の中の自分の首は昨夜の痕跡を色濃く残していて、不覚にも、ドキドキしてしまった。

二日目の夜は初日に比べるとやや強引だった。最初こそ体を気遣われたり、レジーナの具合を知って今夜はやめておくかなんて提案を受けたが、腕を解放した途端にきつく抱きしめられ、体中を食べ尽くされた。抱き潰《つぶ》しながらノルベルトは何度もリナという名前を呼び、首元に新しい痕《あと》を残した。

経験が彼しかないレジーナには分からないが、ノルベルトは激しくレジーナを求めてきていたし、レジーナもまんざらでもなく……、やはり相性はいいのではないかと思う。

それに彼は恐らく恋人でなくとも夜は優しいタイプなのだろう。腕が解放されるとすぐに抱きしめてきたり、キスをしたがったり、首や胸にまでキスをしてきたり、力は強いのに撫《な》でるようにそっと触れてくれたり、痛くないよう先に解《ほぐ》してくれたり。

まるで恋人のように扱われるから、どうしてもドキドキしてしまう。

でもそれは、そうやって体も心も解されているから。

そこに特別な気持ちはない。……はず。

この時までは、そう思っていた。

「リナ……」

いつの間にか眠っていたレジーナは、ノルベルトの静かな呼び声で目が覚めた。

目の前には喉仏《のどほとけ》の膨《ふく》らんだ滑らかな首筋があり、レジーナの体はがっしりとノルベルトに抱きしめられていた。

体を起こそうとすると髪に何かが触れる。

「っ……」

ノルベルトの唇だった。髪の隙間に入り込んだ手がレジーナの頭を引き寄せていた。

レジーナが咄嗟《とっさ》に目を閉じると、額に口付けが落ちる。彼の唇は瞼《まぶた》、頬、鼻先にも触れた。

眠っている時にまさかこんなことをされていたとはつゆ知らず、レジーナの鼓動《こどう》は早まっていく。

「………リナ」

恋人を呼ぶような甘い呼びかけに、ぞわぞわしたものが体中に広がっていく。

今度は自分が目隠しをされているような気分だった。

彼の乾いた親指がレジーナの唇に触れた。寝たふりを決め込んだレジーナは次の行動を予測して身構えていたが、唇にはノルベルトの重々しい溜息《ためいき》が落ちただけだった。

(奪おうと思えば、ノルベルト様はいつでも唇を奪えるのに……)

目隠しだって、非力なレジーナが制止したところで彼が力を籠《こ》めればいとも容易《たやす》く取り払えるだろう。けれど彼はこの二日間それをしなかった。

それだけではない。男性の中には女性が痛がってもことに及ぶ人もいるらしいが、彼はそれをしない。必ずレジーナの中が受け入れられるようになるまで準備をしてくれるし、初日なんて早々に挿入しようとしたらレジーナが痛くなることを理由に叱ってきたくらいだった。

それほどまでに、彼は優しい人なのだろう。

だけど、彼に優しくされるたび、胸の奥がぎゅっと締め付けられて苦しくなる自分がいた。

「リナ……」

なぜ求めるように切なげに名前を呼ぶのか。

なぜ、もうすることは終わったのに恋人にするような態度を見せるのか。

そもそも、ノルベルトはレジーナが寝ていると思っているのに、見えていないところでも優しくするのはなぜなのか、その理由ばかりを求めてしまう。

けれどもしかしたら理由なんてなくて、誰に対しても彼はそうなのかもしれない。

そう思うと、また胸が苦しくなった。

特別な気持ちなんてない。そう思っていたはずなのに、分からなくなってしまう。

(偽の名前ではなく、本当の名前を呼んでほしい……)

切なさと罪悪感に押し潰されてしまいそうだった。けれど、名前を教えるということは、レジーナの素性を明かすということ。たとえ二度と会うことがないとしても、レジーナ・エマーソンが娼婦《しょうふ》だという認識をされたくない。

いや、二度と会うことがないかもしれないからこそ、彼の中にレジーナ・エマーソンが娼婦だという記憶として残りたくない。

ノルベルトの腕が苦しいくらいにレジーナを抱きしめる。些《いささ》か乱暴なそれさえ、愛されているような錯覚《さっかく》を起こして胸の高鳴りが収まらなかった。

(……もう、何もかも打ち明けてしまいたい……)

そんな葛藤《かっとう》に苦しみながら三日目の朝を迎えた。

昨日と同様、明け方にセレナが迎えに来てくれて、こっそり部屋から退出した。朝が来て、使用人たちの目に止まらないようにするためである。

夜はほとんど寝られなかったが、その分午前中はベッドでぐったりだった。遅めの昼食後様子を見に来たドルアと会話を交わし、紅茶を嗜《たしな》んでいると、すぐに日が暮れてしまった。

「レジーナ様、そろそろご準備ください」

「……」

「レジーナ様？」

心が、ずんと重い。

体だけの関係だと分かっているはずなのに、彼はこちらの正体を知らないのに。

(私は、こんなにも心が揺さぶられている……)

「……体調がよろしくありませんか？」

最初の日からレジーナの身の回りの世話をしてくれている侍女のセレナが、心配そうにレジーナを見つめている。

「いいえ……。ごめんなさい。少しぼーっとしてただけよ」

セレナににこっと微笑《ほほえ》んで誤魔化《ごまか》し、レジーナはいつもの黒い外套《がいとう》を羽織ってノルベルトの部屋を訪れた。

(大丈夫。いつものように体だけを交わらせればいいのだから)

「……今夜は遅かったな」

「申し訳ありません。お食事がおいしくてつい食べ過ぎてしまいました」

「今晩は……ムニエルだったか」

「はい。我が家では滅多に食卓にのぼらないので……」

そこまで言いかけたレジーナは、はっと口を噤《つぐ》んだ。まだ魚料理がそれほど出回っていないこの国では、特に若い令嬢は、見た目が好ましくない、臭《にお》いが生臭《なまぐさ》いと魚自体を毛嫌いする者が多い。

「魚料理が好きなのか？」

「……物珍しかっただけです。とても、おいしかったですが……」

好みだなんて知られたら、淑女《しゅくじょ》らしくないと思われるかもしれないし、数少ないであろう魚料理が好きな令嬢を絞《しぼ》り込んだら、レジーナのことだとばれてしまう可能性もあった。

（……私ったら何を気にしているのかしら。ノルベルト様からの評価とか、正体がばれてしまうとか、そんなことばかり気にして。……恋人同士でもないのに……）

「……他には？」

「はい？」

「他に、何が好きなんだ」

体だけの関係。そう割り切ろうとしているそばからノルベルトにそんなことを尋ねられ、レジーナの顔がみるみる歪《ゆが》んだ。

「…………お答えしたくありません」

震える唇をぎゅっと噤んで、何でもないように声を発した。

「これからすることに、私の好みは関係ありませんよね？」

彼が優しさを見せ、好みを知ろうとするその理由を、求めてしまいそうになる。

「そういう話はお控えください。警戒されるのは分かりますが……私も、ノルベルト様のことは他言いたしませんから」

「っ……。何でそうなる。他言されるのを恐れてお前の弱みを握ろうなどとは考えてない」

(それなら、どうして……)

彼に顔を見られていなくてよかった。きっと今、酷い顔をしているから。

「気になったから聞いただけだ。それはそんなにいけないことなのか」

まるで、ただレジーナのことが知りたいだけとでもいうように。

(興味本位で聞いただけ。私に特別な感情があったからではないのよ)

そう言い聞かせても、心のどこかで期待してしまう自分に嫌気が差した。

「……この関係が終わればもう会うこともありません。私の個人的な好みなどお気になさらないでください」

一週間限りの関係で、レジーナは恋人でも婚約者でもない。自分に言い聞かせるようにそう言うと、ノルベルトが驚きの提案をしてきた。

「……あの女が提示した額の三倍払う。俺と契約を結び直さないか？」

(まさか……この関係を早々にやめるため？)

心臓が凍りつきそうだった。こんな関係だとしても、彼に特別な気持ちを感じつつある今の関係を断ち切ることは考えられなかった。

「……お断りします」

「リナ……！」

もし彼の提案を受け入れれば、代わりに別の女性が彼と体を交えるのだろう。分かっている。いずれ彼も誰かと結婚して、別の女性のものになる。

(でも、今だけは、この一週間だけは、彼の体だけでも私のものであってほしい)

「ノルベルト様」

自分がこれほど独占欲が強いなんて知らなかった。知らなければ、過ぎていく日々に心を痛めることも、彼の言葉や行動一つ一つに心が浮き沈みすることもなかったのに。

「ここに来た時にお伝えしたはずです。私もそれなりに覚悟を決めておりました」

「つなに、を……」

レジーナの冷たい手がノルベルトのまだ柔らかいものに触れる。それだけでノルベルトが身を震わせると、レジーナは意を決したように膨らんできたそれを握った。

雑誌を見直してきたレジーナは書かれていた通りに握った手を上下させる。するとノルベルトは息を詰まらせ、小さかったものがむくむくと天に伸びる。

そこにふうと吐息を吹きかけると、ノルベルトの体がびくりと震えた。

「つやめろ、リナ」

レジーナは手に握った彼のものを口に含むと、舌先でちろちろと先端を舐《な》め始める。口内に苦味のある味が広がった。これが正しいやり方なのか分からず、ノルベルトの様子を仰ぎ見ると、やや開いた口から苦しげに息を吐いていた。

口の中のものが時折ビクビクと震える。顎《あご》が疲れてきて一度それを口から出すと、血管が浮き出た赤黒いものが自分の顔ほどあるのを間近で見たレジーナは、これが自分の中に入っていたとは到底信じられなかった。

「リナ、もうやめろ」

「気持ちよくありませんか？」

「そういうことじゃない。別に毎日する必要は、っな……」

言い終わる前にレジーナは再びノルベルトのものを口に咥《くわ》えた。舌全体を使って舐めとると、ノルベルトが吐息混じりの声を漏《も》らす。

ノルベルトの些細《ささい》な反応一つで、体の奥がじんじんと痺《しび》れた。

「つくそ……！」

言葉を荒げたノルベルトは手足を固定されながらも粗暴に腰を振る。初めこそ受け止めようとしていたレジーナだったが、すぐに顔を背《そむ》けて咳《せ》き込《こ》んだ。

「……そんなにしたいならこの手の錠《じょう》を解放しろ」

「……嫌です」

「は？」

喉の奥まで咥えていたレジーナは、苦しさのあまり潤《うる》んだ目で見上げる。ノルベルトの方もぜえはあと息が上がり、ぎんぎんに反り立ったものを見ればまんざらでもなさそうだった。

レジーナはそろそろと立ち上がり、彼の上に跨《また》がる。

「つおい……」

焦《あせ》るその反応さえレジーナの心を躍らせた。彼のものを口に含んだだけで潤んだ蜜壺《みつつぼ》に、熱く滾《たぎ》ったものをあてがう。

はしたないと思いながらも体は随分《ずいぶん》と前から彼に奥まで犯されることを求めていて、レジーナが腰を振るとぐじゅぐじゅと水音を立てた。

「また痛むぞ」

「大丈夫、です……」

早く彼のもので満たされたい。熱く硬いもので擦《こす》り上げられたい。

そんな気持ちが焦りを呼ぶのか、入れようとしたけれどぬるっと滑って上手《うま》くいかない。けれど入りそうで入らないのもまた、いつ貫かれるか分からなくてそそられた。

「やめろ、慣らした方がいい」

(そんな風に優しくしないで……)

もっと雑に扱われたら、こんな気持ちにはならなかったのだろう。それなのに彼が、あまりにも優しいから。粗暴な言葉のわりに柔らかな口調も、気遣う素振りも、愛しているような態度も、その全てに惑わされてしまいそうだ。

「……嫌、です……」

「リナ……!」

すぐ側《そば》でノルベルトに名前を呼ばれて、レジーナの心が打ち震える。まるで体がノルベルトを求めるように、蜜壺に杭《くい》が埋まった。

「つあ……!」

「つく……」

まだ浅く入っただけなのに、レジーナは甘く重い息を吐き出した。ようやく入ったずっしりとした質量の彼のものが自分の中にある。それだけで胸がきゅんとして、彼のものを締め付けた。

「締めるなっ……」

「んっ……」

「くそっ……。散々煽《あお》りやがって」

「つはあ、はあ、……っあ……」

唐突にノルベルトが動き出してレジーナの息が詰まる。彼が腰を振るたび求めていたものが蜜を絡めて奥にまで入り込み、膣内《ちつない》を押し広げていく。遠慮なく肉壁を擦り上げぐちゃぐちゃに乱され、目が眩《くら》むほどの気持ちよさに押し潰されそうだった。

「何がしたいんだよ、さっきから」

「つはあ、あ、や……」

「つ嫌なら何でこんなことするんだよ」

どことなくノルベルトの声が悲しげで、レジーナは見えないと分かりながらも首を振った。

「嫌、じゃ……、ない、です……」

いつものように下から突かれているだけなのに、背中に回っていた腕がないだけで何故《なぜ》だか寂しく感じた。

ふと、ノルベルトが動きを止める。息を整えながらノルベルトの顔を見やると、彼は間を置いて静かに一言。

「………体だけの関係でいたいってことか」

そう尋ねてきた。

レジーナが答えを渋っていると、痺れを切らしたようにノルベルトが舌打ちする。

「つきゃ」

「ああ、そうかよ！」

そしてそれから乱暴に腰を振り始めた。手足は固定されているのにどこからその力がやってくるのかと疑うほど激しく、ぶつかり合う度にぺちんぺちんと肌が鳴る。

落ちそうになって彼の首にしがみつくと、ノルベルトはさらに奥を刺激した。

「う、や、つん、ぁ」

与えられる快感に従順にならざるを得ない。レジーナがただそれを享受《きょうじゅ》しながら喘《あえ》いでいると、耳元でノルベルトが囁《ささや》いた。

「だったらお望み通り腹の奥まで突いてやるよ」

「つ……」

投げやりなその言葉は酷く甘く、どこか挑発的で、レジーナは息を呑《の》んだ。

◆ ◆ ◆

「お前はもっと俺を慕っているように見せられないのか？」

あれはまだレジーナがダッドリーと婚約を結んだばかりの頃だった。グラヴァー男爵邸《だんしゃくてい》に帰るなり、友人たちに向けた人好きのする態度から打って変わって棘《とげ》のある物言いをされて、レジーナは肝《きも》を冷やした。

「今日結婚したのは俺たちと同じ政略結婚をした奴《やつ》らだ。それなのに見たか？　新婦の方は愛嬌《あいきょう》があって一歩下がって夫を立てる謙虚《けんきょ》さも持ち合わせて、可愛がりたくなるような見た目でおまけに……スタイルもいい。そんな女が新郎にぞっこんで男共が羨《うらや》んでいたぞ」

礼服のネクタイを緩めながら、ダッドリーは嫌悪感も露《あらわ》にこちらを向いた。

「お前もあのくらいできないのか？　いつも人の会話に口を挟んでは偉そうなことばかり言って、本だけの知識をひけらかすのがそんなに楽しいか？」

せせら笑いを浮かべながら、彼の瞳は一切笑っておらず、それどころか激情を含んだその色に、レジーナは焦りを覚えた。

「申し訳ありません。そんなつもりでは……」

「そんなつもりでなければ何をしてもいいのか？　あ!?　女は黙って男の後ろに立っていればいいんだ！　せめて婚約者を愛しているように見つめることくらいできるだろ！」

浴びせられる言葉の一つ一つがレジーナの心を蝕《むしば》んでいった。それでも従わなければ婚約破棄されるかもしれないと怯えながら、いつも彼に言われるがまま従ってきた。

婚約者より一歩下がって、男性陣の会話には入らないように気をつけて、少しも面白くないのににこにこと微笑んで愛想を振り撒《ま》き、可愛い婚約者じゃないかと友人に褒《ほ》められて天狗《てんぐ》になっているダッドリーを愛しているふりをする。

自分の意に反した言動全てが苦痛で、けれど逃れることもできず、自分の気持ちを律さなければならないと決め込んでいた。

あの頃は彼を本当に愛していると思っていた。そうしようと努力したから。

◆　◆　◆

（でも、こんな気持ちにはならなかった……）

会えない時も、会っている時でさえ終わりが怖くて、自分だけのノルベルト様でいてほしくて。

今だけだと分かっているのに、永遠にこの関係が続いて欲しいと願ってしまう。

（こんな気持ち……気づきたくなかった）

四日目の正午、目覚めても体が気怠く心も重たくて、なかなか起き上がれなかったレジーナは、ぼんやりと宙を眺めていた。

「レジーナ様、昼食の準備が整いました」

「……お腹《なか》が空《す》かないから今日は遠慮しておくわ」

「ですが……」

「～～！　～～」

「！」

それまで体を起こす気力もなかったレジーナだが、ふいに外からノルベルトの声が聞こえて窓に駆け寄る。

そこには、誰かと並んで庭を歩くノルベルトの姿があった。

一緒にいる人物はちょうどノルベルトの向こう側にいてレジーナからは死角になりよく見えないが、髪が短いから男性のようだ。そのことにホッとしながら、レジーナは再びノルベルトに目を向ける。

陽の下で見るノルベルトは、なんだか別人のようだった。

見たことのないような高貴な服を纏《まと》い、長い足をずんずん動かしてすぐに遠ざかっていった。光に透かしたような金色の髪は、角を曲がると見えなくなってしまう。

一瞬だけでも彼の姿を目にして高揚《こうよう》した気持ちが、途端に沈んでしまう。窓に突いた手をぎゅっと握り締めたレジーナは、心をひた隠すように目を瞑《つむ》ると再びベッドに腰を下ろす。

「レジーナ様……」

「……ごめんなさい。少し……一人にしてもらえないかしら」

セレナは困惑していたようだが、一礼して去っていった。ベッドに再び沈み込んだレジーナは、視界に残る先ほどのノルベルトの後ろ姿に、そっとその瞼を下ろした。

◆　◆　◆

「レジーナ、起きろ」

「ん……」

明るかった室内はすっかり暗くなっていた。重たい瞼を持ち上げて目を凝らすと次第に視界がはっきりとしてくる。

ベッドサイドに佇むドルアが、こちらを見つめていた。

「昼食も摂《と》らなかったんだって？　夕食は？」

のそのそと起き上がったレジーナは、閉ざされたカーテンを見上げた。

「……あ……もうそんな時間だったのですね……」

今日で四日目。一週間も半分を過ぎた。

（ノルベルト様との関係が、もう、終わってしまう……）

「……顔色があまりよくないな」

近付いてきたドルアの手がぼんやりしているレジーナの額に触れる。

「熱は……ないのか」

「……」

「……今日はやめておけ」

「えっ……」

レジーナは弾《はじ》かれたようにドルアを見上げた。

「病人を無理に働かすほど私は配慮に欠けた人間ではないぞ」

「い、いえっ。私できます……！　できないと思われたら、早々に契約を打ち切られるかもしれない。そんなことになったら、今度こそ彼との関係が終わってしまう。

焦った様子のレジーナに、ドルアはくくっと喉を鳴らして笑った。

「今日だけ休めという意味だ。それに、……っく。少々面白いものが見られるかもしれない」

「……？」

◆　◆　◆

「何でお前がここにいるんだ？」

庭園を散歩している美男子を見つけたノルベルトは、屋敷から外へ出て行くと嫌々ながら声を掛けた。

「遅かったなノルベルト」

振り返った男は白いジャケットに金の刺繍《ししゅう》を施した、まさに王子らしい装いをしていた。黄金の髪が光を反射して眩《まぶ》しいくらいだ。

「はあ……」

「いい加減人の顔見て陰気臭い溜息吐《つ》くのやめないか」

「人様の家に行くときは先に連絡しろって、誰か一人くらい指摘しないのか？」

「俺に？　まさか」

男は誰もが見惚れる魅惑の笑みを浮かべながら続ける。

「王太子にそんなことを言う人間がいると思うか？」

彼はノルベルトの同級生であり、王太子でもあるジークハルト・ビアモンテだった。

「……何しに来たんだ」

「親友の様子を見に来たんじゃないか。何か、悩みでもあるようだね」

見事に言い当てたジークハルトの得意げな笑みから、ノルベルトは目を逸《そ》らす。

「……別に」

「……女関係か？」

ノルベルトが近くのガゼボに腰掛けると、ジークハルトはその向かいに座る。

「ははっ。分かりやすいな」

「お前はたまにあのクソババアみたいなところがあるから嫌いだよ」

「俺は好きだけどな」

素早く紅茶と茶菓子を用意したサイモンが去っていくと、ジークハルトは声を潜《ひそ》めて言った。

「まさか誘拐《ゆうかい》するとはな……」

「何か言ったか？」

「いいや。で、どこまでいったんだ？」

「どこって……。別に……」

「まだデートもしてないのか？」

「できないんだよ」

夜だけの関係だということは、相手がレジーナだと知られたとき彼女側の体裁《ていさい》が悪いだろう。そう思ったノルベルトは多くを語らなかった。

「ふうん、じゃあ君が流行《はや》りのドレスや宝石でも買ってあげればいい」

「……そんなんで釣れるのか？」

「ダメなら話題のスイーツか、紅茶だな。他に好みのものがあればそれに関するものとか」

（ムニエルが気に入っていたと言っていたが……。いや、さすがに夜中にムニエルをいくつも用意しても迷惑だろうし……。女子は甘いものが好きなイメージだが……）

そう考え込んでいたノルベルトを、ジークハルトが密《ひそ》かに見つめている。

「……何だよ」

「いいや？　君にもとうとう春が来たのかと」

「うるせえ」

ジークハルトにくすくすと笑われ、ノルベルトはうんざりした顔で紅茶を飲み干した。

「帰れ」

「もう一杯飲んで行きなよ」

ジークハルトが片手を上げると、音もなく近寄ってきたサイモンが空になったノルベルトのティーカップに紅茶を注いでいく。

「お前はどっちの執事なんだ！」

「俺を歓迎してくれているんだよな」

「恐れ入ります」

頭を下げたサイモンの従順ぶりにジークハルトは終始ご機嫌で、ノルベルトは親友と時間を過ごし久しぶりに気が紛《まぎ》れたのだった。

◆　◆　◆

金で買った男爵家とはいえ裕福な家庭で育ったダッドリーは、昔から欲しいものは何でも手に入れてきた。

「母さん、あの子が食べているお菓子が欲しい」

「あの男が持ってる金の指輪が欲しい」

「あいつを見てみろよ、金がないくせにあんな派手な格好で。俺みたいな金のある人間にしか似合わないっての。どこで仕立てたやつだ？」

「お前の女いいな。腰が細いのに乳だけでかくておまけにとんでもなく顔がいい。どこであんな女捕まえてきたんだ？　俺にも味見させてくれよ」

けれど名家というわけではなく、母親は一人息子《むすこ》を甘やかし放題で教育もそれほど厳しくは受けさせなかった。それでも金さえあれば女は選び放題で、これ見よがしに見せびらかすと巨乳の女も控えめな女も目を輝かせて股《また》を開いた。

思う存分貪《むさぼ》り楽しんでいたが、周囲が結婚に向けて婚約者を決め始めると、負けず嫌いで見栄《みえ》っ張りなダッドリーは焦りを感じた。

今までのような女は愛人にはいいが、家庭を任せる妻には向かない。金や権力に靡くような女ではなく、夫がどんなことをしても裏切ることがなく、何を言っても二つ返事で従い、謙虚で夫を立て、それでいて夜は大胆になり、顔やスタイルがよく年頃で、浮わついた噂のない周囲からの評判もいい女。

そこで目をつけたのが蝶《ちょう》よ花よと育てられ愛らしく可愛らしいレジーナだった。

ダンスはそこそこ、会話も謙虚さは足りないようだが男たちにも人気があるくらいには顔やスタイルがよく、男絡《がら》みの噂がない純情な女。

昼の会話の仕方や夜の振る舞いは、これから教えて育てていけばよくなるだろう。

「母さん」

「なあに、ダッドリー」

「以前婚約者について迷っていただろ？　エマーソン伯爵《はくしゃく》令嬢がいいと思うんだ。それで……、エマーソン伯爵家の出資先に圧力を掛けて、ちょっとした財政難にできないかな？」

母親はにやりと笑ったダッドリーと全く同じ笑みを浮かべた。

エマーソン伯爵家を陥《おとしい》れるのはとても簡単だった。手に入れた婚約者は継続的な援助がなければ実家が不自由すると理解しており、グラヴァー家での花嫁修業にも素直に従った。

だが一つ誤算があったとすれば、レジーナは従順ではあったものの夫を立てるということを全く理解していなかったことだった。何かとマウントを取ろうとする友人より優位に立とうとダッドリーが母親から得た情報をひけらかすと、レジーナは「まあダッドリー様、それは違うと思いますわ。私本で読みましたの」と真っ向から否定しては、本で得ただけの知識を披露《ひろう》して夫となるダッドリーに恥をかかせることが何度かあった。

「お前は女のくせに婚約者を立てることさえできないのか！　天然を装って俺に恥をかかせて楽しかったか!?　あの後俺は令息たちに鼻で笑われたんだぞ!!」

何度もきつく叱りつけようやく悪い癖《くせ》が直ってきたかと思った矢先に、ダッドリーは出会ってしまった。

「初めまして、グラヴァー男爵令息。スタントン家のアメリアと申します」

琥珀色《こはくいろ》の煌《きら》めく髪と同じ色の飴玉《あめだま》のような瞳、ふっくらした唇と形のいい鼻、愛らしい顔立ちをしながらなおかつ華々しさもあって自然と人を惹《ひ》きつけ、華奢《きゃしゃ》なのに歩くたびに巨乳を揺らし、まるで恋人の理想をつめこんだような女性に。

目を瞬《しばた》かせていたダッドリーは慌ててごほんと咳払《せきばら》いをして取り繕《つくろ》う。けれどギラついた目は、彼女の顔面と胸元を行き来していた。

彼女が恋に落ちたのは一瞬の出来事で、ダンスを踊った時にダッドリーは確信した。

「ダッドリー様はリードがとてもお上手なのですね。私はダンスがあまり得意ではないのですが、今夜は踊れておりますわ」

アメリアも俺に恋に落ちたようだな、と。

それからは夜会のたびに婚約者を放ってアメリアと時間を過ごした。レジーナが何かを言ってくることはなかったのだが、段々とまとわりつく視線が鬱陶《うっとう》しくなっていった。

「母さん、レジーナとの婚約を破棄しようと思うんだけど」

「アメリア嬢にするの？　いいんじゃないかしら？　彼女の方が愛嬌があるし、より可愛い孫が見られるに違いないわ」

そうと決まれば二人は再び同じ手口でエマーソン伯爵家を陥れ、援助しきれない額の借金を口実にレジーナをダッドリー家から追放した。

路頭に迷おうが娼婦のように売られようが、その後の行方など微塵《みじん》も興味がなかった。

頭の中は愛《いと》しいアメリアでいっぱいだった。

「アメリア！　会いたかったよ。この前のパーティーには何故来てくれなかったんだ？」

レジーナに別れを告げた翌日の夜会で、ダッドリーは早速アメリアを見つけると即座に近寄っていった。体格のいい男と話をしているところに割って入ると、アメリアは目を丸くする。

「ダッドリー様。どうなさったのです？」

「レジーナとの婚約を破棄したんだ。これでようやく君に本当の気持ちを告げられるよ」

ダッドリーが跪《ひざまず》くと、アメリアは一歩引いて眉間に皺《しわ》を作った。

「俺と結婚してくれ」

周囲にいた令息令嬢が何事かと注目する。ダッドリーは心の内で気持ちが繋《つな》がっているアメリアなら、了承するに違いないと本気で思い込んでいた。

「……は？　何をおっしゃっているのです？」

だが返ってきたのは聞いたこともないほど低く冷ややかな声だった。

「…………え？」

ダッドリーは耳を疑い、跪いたまま固まっていた。

「私はあなたと結婚するつもりはありません。というか、あなたがオーギュラス侯爵令息と付き合いがあると言うから親しくしたのに、一度も話しかけに行かないではないですか」

「……それって、どういう……」

ゆったりとした口調だったアメリアがさっさとこの場を切り上げたそうに流暢《りゅうちょう》に話すので、ダッドリーの思考が停止する。

「鈍いのですね。この際はっきりと申し上げましょう。私が好きなのは後にも先にもオーギュラス侯爵令息のノルベルト様ただお一人ですわ。あなたにお世辞ばかり述べて煽《おだ》てていたのも、あなたがノルベルト様と親しいと言うから……。でもそれもどうやら偽りだったようですね」

アメリアが先ほどまで話していた男は、ノルベルトと仕事関係で交友のある令息だった。

「さようならグラヴァー男爵令息。もう二度と私に話しかけないでくださいね。ああ、それと……」

いつもにこやかだった彼女はこの日も表向きの笑みは崩さなかった。だから周囲にはプロポーズを遠慮がちに断る心優しい女に見えていたのだろう。

けれど見つめられていたダッドリーだけは分かっていた。

彼女の目は笑っておらず、まるで路地裏の小汚い人間を見るような軽蔑《けいべつ》と嫌悪感が滲《にじ》み出ていた。

「薄汚れた目で私を見るのも勘弁してください。何度吐き気を催したことか……」

アメリアはそう吐き捨てるとその場を後にした。残されたダッドリーには哀れみの目が向けられ、はっと気がついたダッドリーは顔を真っ赤にして会場を飛び出した。

「何なんだあの女は！　とんでもない女狐《めぎつね》じゃないか！　この俺に近寄ったのが別の男に近づくためだっただと……!?　ふざけやがって！」

火山が噴火したように怒りがこみ上げて収まらず、帰宅してからも使用人の粗を探すように八つ当たりをした。

「あの女、うちのダッドリーにそんなことを言ったなんて！　今まで騙《だま》していたのね。許せないわ……！」

事情を知った男爵夫人は激昂《げっこう》し、後にアメリアの悪評を茶会の度に広めていったという。

「でも婚約前に本性が分かってよかったわ！　実はあなたにいくつか縁談が来ているのよ」

それまで鬼の形相だったダッドリーはにやりと笑った。

◆　◆　◆

夕食を終えて寝室に戻ったノルベルトは告げられた言葉に耳を疑った。

「今……何と言った」

サイモンはかしこまった様子でもう一度同じ言葉を告げる。

「本日はあのお方はお越しになられません。ですのでごゆっくりお休みください」

「ゆっくり休めると思うか!!」

ノルベルトの荒らげた声に廊下に控えていた侍女たちは萎縮《いしゅく》していたが、サイモンだけは少しも動じなかった。

彼女が来ることだけを朝から楽しみにしていた。ジークハルトの助言を元に、今日こそ好きなものを聞いて明日にでもシェフに作らせる予定だった。

「つくそ……！」

拳《こぶし》を壁に叩《たた》きつけたノルベルトは、ぎろりとした目を前に向けると、サイモンの横を通り過ぎ部屋を出た。不機嫌なオーラを撒き散らすノルベルトに、侍女たちはそそくさと廊下の端に寄って頭を下げた。

「おい！」

いつかのようにドルアの執務室の扉を開く。就業時間は過ぎており他の者は誰もいなかったが、ドルアは残って書類の整理をしているところだった。

「今日は休みってどういうことだ」

ドルアは「来たか」と口角を上げる。

「勝手に休みにするな。彼女はどこにいる」

「つく……。あれだけ女に興味がなかった男が、あの子には執着するんだな」

「話をすり替えるな。今すぐ会わせろ」

ノルベルトにじっと睨《にら》みつけられ、ドルアはふっと口元を緩めた。

「彼女がお前には飽き飽きだとさ」

「つそ、そんなこと言っておりません！」

細く開いた仮眠室の扉の向こうから、慌《あわ》てたようなレジーナの声が聞こえてくる。

「……リナ……？」

目を見開いたノルベルトは素《す》っ頓狂《とんきょう》な声を上げると、その扉の前に駆け寄る。そして恐る恐る、手を伸ばした。

「リナ……。そこに、いるのか……？」

指先が扉にこつんと当たる。

「……はい……」

戸惑《とまど》うようなか細い声を聞いて、胸がじんわりと熱くなった。

「手を、出してくれ」

隙間から伸ばした無骨な手に、小さな手が触れる。

「リナ……っ」

初めて〝目にする〟彼女の手はとても小さかった。細い指に己の指を絡めて引き寄せると、灯《あか》りの下で白い腕が露になる。

繋いだ手を引き寄せ、その白い手の甲に口付けを落とした。

「っ……ノルベルト様、その手首の痣《あざ》って……」

「大したことはない」

毎晩錠に繋がれている手首は、彼女を求めて暴れたせいで赤黒い痣になってしまっていた。

「ごめんなさい。私のせいで……」

「それは違う」

嘘《うそ》でも心配するような言葉を言われると、それまでの最悪な気分も一瞬で最高なものに変わった。

「それより、今日は……」

「申し訳ございません。体調が優れず……」

「大丈夫なのか？」

「はい。今日だけ休めば、もう大丈夫です」

柔らかな鈴の音のような声に心が癒《い》やされていく。

「もし明日具合が悪くても必ず来い。手を出さないならどこで寝ても同じだろ？」

「っ……はい……」

この扉を強引に開けば、彼女の本当の姿を見ることができる。

（でも、それをしてしまえば彼女はもう二度と俺の前には現れないだろう……）

「……いつまでここにいるつもりだ。早く出ていけ」

ドルアの言葉に繋いだ手をぎゅっと握り締めたノルベルトは、名残惜《なごりお》しそうにゆっくりと手を離していく。

「……あ……じゃあ、また明日っ……」

「ああ。また、明日」

その言葉を最後に、ばたんと扉が閉ざされた。その後ドルアに揶揄われた気もしたがよく覚えていない。

ふわふわした気持ちのまま部屋に戻り、力尽きたようにベッドに崩れ落ちた。

「はあ〜……」

長い長い溜息を吐いても、浮《うわ》ついた心は鎮《しず》まらない。

そんなことを思いながら寝返りを打つと、先ほどレジーナと繋いだ手が目に入った。

(既に会いたい……)

彼女の手の感触を思い出し、再び胸が熱くなる。

「レジーナ……」

その夜夢の中で、彼女はとても美しい笑みを浮かべていた。

◆　◆　◆

五日目の夜。いつものようにノルベルトの寝室に入ったレジーナは驚きのあまり一瞬固まった。

「えっ……」

「体調はどうだ」

「あ……はい。もう、大丈夫です……。それより、これは……」

ソファーセットのテーブルの上には、クッキーからケーキ、焼き菓子、マカロンまで様々なお菓子が置かれていた。

久々に嗅《か》いだ甘い香りにレジーナもごくりと喉を鳴らす。

「好きなだけ食べるといい」

「……ですが、食べ過ぎると……その、……動けなくなって、しまうので……」

「えっ……」

「今日は何もしない」

「……」

ノルベルトはいたって穏やかで、気遣うような優しい口調で言った。

「病み上がりに無理する必要はない」

気遣ってくれていると分かっているのに、残念に思う自分もいた。自分が思っていた以上に心は欲望に素直で、貪欲に彼を求めていた。

どうしてこんなにも優しくしてくれるのか、その理由を尋ねてしまいたくなる。

「……ノルベルト様……」

それに比べて、私はどうなのだろうかと、レジーナは自分に問いかける。

嫌がる男性を契約だからと襲うような真似《まね》をしていながら、そんな彼に心惹かれている。偽名を使って騙して、顔を見られることさえ拒んでいる。

「ほら、好きなものを食べろ」

その言葉で我に返りようやく動き出したレジーナは、皿を取りソファーに腰掛けた。

「……じゃあ」

迷った末に選んだ真ん中に大きな苺《いちご》が載ったショートケーキには、中にもカットされた苺がいくつも入っていた。

「何を選んだんだ？」

「ショ――」

素直に口にしようと思ったレジーナだったが、はたと気付いて口を閉じる。

目が見えていないノルベルトのために、レジーナは一口サイズにしたケーキと一つしかない大きなイチゴをフォークに載せた。

「……口を、開けてください」

そう言うとノルベルトは素直に口を開ける。ドキドキしながらそれを彼の口の中に入れた。

「……ショートケーキか」

「はい」

（ノルベルト様が咥えていたフォーク……）

それを自分の口に含むと、生クリームの甘みと苺の酸味が合わさり絶妙な旨《うま》みを引き出していた。

「……おいしい」

「……好きなのか？」

一度はそう尋ねたノルベルトだったが、すぐに「いや……」と言葉を濁《にご》す。

「答えたくなければ、それでも構わないが……」

普段はっきりとした口調のノルベルトが沈んだ声になるので、レジーナまで心苦しくなった。

先日、ノルベルトがレジーナの好みを聞く理由が自分と同じ気持ちだからなのだと誤解したくなくて、変な希望を持たないよう彼を突っぱねた。

それが、こんな風に彼を傷つけているなんて。

「……苺がたっぷりのショートケーキが好きです」

そう答えると、ノルベルトはぱあっと嬉《うれ》しそうに顔を綻《ほころ》ばせる。

「他には？　この中で好みのものはあるか」

「……どれもおいしそうですから、みんな好きですけれど。……ノルベルト様は、ないのですか？」

「俺か？」

「はい」

（ノルベルト様の好みって、どういうものなのかしら）

「……甘いものは好んでは食べないな」

「え」

テーブルを振り返るととても一人では食べきれない量のスイーツが並べられている。

（じゃあ、まさかこれは……私のために用意してくださったの？）

「強《し》いて言うなら癖の少ないチーズケーキだな」

「チーズケーキ……」

唯一あったチーズケーキを手に取ったレジーナはそれを渡そうとして、はたと気づいてノルベルトの席の前に置く。

「ごめんなさい。今鍵を……」

「いや、いい」

当然外すと思っていたレジーナは、ノルベルトの前に屈《かが》み込《こ》んだまま彼を見上げた。

「リナが食べさせてくれればいい」

「っ……ですが……」

昨夜見たノルベルトの手の痣を思い出し、レジーナの顔が歪んだ。

「……やっぱりそれはよくありません」

レジーナはそっとノルベルトの両手足の拘束《こうそく》を解いていく。

「……いいのか？」

「……目隠しだけは、絶対に外さないでください……」

ノルベルトがのっそりと立ち上がり、意図せずレジーナの肩がびくっと跳《は》ねる。

(背が……、こんなに高かったのね……)

見上げた顔は、正面から見ていた時とは印象が異なりドキッとさせられた。

「リナ……」

探るようにゆっくりと伸びてきたノルベルトの手がレジーナの腕に触れると、滑るように背中に回って容易く抱き寄せられる。座っていた時のように、レジーナはノルベルトの腕の中に収まってしまった。

「……こんなに、小さかったんだな」

「今はヒールを履《は》いていないので……」

噛《か》み締《し》めるようにしみじみと呟《つぶや》かれ、レジーナの顔が赤く染まっていく。

逞《たくま》しい胸板と腕にぎゅうと包まれ、レジーナもその胸に頬を寄せる。どちらのものかも分からない早い鼓動が頭にまで響いてきて、くらくらした。

「……ノルベルト様、そろそろ……」

「ん？　……ああ」

ノルベルトの力強い腕から解放されたレジーナがほっとしてふうと一息吐いていると、ぐいと腕を引かれた。気が付けば、再びソファーに腰を下ろしたノルベルトの上に背中を預けるようにレジーナも座っていた。

「あ、あの……」

「食べさせる約束はまだ有効だろ」

「……約束だったのですか？」

「……まあ」

適当なことばかり言うノルベルトに、レジーナはくすくすと笑いがこぼれる。ノルベルトの無骨な手が肩を辿《たど》ってレジーナの頬に触れた。

「つ……え」

「……初めて笑ったな」

目の前に迫っていたノルベルトが、ふっと口元を緩める。指先が唇の端に触れて、一気に顔が熱を持った。

「つ……」

彼は気付いているのだろうか。私たちが、あまりにも近い距離にいるということに。

「ほら、あ」

口を開いて急《せ》かすノルベルトに、レジーナはチーズケーキをフォークで小さく切って食べさせる。

「……ん、まあまあだな」

「……おいしそうですよ？」

「食べてみろ」

言われて一口含むと、サクサクな生地の上にしっとりしたチーズの香りがふわっと広がった。

「おいしいです」

「じゃあ半分ずつだな」

ノルベルトが口を開けるので再び食べさせる。まるで、雛《ひな》に餌付《えづ》けしている気分だった。

「まあまあなのに半分ずつですか？」

「ああ」

よく分からないと思ってレジーナは再び吐息で笑う。その気配を感じてノルベルトも微笑んだ。

「ああ、もう無理だわ……苦しい」

スイーツをたらふく食べたレジーナがノルベルトに背中を預けると、抱きしめていた手が膨らんだお腹をさすった。

「ほんとだな」

「つさ、触らないでください！」

驚き振り返ったレジーナの肩にノルベルトの腕が回る。

「落ちるぞ」

「はっ……、すみません……」

みっともない体を知られてしまったことにレジーナが赤面して黙り込んでいると、ノルベルトの大きな手が体を伝《つた》って上り、そっとレジーナの頭を撫でた。

「……ノルベルト様？」

「……機嫌を損ねたか？」

眉を寄せやや不安げな声色のノルベルトに、レジーナは見えてないと分かりながらも首を振った。

「まさか！　むしろ私の方がノルベルト様にご不快な思いをさせてしまったのではないかと……」

「何で」

「……お腹が満たされるまで食べるなんて、淑女らしくないですから」

コルセットを締めるために食事を抜くことも珍しくない淑女たちの中で、三食完食するレジーナは異質な存在に見えたのだろう。

婚約者の邸宅で花嫁修業をしていた頃、レッスンの講師や男爵夫人からは指摘が絶えなかった。

「あらあら、レジーナさんたらそんなにがっついて……食事を残すのも淑女のマナーよ」

「今度の夜会で豚のような姿を晒《さら》す気ですか？　その前に午後のダンスのレッスンで自分の重さに耐えきれず倒れてしまいますよ」

「もっと言ってやってください、母さん。女なのに食に執着するなんてみっともない」

そしてそれは、婚約者ダッドリーも同様だった。

「ははっ、同じだな」

数週間前までの出来事を思い出して気落ちしていたレジーナは、軽快なノルベルトの声ではっと現実に引き戻された。

「俺もよくマナーが悪いとか振る舞いが乱暴で貴族令息らしくないと言われる」

くくっと喉を鳴らすノルベルトは、別に気にも留めていないようだった。

「……周囲にそう言われるのは、その……ショックではありませんか？」

「言わせておけばいい。陰でしか言えないそんな奴らも、侯爵令息であり外国とのコネクションを持つ俺を蔑《ないがし》ろにはできない」

地位と権力。名声がなくとも、それらがノルベルトを社交界の中心に留めている。

「……羨ましいです」

レジーナの口元に自嘲的《じちょうてき》な笑みが浮かんだ。

没落寸前の伯爵家のしがない令嬢。爵位《しゃくい》は継げず、結婚でしか自分の立場を確立させられない女という性別。

それでも、ほんの少しでも家の事情に目を向けていれば、外に働きに出て家計を助けることができたはずなのに。婚約すれば問題ないと半年もの間実家を放ったらかしにしてしまっていた。

「人を羨むほど……私は家のために何かをしてきたわけでもありませんが」

「そんなことはないだろ」

「いえ、本当に呑気《のんき》に生きてきましたから……。ノルベルト様は海外の商人たちとも渡り合っていると聞き及びました。本当にご立派です」

「……リナ」

レジーナの髪を梳《す》くように撫でていた手が、ぐっと頭を引き寄せる。

「自分を卑下《ひげ》するな」

抱きしめられ囁かれた言葉が、脳内に響いてレジーナの目頭を熱くさせる。

「……でも……」

「淑女らしさを保とうとしたのも、家門や周囲の面子《メンツ》のためでもあるんだろ」

そう。これ以上婚約者とその家門に幻滅されて婚約破棄されたら困るから。そうならないよう、夜会で婚約者がパートナーであるレジーナを放って他の女といなくなっても、相手の家に相応《ふさわ》しい振る舞いを心掛けた。

でも今は違う。

（〝淑女らしくない〟と、ノルベルト様に嫌われたくないから……）

「俺の前ではたらふく食べるといい」

「それではすぐに太ってしまいます」

「リナは細いから少し太った方がいいくらいだ」

腰に回った腕がレジーナを引き寄せる。まるで恋人のように優しい言葉に酔いしれて、レジーナはノルベルトの首元に顔を埋《うず》めた。入浴を済ませたばかりの石けんの香りが鼻いっぱいに広がり、彼の高い体温が薄着のレジーナの体を温めていく。

「……ノルベルト様は本当に……お優しいですね」

「誰にも言われたことはないけどな」

金で雇《やと》われ無理に襲ったというのに、行為中に何度も痛くないか尋ねてはレジーナの反応を聞きながら求めてくるところも、キスを拒んだら無理にしてはこないところも、今日のように体を気遣い、場を和《なご》ませるようにお茶会のような準備をして、更には慰《なぐさ》めるような言葉を掛けてくれるところも。

（ああ……気づきたくなかったわ……）

レジーナはそっと目を閉じた。自分の心から溢《あふ》れる恋心に、蓋《ふた》をするように。

◆　◆　◆

「……リナ？」

ノルベルトの腕の中でもじもじと動いていたレジーナが横向きになってすぐ、満腹のせいか寝息を立て始める。レジーナの規則的な吐息がノルベルトの首をくすぐる。

「……寝たのか」

しばらくしても返事がないことを確認して、ノルベルトはソファの背凭《せもた》れから体を起こすと、目元に手を掛ける。いつも行為の後は自分もほとんど死んだように眠っていたから、こっそりレジーナを覗《のぞ》き見られたのは二日目だけだった。だがその時は呼びかけるとごにょごにょと返事をして目覚めそうだったから、レジーナがもし起きた時に誤魔化せるよう目隠しを少しずらしただけだったし、運悪く曇りの夜で月明かりもなく、燭台《しょくだい》の蠟燭《ろうそく》の炎でぼんやりと浮かぶ影くらいしか見えなかった。

（だが今日は月明かりも明るいし、レジーナもぐっすり寝てる）

今しかチャンスはない。目隠しの結び目を解《ほど》くのももどかしく、そのまま頭から抜き取ると、月明かりが眩しく感じられて思わず目を眇《すが》めた。

やがて目が慣れてくると、腕の中に抱えた女の体が露になってくる。

小豆色《あずきいろ》の背中までの髪が雪のように白い肌を隠し、露になった首筋には赤い花びらがいくつも残っていた。摑《つか》めば折れてしまいそうなほど細い手足と同じくくびれた腰は、何も食べていないのではと不安に思うくらいだった。

「……レジーナ……」

彼女の本当の名を呼ぶ声が震えた。

ずっと、遠くから見ていただけの彼女がこんなに近くにいる。

それもこの腕の中に、こんなあられもない姿で。

ノルベルトの腕が微《かす》かに震えた。どきどきと高鳴る胸は、まるで自分のものではないような気がした。

（……顔が、見たい）

そうっとレジーナの顔を覗き込むと、長いまつ毛が影を落とし、柔らかそうな唇が魅惑的に開いていた。

（気が緩んだ顔。……可愛い）

起こしてはならないと僅《わず》かな理性で顔に触れることはとどまったが、あまりにも愛らしい寝顔に耐えきれず髪に口付けを落とす。

すやすや眠るレジーナはそれさえ全く気づかず、その背徳感がまたたまらなくノルベルトの理性を脅かした。

「っレジーナ……っ」

堪《こら》えるようにレジーナを抱きしめながら呼びかける。起きてほしい。見つめ合いたいのに、そんなことをすれば二度と彼女は自分の前に姿を現さないかもしれないと分かっているからこそ、酷く胸が締め付けられた。

第四章　絶望のどん底と、幸せの絶頂と

「レジーナ様、お目覚めください」

視界が急に眩《まぶ》しくなり、レジーナは目を閉じたままぎゅっと眉根を寄せる。

「……ん……セレナ？」

「はい。私です。今日も太陽が真上に昇ってしまいましたよ」

軽口を叩《たた》く明るい声につられて薄《うっす》らと目を開いたレジーナは、窓の外に目を向けた。燦々《さんさん》と降り注ぐ日差しは朝よりも強く、既に日中のようだった。

「……ごめんなさい。私いつも遅くまで寝てしまって」

「いいえ。奥様からも正午までは起こさないよう仰せつかっておりますから。お顔を洗うお湯をご用意いたしましたのでどうぞ」

重い体を起こしぬるま湯で顔を洗うと、それだけで頭がすっきりする。セレナはにっこりと微笑《ほほえ》んでレジーナにタオルを差し出した。

「おはようございます。レジーナ様」

「……おはよう、セレナ」

簡易なドレスに着替えると、食事が並べられた席に案内される。

「レジーナ様も朝はお弱いですよね」

「セレナもそうなの？」

「いいえ。私はこの職に就いて長いので早起きは慣れてますよ。私ではなく、お坊ちゃまです」

（ノルベルト様……）

昨夜何もせず、ただスイーツを食べて抱き合って話していたことを思い出し、レジーナの胸が疼《うず》いた。

（今日は六日目。今夜が終われば、明日が最後……）

一週間だけの関係で、二人は恋人どころか知り合いでもない。契約と割り切っていたのに、レジーナはなぜか憂鬱《ゆううつ》な気分だった。

「レジーナ様？　どうかなさいました？　そんなに暗いお顔で……」

「え……あ、ううん。ごめんなさい。何でもないの。それより、話の続きを聞かせてくれない？」

「はい……。お坊ちゃまも昔から朝が弱くて、カーテンを開けても枕に顔を隠されて、なかなか起きられないんです」

朝食を摂《と》っていたレジーナの手が止まり、くすっと笑みをこぼす。想像すると何だか可愛く思えてきたからだった。

「ノルベルト様は……普段は夜更かしされるのかしら」

「明かりはけっこう遅くまで灯《とも》っておりますよ。貿易で取り扱う物には流行《はや》り廃《すた》りがありますから、常に最先端の情報を得ながらも、通常の書類業務も遅くまでこなしておられます。言動に乱暴なところはありますが、貿易の家門の後継者として博識で広い視野を持つお方ではありますね」

「……そう」

貴族にしては乱暴で口も悪い。でもその中に、レジーナは優しいところを見出《みいだ》していた。

「少しいいか」

二人が話していたところに、扉の方から声が掛かる。

「奥様」

開いた扉に凭《もた》れ掛かったドルアは、セレナに手で退出を促《うなが》す。セレナが部屋を出ていくと、レジーナも口元を拭《ふ》いて立ち上がった。

「おはようございます。侯爵《こうしゃく》夫人」

「私に構うな。ゆっくりしていればいい」

「ありがとうございます」

そうは言いつつも、レジーナに着席する様子はない。普段から相手の顔色など気にもせず暴君のように振る舞う息子《むすこ》を見ているドルアには、レジーナは堅苦しいくらいだった。

「まあいい。具合はどうだ？」

「お陰様でよくなりました。ご心配をお掛けしました」

「あのバカ息子とは上手《うま》くやってるのか？」

〝上手く〟とは、契約通りの夜伽《よとぎ》をしっかりこなしているかということだろう。

(昨日しなかったこと……、報告した方がいいのかしら)

「お茶を頭からかけられて暴言吐かれたりしてないか？」

「まさか……。そのようなことはあり得ません」

レジーナは目を見開いて即座に否定すると、ドルアは緩む頬《ほお》が抑えきれずくっと笑った。

それは、ドルアが送り込んだ女に激怒したノルベルトのこれまでの対応だった。

「そうかそうか、ならよかった。期限は明日までだ。残りもよろしく頼むぞ」

「……はい」

視線を落として頷《うなず》いたレジーナに気付きながら、ドルアは踵《きびす》を返す。

「つあ、あの……！」

レジーナに引き留められ、ドルアは足を止めて振り返る。

「……もう、ノルベ……ご、ご令息をソファーに縛《しば》っておく必要はない、かと、思うのですが……」

「お前がそれでいいならそうするが」

「……お願い致します」

「執事に伝えておこう」

足早にその場を立ち去ったドルアは、ついにやにやしてしまう口元を手で覆い隠す。

名前呼び。

縛り付けなくても同じ部屋で親密にしている関係性。二人が順調に進展していることが、愉快《ゆかい》でしようがなかった。

「明後日が待ちきれんな」

その頃。ノルベルトの部屋には慌《あわ》ただしく人が出入りしていた。

「お坊ちゃま、こちらの蔵書は……」

「それは左の棚の二段目に」

「こちらはいかがいたしましょう？」

「それは右の棚だな。後で整理するから適当に入れておけ」

テキパキと指示を出していくノルベルトの頭の中には、既にレジーナの喜ぶ顔が浮かんでいたのだった。

◆　◆　◆

そしてその夜。

「では、また明け方にお迎えに参ります」

「ええ。ありがとう」

にっこりと微笑んでセレナが立ち去り、その姿が見えなくなってからレジーナはノックをした。いつも通り返事はない。

「失礼します……」

扉を開けてまず違和感を覚えた。壁際に、昨日までなかったレジーナの背よりも高い本棚が置かれている。

「リナ！」

「っ!?」

扉の陰から伸びてきた腕にいきなり捕らわれ飛び上がったレジーナに、背後からくっくっと笑う声が聞こえた。

「驚きすぎだろ」

「ノルベルト様……!?　こ、声を掛けてください……」

「掛けただろ」

背中から回った腕がレジーナの体を包み込む。見上げると、目隠しをしたままのノルベルトの口角が嬉《うれ》しそうに上がっていた。

「……こんばんは」

「ああ。夕飯はちゃんと食べたのか？」

「はい。ノルベルト様も召し上がられましたか？」

「ああ」

些細《ささい》な会話一つにレジーナの胸は騒ぎ出す。

「どうだ、模様替えをしてみたんだが」

「素敵だと思います。こんなにたくさんの本があるなんて」

ノルベルトは得意げにふふんと笑うとレジーナの腰に手を添えて手探りで壁際に向かう。レジーナはその蔵書の数に圧倒され感嘆の溜息《ためいき》を漏《も》らした。

燭台《しょくだい》を近づけるとタイトルが見えてくる。

「わあ……。外国の作法……文化に倫理、政治に法律についての本まであるのですね……！」

「取引をするとなると向こうの国の法にも触れないよう注意を払う必要があるし、倫理観によって売買取引を拒まれるものもあるからな」

「ドラゴン関連ですか？」

「一例ではある。滅多に見かけないがこの国ではドラゴンは国旗にもされているほど馴染《なじ》み深く、強さの象徴ともされているが、討伐《とうばつ》は禁止されていない。鱗《うろこ》なんかは高値で需要もある。だが二つ隣の国へ行けば、ドラゴン自体が邪悪な存在として嫌悪されていて、鱗の取引も闇市場でしかされない。それも低価格でな」

「国によって価値観が異なるのですね」

様々な種類の本のタイトルを眺めていたレジーナの目に、一冊の本が止まった。

「茶器に関する本もあるのですね。この家で出される茶器も、装飾が凝《こ》っていますよね。茶器の取っ手にダイヤモンドが埋め込まれていて、驚きました」

「それはあのクソババアの好みだな。三百年前の隣国で流行っていたものだ。当時は鉱山が複数見つかって栄えていたから、茶器にもダイヤモンドをあしらって他国の貴賓《きひん》に見栄《みえ》を張っていたんだろうな。今や鉱山も空っぽで、その茶器も三千ゴールドもするらしい。この国では金貨八千枚だな」

「金貨八千枚ですか!?」

「オークションに出したらそれ以上の価値があるぞ」

「そんなに価値のあるものを使わせていただいていたのですね……」

「物なんだからいつかは壊れる。それに世間的な評価なんて数年で変わってしまうものだから気にするな。これだってまた三百年後には一銭の価値もないかもしれないぞ」

大袈裟《おおげさ》だとは分かっていても、軽口を叩くノルベルトにレジーナはくすっと笑った。

「お詳しいのですね」

「リナの着眼点もいいぞ。貿易商に向いているかもしれない」

お世辞だとは分かりながらも、ノルベルトに褒《ほ》められると嬉しくてたまらなくて、レジーナは思わず微笑んでいた。

「……私は幼い頃から子どもが見る絵本のような夢物語や異国の文化や歴史を知ることが好きでした。まるで別の世界に入り込んだように感じられて、ワクワクして……。……もう、このところ本を読んではいませんが」

「……読むのをやめたのか？」

ノルベルトの言葉に、レジーナはすぐには返答できなかった。

まだレジーナが婚約したての頃、グラヴァー男爵邸《だんしゃくてい》で開かれた貴族の子息や令嬢を招いた茶会でのことだった。その日は隣国で有名な焼き菓子が提供され、婚約者のダッドリーはそれの製造工程について得意げに話していた。

子息令嬢たちはそんなダッドリーに「博識ですね」と感心しており、そのままであればダッドリーの評判はよくなるはずだった。

「ダッドリー様、それは違いますわ。王国ではそうですが、隣国では製造方法が異なっておりまして……」

レジーナが持ち前の知識を披露《ひろう》すると、子息令嬢たちの関心はレジーナに向いた。中途半端な知識で話すダッドリーとは異なりレジーナは詳細を知り尽くしており、それらを口にすると皆がレジーナを褒め称《たた》えた。

だがただ一人、婚約者のダッドリーは違った。

「お前は女のくせに婚約者を立てることさえできないのか！　俺に恥をかかせて楽しかったか⁉　あの後俺はあいつらに鼻で笑われたんだぞ‼」

「いえ、そんなつもりでは……！」

ぱしん、と乾いた音が響く。遅れてレジーナの頬がじわじわと痛んだ。

「俺の言うことにいちいち口ごたえするな！　見た目だけは整っているからマシだと思ったが、謙《けん》虚《きょ》さをどこに忘れてきたんだ⁉　食事も豚のように貪《むさぼ》る上に口ばかり達者で、刺繍《ししゅう》もダンスも上達してないらしいじゃないか！」

「……申し訳ございません……」

〝傲慢《ごうまん》で強欲な嫁が来たものだ〟と、グラヴァー男爵夫人に何度怒鳴られたことか。その後も殿方の一歩後ろに下がって謙虚に純情に振る舞うのが淑女《しゅくじょ》の嗜《たしな》みだと言い聞かされてきたレジーナは、殴られようと罵倒《ばとう》されようと、自分が至らないせいだと言い聞かせてきた。

今自分が婚約を破棄されてしまったら、家計の立て直しをしているエマーソン家への金銭援助が打ち切られて両親に迷惑が掛かるから。

「……女はいずれ結婚して家の中の仕事をこなすものです。広い世界の知識など必要ありません。それに……」

レジーナの口からは何度も言い聞かされてきた理由がすらすらと出てきた。

「殿方より、優秀であってはなりませんから」

知りたいことを知ることも、婚約者の邸宅では許されなかった。ただひたすら、ダンスに刺繍にお茶を繰り返し、グラヴァー家に求められる慎《つつ》ましく愛らしい婚約者を演じた。

けれど好きでもないことを続ける日々は窮屈《きゅうくつ》で、好きなことを学べない環境は憂鬱だった。

「……本当は本が読みたかったのか？」

「……はい」

どうして、知り合って数日の人にこんな話ができるのか、レジーナは自分でも分からなかった。けれど彼にならば、婚約者に鼻で馬鹿にされた本当の好みを、打ち明けられる気がした。

「じゃあ好きなのを持って行くといい」

「えっ……！　いえ、そんなつもりでは……！」

「貸すだけだ。返せばいいだろ」

「……ですが」

紙は高級品で、レジーナも街の大きな本屋ではなかなか買えず、古本屋で安くなっているものを時折購入するくらいだった。

「男だけが権力を握れる時代はじき終わる。俺たちの子や孫の世代には、女が爵位を継げる時代がやって来るかもしれないんだ」

「女性が……？　ですがそれは、王国法上禁止されていますよね？」

「その法が変わったとしたら？」

レジーナは目を瞬《しばたた》かせた。

爵位を継げるのは男のみ。女はその男を陰で支え、家を切り盛りし、多くの子を成すことが仕事だとされている。

「……まさか……」

「女が主体となって働く国もある。女王制で王宮の側仕《そばづか》えはほとんどが女の仕事だ。女でも爵位を継いだり騎士になれる。男も働くが、子育ては男の仕事だ」

「……海を越えて南下した国ですよね。ですがそれは、その国が独特なだけで……」

「俺たちから見れば向こうの国は独特だが、向こうの国からすれば男が主体であるこの国の方が独特だろうよ」

はっとさせられた。常識がひっくり返るという発想など誰が思い浮かぶだろうか。

「常識に囚《とら》われすぎる必要はない。世界は広い。リナも分かってるだろ？」

優しい声が、じんわりと心に染み渡る。

怒りや妬《ねた》みで塗《ぬ》り潰《つぶ》された心が、僅《わず》かにでも清らかになっていく気がした。

「ここでは読みたい本を読んで、好きなだけ食事をして、デザートだっておかわりするといい」

「……ふふ。はい……」

思わずレジーナが声に出して笑うと、ノルベルトは唐突にレジーナの背に手を回した。

「つあ、ノルベルト様、危ないですよ……」

レジーナは手に持っていた燭台を遠ざける。ノルベルトは気にした素振りもなく、レジーナの髪を撫《な》でながら低く囁《ささや》いた。

「……ベッドに行かないか」

その意味が分からないはずがない。レジーナは返事の代わりに片手でノルベルトの背中を抱きしめた。

ゆっくりと腕を離していったノルベルトの手を握り、隣室に続く扉を開いた。

（わあ……！）

初めてノルベルトの寝室に足を踏み入れたレジーナは、まず部屋の壁一面にある本棚に驚いた。

（本がいっぱい……！）

けれど感動する間もなく手を引かれ、ベッドに連れて行かれる。まだ本棚の方を見つめていると、それを分かっていたかのように両頰に手を添えられ、ぐいと彼の方に顔を向けられた。

「よそ見をするな」

肩に触れた手に押されてどさっとベッドに横たわる。ギシッとベッドが軋《きし》み、彼が上に跨《また》がった。実際には見えていないのだが、上から見下ろされるだけで心臓の鼓動《こどう》が激しくなる。

「よそ見なんて……」

「してただろ」

「んっ……」

近付いてきた彼の唇が、レジーナの首筋を這《は》う。口付けながら肩に掛けていただけの外套《がいとう》を下ろされる。シュミーズを肩から下ろされ、そこにもちゅっと痕《あと》を残すと、ノルベルトは空いた手で胸を揉《も》みしだき始めた。

「あっ、だ、だめですっ」

その手を、レジーナが摑《つか》んで止めようとする。

「……何で」

「横になると……崩れて本当に胸がないので、嫌です」

自信のないレジーナの声は徐々にか細くなっていく。

以前「〝意外と〟胸が大きい」と言われたから、彼はそういうのが好みなのかもしれない。そんな不安でいっぱいなレジーナとは対照的に、ノルベルトは彼女の胸の中で笑い声を上げた。

「つはは、そんなこと気にしてるのか」

「そんなことじゃ——ひゃっ」

立ち上がった先端を指先で弄《もてあそ》ばれるだけで、レジーナは息を詰まらせる。

「もうずっと触ってきただろ」

悪戯《いたずら》っぽく言う彼に胸がきゅんと締め付けられた。

ずっとと言っても二日ぶりで、それに今はもう、体よりも心が彼を渇望《かつぼう》していた。

体だけでも彼に愛されたい、と。

探すように胸元を這っていた唇がぱくりと先端を咥《くわ》え、熱い舌先でそれを指先のように器用にいじり倒す。ころころと転がし、押し潰し、舐《な》め回され、息が乱れた。

「つぁ、……はっ」

何故《なぜ》だろう。初日もとても緊張したけれど、その時よりも今の方が、別の意味でドキドキする。

彼に触れられた箇所が熱を持ち、その一つ一つを意識して拾ってしまう。

触れて欲しい、求められたいと思うのに、それと同じくらい、幻滅されるのが怖い。

「……でも……っ」

言いかけたレジーナの胸を彼の手が包み込んでぎゅっと握った。言葉を詰まらせたレジーナの方にノルベルトは顔を上げる。

「じゃありナは俺の体でどこか嫌いなところでもあるのか？」

「ありませんよ……」

まるでその答えを分かっていたかのように、ノルベルトはにやっと得意げに笑った。

「それと同じだ。リナの胸だから好きなのであって、大きかろうと小さかろうと関係ない」

「っ……」

まるで告白のような言葉に身体中の血が沸騰《ふっとう》したように熱くなる。

(それって……？)

期待してしまう。彼も私と、同じ気持ちなのではないかと。

震える手をそっと伸ばし、彼の頭に載せる。絹糸のように繊細な髪は触り心地がよく、柔らかかった。

「……リナ？」

レジーナは体を起こすとノルベルトを包み込むように抱きしめ、その髪に口付けた。

腕の中で、彼が一瞬息を止めていた。

(ああ、私やっぱり、ノルベルト様のことが…………)

言ってしまいたい。

胸の内に溜《た》まったこの気持ちを、打ち明けてしまいたい。

私はあなたのことが好きです。大好きです。

心からお慕いしています。

だから、あなたと離れたくありません。

そんなことを思っていると、背中に力強い腕が回り、ぎゅうっと抱きしめられる。

「今日こそは余裕ある姿を見せようと思ってたんだがな」

「え……あっ……」

胸をやわく噛《か》まれてぴりっと電撃が走る。思わず手を離すと彼の手がお腹《なか》から太腿《ふともも》に下がり、レジーナの両足を持つとその間に居座った。

「リナが煽《あお》ったせいだからな」

「つきゃ……」

下に何も穿《は》いていなかったため秘部が丸出しになり、レジーナは顔を赤らめる。

「つや、やめてください……！」

彼の唇はお構いなしに内腿にキスを落としていく。それだけで下腹部は彼を求めてうずうずしていた。

何をされるのか、挿絵《さしえ》で学んでいたレジーナは全く分からないわけではなかった。けれど知っているからこそ、あんなことをされるなんてと想像しただけで恥ずかしくて堪《たま》らない。

「もう蜜《みつ》が溢《あふ》れてきてる」

「つや……」

それを自分でも分かっていたからこそ、消えてしまいたいほどの羞恥心《しゅうちしん》に襲われ、レジーナは両手で顔を覆《おお》った。足を閉じようとしても、太腿を掴む彼の腕に押さえつけられてびくともしない。

「だめっ……」

「だめじゃないだろ。ほら、足を閉じるな」

足に力が入ってしまい、その度に強制的に開かされる。

「見てないだろ」

「そういうことじゃないです……！」

見えていなくても、嗅覚《きゅうかく》も聴覚も触覚も残っている。誰にも許したことのない場所に顔を近づけられるのは耐え難く、それが好きな人なら尚更《なおさら》だった。

「恥ずかしいんです……」

「だろうな。こんなに垂らしてるんだから」

「言わないでくださいっ……」

ノルベルトの指先は溢れた蜜壺《みつつぼ》……には触れず、お腹を通って茂みを通り、蜜壺の上の敏感になっている部分に触れる。その瞬間、背筋がゾクゾクとした。

「リナが煽ったからだろ」

そう言って彼はそこへと顔を埋《うず》めた。

それからどのくらいの時間が経《た》ったのか、レジーナはもう何度目か分からない快感の絶頂へと追いやられていた。

「ぁ、ぁっ、い、やっ……」

初めこそ羞恥心に耐えきれずに両手で顔を覆っていたレジーナだったが、何度もイかされると自分の体を制御できず、迫り来る波を受け止めるようにシーツを握るだけで精一杯だった。

「恥ず、かしっ……」

「何度もイッといて今更だな」

ノルベルトは舌先をちろちろと動かして膨《ふく》らんだ蕾《つぼみ》を捻《ひね》る。駆け巡る快感にレジーナが喘《あえ》いでい

ると、滴《したた》る蜜をじゅうっと吸い取られた。

「ぁ、ん、だめ……っ」

「気持ちいいだろ」

同時に蜜壺の中に指を入れられ、何度も果てたレジーナの足がガクガクと震える。彼の口から少しでも卑猥《ひわい》な言葉が出るたびに、レジーナは下腹部が疼いてさらに蜜が溢れた。

「あっ、……きもち、い……だ、めっ……」

合わせるように指の動きが激しくなり、彼の舌先が限界まで尖《とが》ったところを押し潰した。

「ぁぁっ……、もっ、むりっ……」

何度果てたか分からない体は、すっかり快感を覚えきってノルベルトが与える刺激に敏感になっていた。

再び果てそうになったその瞬間、突然彼が離れてしまった。

「っ……ぇ……」

見上げると、ふーふーと荒い息遣いのノルベルトが乱暴に服を脱ぎ捨てていく。下から見た彼の腹は六つに割れていて、意外と肩幅もあった。抱きしめられていた時からがっしりしているとは思っていたが、下から見上げるとより男性らしい体をしているのが分かる。

引き寄せられるように伸ばした指先でお腹をなぞると、ノルベルトの滾《たぎ》ったものがびくりと震えた。

「誘惑のつもりか？」

「……やめちゃう、ので」

既に何度も果てて疲れ果てているのに、目を閉じれば眠れてしまいそうなのに。もうすぐ絶頂を迎えるという寸前で止められたレジーナの体は不完全燃焼を抱えていた。

けれどレジーナの淫《みだ》らな体を味わい卑猥な声に反応していたノルベルトの方も、我慢の限界だった。

「咥えられるか」

レジーナの胸の上を跨いだノルベルトは、透明な汁を滴らせた屹立《きつりつ》を向けてくる。びきびきと血管の浮き出たものの大きさに改めて呆然《ぼうぜん》として黙り込んでいると、それを頬に擦《こす》り付けられる。熱く硬いものの感触に、先ほどまで弄《いじ》られていたところから蜜がとろとろと腿にまで垂れてくるのを感じた。

勇気を出してそれを口にする。挿絵で見たようにゆるゆると出し入れすると、彼の大きな手に頭を撫でられた。優しく、労《いた》わるようなその手付きに自分の方が興奮していた。

舌を使って舐めとると上でノルベルトが低く呻《うめ》く。感じてくれているのが嬉しくて、レジーナはたどたどしい動きながらも喜ばせせようと頑張った。

けれどだんだんと苦しくなってきて、腿をとんとんと押すとノルベルトは自身を引き抜く。解放されたレジーナはぷはっと息を吐き、荒々しく息をした。

「……苦しかったか？」

上から退《ど》いたノルベルトは心配そうに尋ねながらレジーナの髪を撫でる。その優しい手付きに、胸がきゅうと締め付けられるようだった。

「……大丈夫、です」

彼の手を取ると、太い指がレジーナの指に絡み付く。

「……もう、いいか？」

また汁を滴らせた熱いものが散々弄られた秘部に擦り付けられていた。ぐちゃ、ぐちゃと生々しい音が煽るように聞こえてくる。

「……はい」

そう返事をした途端、ずぶっ、と勢いよく入ってきて目がチカチカする。その余韻《よいん》に浸っている暇《いとま》もなくノルベルトはゆるゆると律動《りつどう》を始めた。

（いつもと、当たるところが違う……っ）

優しい始まり方だと分かっていても、お腹の方の気持ちいいスポットばかりが狙われて、レジーナは甘い声を抑えきれなかった。上にいるノルベルトの重みがあるために敏感なところが押し潰されて、普段以上の快感が押し寄せる。

「ぁっ！　だっ、めっ、ん……！」

視界に映るものがいつもとは違う。暗がりの中で顔もはっきりしないが、大好きな人に組み敷かれていると思うと、溢れる蜜が彼のものに絡んでさらに奥へと誘《いざな》った。

いつもとはまた違うレジーナの反応に気付いたノルベルトも、はあっと熱い息を吐き出す。

「ノルベルト、さまっ……」

ノルベルトは不意に下から伸びてきた手に腕を掴まれ引っ張られる。とはいっても弱々しい力なのでびくともしなかったのだが、ノルベルトがそれに応じてレジーナに覆い被さると、レジーナはぎゅうと首元にしがみつき彼を離すまいと足でも押さえつけてきた。

「……そうやってしがみついてくるのは癖《くせ》なのか？」

「分かりません……。ただ、触れていたくて……」

さらっと愛しているかのような発言をするレジーナに、ノルベルトの中の興奮メーターの針がはち切れんばかりに最高値に跳ね上がった。

「あっ……待っ、て……ぁ、っ」

「わざとだろもう……」

煽られたノルベルトは最奥《さいおう》に力いっぱい打ち付ける。普段は当たらないそこが気持ちよくて、更には耳元では彼の荒々しい息遣いが聞こえ、レジーナの興奮を高めた。

「っ……締めるな」

「ん、っや、締めて、なんてっ……」

そう言いながらまるで気持ちいいと言わんばかりにきつくレジーナの中が締まる。さらには耳元で喘がれ、胸の先端が肌を掠《かす》め、ノルベルトを誘惑した。

「ああっ、くそっ」

「つん、ぁ」

レジーナの腕を掴んだノルベルトが、指を絡めてベッドに縫《ぬ》い付ける。そのまま唾液《だえき》がぐちゃぐちゃになる程キスしたい衝動を抑えて、首筋にきつく吸い付いた。

「っ、ゃっ……」

首元、鎖骨《さこつ》、胸元を通った唇は、ぷっくりと立った先端を捉えた。

「あぁっ、だ、めっ……」

舌で捻りころころと弄び、唇で食《は》む。甘い声を上げる反応が嬉しいのかノルベルトがきつく吸い上げると、レジーナのびくんびくんと跳ねる腰が更なる快感を求めて自ら動き出す。

「ノル、ベルトさま、もっ……む、り……！」

「っリナ……」

迫り来る波を感じたレジーナが繋がれた手をぎゅっと握り返す。ぶるり震えたレジーナの腰が引けると、ノルベルトは奥を激しく打ち付けてきた。

「つあ……イっちゃ……！」

「は……っ、リナ……！」

限界を迎えたレジーナの体が弓のようにピンと張る。強張《こわば》った彼女の体を抱きしめながら、ノルベルトも奥で吐精《とせい》した。

◆　◆　◆

翌朝、カーテンから漏れる朝日が眩しくて目覚めたレジーナは、嫌なことから目を逸《そ》らすようにそっと瞼《まぶた》を下ろした。

（今日が、最終日……）

分かっている。自分はただ子どもを作るためだけにあてがわれた娼婦《しょうふ》のような存在。いなくなったところで、今度は別の新しい女性が彼の相手をするに違いない。

それに彼が本当に女嫌いだったとしても、家督《かとく》を継ぐ以上いずれは結婚を強《し》いられる。

（きっとノルベルト様がご結婚されるとしても、選ばれるのは名のある侯爵家《こうしやくけ》か公爵家《こうしやくけ》の、何を取っても不足のないご令嬢ね……）

まかり間違っても自分のような落ちぶれた家門の、しかも婚約破棄されたような惨《みじ》めな女などではないはず。

（……羨《うらや》ましいわ）

のそのそと起き上がったレジーナは、姿見の前に立つ。相変わらず首筋や肩の方にまで情事の痕が残っていた。

彼がどれほど優しい人なのかはよく分かっている。

愛してもいない女が痛くないよう気遣い、まるで愛しているかのような優しさで包み込み、けれど獣のように荒々しく貪欲に求めてくる。

けれど、愛しているわけでもない女にもあれほどできる人だから、きっと愛する人にはもっとすごいに違いない。

いつか現れるかもしれないその人のことが羨ましくて、悪いとは分かっていても、妬ましかった。

「レジーナ様、起きていらしたのですね」

「セレナ。……その本は？」

ノックをして部屋に入ってきたセレナは、その手に三冊の分厚い書物を抱えていた。

「お坊ちゃまからです。レジーナ様にお渡しするようにと……。他に欲しいものがあれば用意すると仰《おつしや》っておりましたが……」

レジーナでさえ忘れていたのに、ノルベルトが覚えていたことに心底驚いた。

「……どこまでお優しいのかしら」

その優しさが、レジーナの胸を酷《ひど》く締めつける。

（……もう会えないのだから、覚悟を決めなきゃならないわ……）

それから朝食を摂り本を読んでいると、あっという間に日が暮れて最後の夜がやって来た。

「これは……？」

「お坊ちゃまがレジーナ様のためにご用意されたドレスです」

それは南部で流行しているという、シュミーズのようにコルセットを着けないゆったりとしたドレスだった。

（貿易商のオーギュラス家だから、王都以外の流行にも敏感なのかしら？）

「今日はこれを着てくるようにと仰せつかっております」

「そう……。手伝ってくれる？」

「もちろんでございます」

セレナに手伝ってもらいドレスに袖を通す。以前読んだ本に書かれていた通り、コルセットを着けないため腹部を締め付けられることによる息苦しさもなく、素材がモスリンなので肌あたりが柔らかくて、軽い上に動きやすかった。

「わあ、すごいわねこのドレス！　コルセットがないから苦しくないわ」

「すごくお似合いですよ」

シトリンのワンポイントのネックレスを付けながらセレナに移動するように促されて姿見の前に立つ。ノースリーブの上半身には控えめなコスモスの刺繍《ししゅう》が施され、見慣れないすとんと落ちたシルエットにレースを薄く重ねた白いドレスは、まるでウエディングドレスを連想させどこか神秘的でさえあった。

ドアを開けるとノルベルトはいつものソファーに腰掛けていた。けれど手足は解放されているため、長い足を持て余すように組み、その上に組んだ両手を載せていた。

「リナ！」

「ノルベルト様……！　こんばんは。本にドレスまで用意していただき、ありがとうございます」

ノルベルトの声を聞くだけで、レジーナは心が浮き立った。そして彼に近づきその姿を間近に見ると、胸がときめいた。

「その格好は……」

「ああ。リナと踊ろうと思って」

いつもの簡易なトラウザーズとシャツではなく、以前窓の外で見かけたような服装だった。タイの装飾と胸元のハンカチーフがレジーナの首元で輝くネックレスと同じイエローの色目で、漆黒《しっこく》のジャケットを羽織ったノルベルトと並ぶと、本当に新郎新婦のようだった。

「素敵ですわ。よくお似合いです」

「ありがとう。リナの姿も、見られたらよかったんだが」

「あ……」

「でもきっとよく似合っているはずだ」

そう言って微笑むノルベルトに、レジーナは胸がずきりと痛んだ。

（会えるのは今日が最後。この関係が終わったら、私たちは互いに知らない人に戻ってしまう……）

「……目隠しを、外しましょうか？」

「いいのか？」

「……私も、ノルベルト様の瞳の色を見てみたいと思っておりました」

（ノルベルト様と目を合わせて話せるとしたら、今夜が最後になるのだから……）

ノルベルトの背後に回り込んだレジーナは頭の後ろの結び目を解《ほど》いていく。目隠ししていた布を外すと、ノルベルトは急に変わった視界に目を眇《すが》めた。

「真っ暗で何も見えないな……」

「慣れませんか？」

レジーナは前に回り込んで屈《かが》んだ。ノルベルトの瞳は母親のドルアと同じ、透明な水のように澄んだスカイブルーだった。

（綺麗《きれい》……）

見惚《みと》れていると、吊《つ》り目《め》のアーモンドアイがやがて大きく見開かれる。

「…………リナ」

「……はい」

ずっと姿を見ていただけのノルベルトと目が合い、レジーナは照《て》れ臭《くさ》くなってはにかんだ。

「……こんなに可愛かったんだな」

「お世辞は結構です」

「お世辞なもんか」

伸びてきたノルベルトの手がレジーナの頬を包むように触れてくる。

「……愛らしいな」

「もうおやめください……」

ぐっと距離を詰めて覗《のぞ》き込《こ》まれることに慣れていないレジーナはふいと顔を背《そむ》けると立ち上がった。

追いかけるように立ち上がったノルベルトは、さりげなくレジーナの腰に腕を回した。

「想像通りだ。ドレスがよく似合ってる」

「……どうして突然ダンスを？」

「自信がないのか？」

「……はい」

挑発的に笑ったノルベルトに、レジーナは視線を逸らしながら頷いた。

「あははっ。顔を見ると分かりやすいんだな。知らなかった」

「……ノルベルト様の足を踏んでしまうかもしれません」

「構わない」

向かい合ったノルベルトがレジーナの手を引いて自身の肩に置かせると、彼女の腰を引き寄せるように手を回してくる。

「ですが……」

「どうせここには俺たちしかいないんだ。誰に叱られるわけでもないだろ？」

ゆったりとしたリズムで足を動かし出したノルベルトに、レジーナはどうにか着いていこうと必死になるあまりカクカクした動きになる。すると上からぷっと吹き出す声がした。

「つもう、笑わないでくださいっ！　これでも必死なんですよ……！」

「つくく、いや……。別に必死にならなくてもいいだろう。もっと肩の力を抜いて、楽にすればいい」

「気をつけないと足を踏んでしまいそうなんです」

「俺の足の強度がどこまで高いのかテストしてみるいい機会だろう」

「もう……」

揶揄《からか》うように言われて、気を張っていたレジーナもいつの間にか気が緩んでいた。いつ踏むかと冷や冷やしていた足元も、気にしなくても踏むことはなかった。

「リナ、こっちを向け」

言われて顔を上げると、ノルベルトが得意げに微笑んだ。

「……ノルベルト様はダンスがお上手なのですね」

「子どものうちから踊っていたからな。嫌でも叩き込まれた」

「私もそうすればよかったですわ」

「俺はさっきのカクカクダンスも好きだぞ」

「揶揄わないでくださいっ……」

「ははは」

屈託《くったく》なく笑うノルベルトを見ているうち、レジーナも思わずつられて微笑んでいた。楽団の演奏はないし、煌《きら》びやかなシャンデリアもない。たった二人きりのダンスだというのに、今まで踊ってきたどんな時よりも楽しくて、胸が高鳴った。

けれど幸せな時間はそう続かなかった。

「お楽しみのところ失礼致します。お坊ちゃま、急ぎのお話がございます」

扉の向こうから男の声が聞こえてレジーナはびくりと震えた。

「執事だから大丈夫だ」

ノルベルトに背中を撫でられ落ち着きを取り戻すと、それを悟ったのかノルベルトは扉を開けた。

「何だ」

「昨日出航した北部行きの船が転覆《てんぷく》したと連絡がありました」

「なに？　昨日今日と波は穏やかで、雨も降っていなかったはずだが」

「それが、海賊《かいぞく》に襲われたとのことで……。行き先は異なるのですが今日出航した船も明朝にはそのエリアを通るので、急ぎ措置を取らねばなりません」

「……分かった。少し待っていろ」

一度扉を閉ざしたノルベルトはレジーナの前までやって来ると、言い聞かせるように両肩を優しく摑んだ。

「すまないリナ。急用が出来てすぐに出なければならない」

「あ……」

突然のことにレジーナは頭が追い付かなかった。

せめて今日は朝まで起きていて、最後の夜を嚙み締めて綺麗な思い出として残したいと思っていた。

「明日には帰れるだろう。だから今日はもう休んでくれ」

「ま、待ってください。私……！」

途中まで言いかけて、レジーナは口を閉ざした。

ノルベルトが、困ったようにレジーナを見つめていた。

「……どうかお気を付けて行ってらっしゃいませ」

「ありがとう。……また明日な」

ノルベルトの手がレジーナの頭にポンと載せられる。そのまま髪をひと撫ですると、彼は背を向けて行ってしまった。

(明日なんて、私たちにはもう来ないのに……？)

それでも彼が、〝明日〟という言葉で誤魔化《ごまか》して、無理に笑って見せたということは、所詮《しょせん》彼にとって自分たちの関係はその程度だったということ。

(挨拶《あいさつ》もないままこの関係が終わっても、ノルベルト様にとっては構わないくらい、私のことなんて……)

誰もいない部屋でレジーナはしばらく呆然《ぼうぜん》と立ち尽くしていた。

それが、ノルベルトとの最後だった。

◆　◆　◆

どんなに拒んでも朝日は上り日々はあっという間に過ぎていく。

約束の一週間を終えたレジーナは、ぼんやりした意識のままそれを思い出して胸が痛かった。実

る。
また明日と言って終わらせた昨夜のノルベルトのことを思い出して、これが現実なんだと納得させはこっちが夢なのではないか、まだ一週間は終わっていないのではないかと馬鹿なことを考えては、

(たかだか一週間限定の娼婦相手なんだもの、当たり前じゃない)

そう自分に言い聞かせて、喉《のど》のすぐ手前までこみ上げた熱いものをぐっと堪《こら》えた。

やがてセレナが神妙な面持ちでやってきて、レジーナは支度を始めた。起きたのが昼前で、昼食を出されたのだが、どうにも口を開く気にもならなかった。結局、一口も手を付けず、出されたままの食事が運び出されるのと引き換えにドルアが部屋にやってきた。

「レジーナ、体調はどうだ?」

「……はい。大丈夫です」

昼食を拒んだというレジーナに元気がないのは誰が見ても明らかだったが、ドルアは「そうか」とだけ返した。

「昨日で最初の契約期間は満了した。この後東部にあるうちの領地に移ってもらい、三ヶ月は子ができたか確認期間を設ける」

「はい。覚えております」

「……その前に家族と会う時間は設けてやる。支度ができたら馬車に乗りなさい」

あまりに生気がないレジーナをドルアも同情気味に見つめながら部屋を出て行く。終始心配そうに見つめていたセレナがそそくさと駆け寄ってきた。

「レジーナ様、今日一日はこちらでお休みになられた方がよろしいのではありませんか?」

「ありがとうセレナ。でもいいの」

「ですが……レジーナ様があまりにもお辛《つら》そうで……」

言い淀《よど》むセレナを、レジーナは目にいっぱいの涙を浮かべて見上げる。

「……ここにいるとまた会いたくなってしまうでしょう？」

「レジーナ様っ……」

「お願い。今は本当に辛いの。だから早く……忘れてしまいたいの」

その目からついに堪えきれなかった涙が、ぽたりぽたりとシーツの上にこぼれ落ちた。

明日がないにも拘《かか》わらず、明日という言葉でこの関係を終わらされてしまった。ノルベルトにとってレジーナはその程度の関係性なのだと、現実を突きつけられたようで胸が痛んだ。

「とても急がれていたから、お別れのご挨拶もできなかったわ。最後にいろんなことを打ち明けて、謝りたかったのに……」

初恋だった。

誰かに心惹《こころひ》かれることがこんなにも辛いのだと初めて知った。

きっとこれからは私ではない〝誰か〟が同じ役を担うのだろう。私のように彼に触れて、彼を求め、受け入れて。

そして彼の大きな手で強く抱きしめられ、きっと私のように恋に落ちてしまうに違いない。

読みきれなかった三冊の本が視界に映る。日々向けられていた彼の優しさと、最後の淡白さが、心の奥深くにまで突き刺さる。

（ああ、こんなに辛いなら、こんな気持ち知りたくなかった……）

思い出したのは、絵本で読んだお伽噺《とぎばなし》に出てくる人魚のことだった。彼の思いを手に入れられなかった人魚が、殺すこともできずに泡となって消えてしまうお話。けれどレジーナには、その気持ちが痛いほどよく分かった。

手に入らないからと暴挙に出ることもできず、かといって昨日までのように触れ合うことはもう叶《かな》わない。それならいっそのこと、泡となって消えてしまいたいたかった。

行き場のない気持ちが心の中にくすぶって、涙となって溢《こぼ》れてくる。

「どうか今だけはお許しください」

そう言ってセレナが抱きしめてくれると、その温《ぬく》もりが心地好《よ》くてレジーナは声を上げて泣いてしまった。

◆◆◆

二週間ぶりに帰って来た実家は、まるで実家ではないような気がした。

(期間限定の娼婦だったというのに……)

いつの間にか彼の側の居心地がよくなり過ぎていたらしい。

レジーナは自嘲《じちょう》しながら両親を探して部屋の扉を開いていく。父の書斎はすっかり空っぽになっていて、薄汚れたソファーで頭を抱えていた男女ががばっとこちらを振り返った。

「っレジーナ!!」

「レジーナ! あなたどこへ行っていたの!?」

久しぶりに見る二人はすっかりやつれてしまっていた。

「ごめんなさい。お父様、お母様」

「よかった、生きていてくれて……。とても心配したんだぞ？」

「怪我《けが》はない？　……それにしても高そうなドレスを着ているのね……」

真っ先にレジーナに飛び付いた母メリッサだったが、身に着けているものに異変を感じてその格好を見つめてくる。

「……それに、その紙は何だ？」

首を傾《かし》げる父バーナードに、レジーナは手に持っていた小切手を差し出した。金貨千枚。それは、借金を返してもまだ余るほどの金額だった。

「……この小切手は……」

「あなた、どうしてこんなものを……？」

戸惑《とまど》いながら小切手を受け取ったバーナードは、その中にオーギュラスの名前を見つける。

「レジーナ……、オーギュラス侯爵家に借金をしたのか？」

「え!?　そうなの？　レジーナ」

「それは借金ではなくいただいたのです。お返しする必要はありません」

バーナードは真っ先にノルベルトの悪い噂《うわさ》を思い出し顔を真っ青にした。

「レジーナ……、まさか、あそこの乱暴息子に何かされたのか？　それでその隠蔽《いんぺい》のためにこんなものを——」

「あの方を悪く言わないでください！」

レジーナが声を荒らげると、夫妻は目を見開いた。レジーナを養子として引き取ってから、彼女は一度たりとも夫妻に楯突《たてつ》いたことなどなかった。

「……レジーナ、あなた……」

「……声を荒らげてごめんなさい。ですがノルベルト様は……侯爵令息はとても優しくて素敵な方です。どうかそのようなことを仰らないでください」

夫妻が呆然としていると、レジーナは淡々と話を続けていく。

「これで邸宅を手放さなくて済むでしょう。ですがしばらくは噂の的にならないよう、郊外で静かに暮らしたほうがいいと思います。私はまた三ヶ月ほどいなくなります。もしかしたらさらに延びるかもしれませんが、どうか私を探さないでください」

「っレジーナ！」

立ち去ろうとするレジーナの腕をバーナードの手が掴んで止めた。

「待て。どこへ行くんだ!?　どんな危険なことをさせられているのか知らないが、今すぐやめなさい！」

「あなた！　待って……」

「危険なことなど何もしておりません。きっと無事に戻って来ますから」

「あれほどの金額が危険もなしに手に入るはずがないだろう！　お前は今冷静さを失っている！あそこの息子に洗脳されているんだ！　今すぐやめなさい！」

メリッサが止めようとするものの、バーナードは頭に血が上ってしまっていた。

バーナードの言葉を聞いたレジーナの顔がみるみる歪《ゆが》んでいく。大切な父親の口から、大好きな人を侮辱《ぶじょく》するような言葉を聞きたくなかった。

「悪く言わないでと言ったはずです！」

「お前がそんな風に変わってしまったのはそいつのせいなのだろう！　たとえ侯爵家の息子だとしても許してはおけまい！」

「私は変わってなどおりません！」

レジーナがひときわ声を張り上げるとバーナードはぴたりと動きを止めた。それを見て息を荒げていたレジーナも少しだけ冷静さを取り戻す。

「今まではただいい子でいようと……伯爵《はくしゃく》令嬢として、ダッドリー様の婚約者として、両家の顔に泥を塗ることのないよう、恥と言われることのないよう努めてきただけです」

だけどノルベルトと一緒の時は違った。常に気を引き締め様々な感情を押し殺していた今までとは違い、自然体のまま、自分の気持ちに素直でいられた。

「……侯爵家にご迷惑をお掛けするようなことはおやめください。時が来れば私は必ず帰ってまいります」

「あ……」

「レジーナ！　待ってレジーナ！　行かないでちょうだい！」

足早に立ち去っていくレジーナを、メリッサは追いかけようとしたが、震える足がもつれてぺたんと座り込んだ。

「ああ……あなた……」

やがて廊下からもレジーナの姿が見えなくなり、みるみる視界が歪んでいく。

大切な我が子と喧嘩《けんか》別れをしてしまった。

この世で唯一の我が子。

ずっとずっと大切に育てて来た愛娘《まなむすめ》なのに。

「どうしてあんなことを……。あの子が、ようやく帰って来てくれたというのに……」

「……今すぐオーギュラス侯爵家に行ってくる」

「あの子に止《や》めるよう言われたではありませんか」

「じゃあこのままあの子が危ない橋を渡るのを黙って見ていろというのか！　俺だってあの子が大切だから怒っているんだ！　あの子がもし犯罪にでも巻き込まれたりしていたら、親である俺たちが守ってやるべきだろう！」

バーナードの悲痛な叫びにメリッサもまた同じように苦悩の表情を浮かべた。

「……その気持ちは私も同じです。でも私は、ようやくあの子が自ら何かを望んだその意思を尊重したいのです。今まであの子は我《わ》が儘《まま》ひとつ言わず、反抗期もありませんでした。それなのに、あの子が初めて私たちに怒ったのですよ？　たったの一度もそんなことはなかったのに」

気持ちはバーナードと同じではあったものの、同じ女としてメリッサはレジーナの心の機微《きび》を感じ取っていた。

「まだまだ子どもだと思っていたけれど、あの子はもう自分で考えて行動しています。こうして私たちの家計のために自ら動くくらいには」

「……だがこの金が正規のものかは分からない。もし侯爵令息に乱暴でもされていたとしたら……」

「あの子がそんな人を擁護《ようご》すると思いますか？　それに見える部分に暴行を受けたような痕はあり

ませんでしたし、以前より顔色もよくなっていました」

メリッサに優しく諭《さと》され、取り乱していたバーナードも正気を取り戻していく。

「三ヶ月後に帰ると言ったのだから、それまでは様子を見ましょう。それが延期されるとしても、あの子からまた何か連絡があるはずですから」

「……そうだな……」

まだたくさん言いたいことはあったがそれをぐっと飲み込み、バーナードは返事を絞《しぼ》り出した。

第五章

好きだからこそ側にいたくて、好きだからこそ守りたい

「レジーナ様、おはようございます」

声を掛けられ薄《うつす》ら目を開いたレジーナの視界に、洗顔用のぬるま湯を用意するセレナが映る。

「……セレナ、おはよう……」

「そう仰《おつしや》りながら寝ないでくださいませ」

一度は閉じた重い瞼《まぶた》を持ち上げ、ぼんやりと天井《てんじよう》を眺《なが》める。

二週間も過ごせばこの天井も見慣れて来た。

「朝食のご用意ができております」

「……お腹《なか》が空《す》かないわ」

「今朝《けさ》こそは食べてください。毎食抜かれるのでどんどんお痩《や》せになられてますよ」

セレナがカーテンを開くと外は曇りのようで、鼠色《ねずみいろ》一色だった。

「……侯爵《こうしやく》夫人に叱られる？」

「もちろんです」

顔を洗い着替えを済ませ、朝食の席に着くと別邸のシェフが朝食の説明をしてくれた。食べやすいスープと柔らかいパン、そしてサラダだった。

一口食べただけでお腹いっぱいで、レジーナはセレナを見上げたが、「せめてスープだけでもお召し上がりください」と言われどうにかスープを飲み干した。

四日掛けてやって来たのは、王都の東部に位置するオーギュラス侯爵領。それも都の喧騒《けんそう》とは無縁の、木々に囲まれた自然豊かな別邸だった。

食事の時間以外は基本的に自由で、レジーナの好みを知ってセレナが用意してくれた本が何冊かあったのだが、大好きな本を読んでいる時でさえノルベルトのことを思い出して集中できず、いつも何となく庭園を歩き回っては眺めのいいガゼボでお茶を嗜《たしな》んだ。

「あ……このカップ……」

レジーナは出された紅茶の入った茶器をぼんやりと見つめた。

『茶器に関する本もあるのですね。この家で出される茶器も、装飾が凝《こ》っていますよね』

『それは三百年前の隣国で流行《はや》っていたものだ。当時は鉱山が複数見つかって栄えていたから、茶器にもダイヤモンドをあしらって他国の貴賓《きひん》に見栄《みえ》を張っていたんだろうな。今や鉱山も空っぽで、その茶器も三千ゴールドもするらしい。この国では金貨八千枚だな』

『金貨八千枚ですか!?』

『オークションに出したらそれ以上の価値があるぞ』

悪戯《いたずら》っ子のように楽しそうに笑った彼の顔が思い浮かぶ。

けれど記憶の中の彼の目元は覆《おお》われており、今更ながらもっと早くから彼の瞳を見て記憶に刻んでおけばよかったと思った。

「本邸で使用していた茶器と同じものをご用意しました。レジーナ様が気に入っておられるように見えたので……余計なお世話でしたでしょうか？」

セレナの気遣いが身に染みるほど嬉《うれ》しいのに、心はぽっかりと穴が空いたように寒々しかった。

「……ううん。ありがとう」

お茶を一口含み、カップを見つめる。

（ああ……ノルベルト様ともお茶をすればよかったわ……）

夜のお腹いっぱいになるまでケーキパーティーをするのもよかったけれど、日中の麗《うら》らかな日差しの下、お互いに向き合ってお茶をしたことさえない。

薄暗い夜に一度顔を見ただけ。それも別れの挨拶《あいさつ》さえ必要ないと思われて関係を終わらされたのだ。

（私のことなんてもう忘れてしまったかもしれない……）

きっと夜会ですれ違うことがあったとしても気づかれないに違いない。

自分だけが彼を知っていて、自分だけがあの一週間を忘れられずにいる。

今頃レジーナが担っていた役割は別の女性が負っているかもしれない。他の女性のことも同じように抱きしめ、今度はその女性とキスをしているかもしれない。

（キスも拒まなければよかったわ……）

無意識のうちに指先で唇に触れていた。

考えれば考えるほど虚《むな》しく思えて、レジーナの胸がズキズキと痛んだ。

二度も拒んだのは自分自身。けれどあの時は、それをこんなに後悔する日が来るとは思わなかった。

今でも時々体が疼《うず》くことがある。彼に体だけでも求められていたあの短い日々が懐《なつ》かしくて、遠い昔の記憶のように早くも色褪《いろあ》せてきていた。

「……寒い」

秋風が肌をなぞり、レジーナはぶるりと身を震わせた。

「東部は王都より寒いですからね。そろそろ中に入られますか？」

「そうね……」

庭のガゼボに腰掛け庭園を眺めていたレジーナはそろそろと立ち上がった。

◆　◆　◆

レジーナがオーギュラス侯爵邸を発《た》った翌日。

「あの子はもういない」

夜中にトラブルで呼び出され、翌日の夕方までその対応に追われていたノルベルトが帰宅したのは夜だった。

その晩餐《ばんさん》の席で、母親であるドルアの口から出た言葉にノルベルトは耳を疑った。

「……は？」

「耳が遠くなったのか？　あの子はもうこの屋敷にはいない」

「…………」

その言葉を頭が受け入れるのに数秒かかった。

（レジーナが、もうここに……いない？）

「何言ってんだよ。だって期限まではまだ三週間あって……」

予想外のことに己の声が震えていた。

「何を言ってる？　期限は昨日までだ」

ノルベルトがまさかと目を剝《む》いた。

「……一ヶ月だろ？」

「聞き間違いじゃないか？　一週間だ」

『ま、待ってください。私……！』

今になって彼女が最後に何かを言いかけていたことを思い出す。

あの時、レジーナは別れを惜《お》しんでいた。

「っ……」

やられた。そう気付いた時には、時すでに遅し。

ノルベルトの中に、あの日レジーナの隣に婚約者がいるのを見たときのような激情が湧き上がった。

「……騙《だま》したのか」

「契約書を読んだわけでもないのに信じ込む方がおかしいだろ。それでもお前は本当に商人なのか？」

カッとなったノルベルトはフォークを摑《つか》むとドルアの手の真横に突きつける。

「っ坊ちゃま！」

「人を欺《あざむ》くのも大概《たいがい》にしろよ」

背後からサイモンの制止する声がしたが、怒りに支配されたノルベルトの耳には入らなかった。

「俺にだって許せることと許せないことがある」

今にも母親を手に掛けてしまいそうな暗殺者の目に、ドルアはくっくと笑みをこぼす。

「……そうか。その許せないことが、彼女を奪われることだと？　はっ。笑わせてくれる。彼女はお前のものではない。彼女でも妻でも、ましてや友人でもない。そんな彼女をお前が縛《しば》り付ける理由などどこにもない。違うか？」

ノルベルトが悔しげに顔を歪《ゆが》めるとドルアは悪人のようににやりと笑って顔を近づけた。

「たとえお前が許さなくともお前に彼女をどうこうする理由も権利もない。諦《あきら》めるんだな」

ノルベルトの握り締めた拳《こぶし》が震えていた。立ち上がると真っ先にドルアの執務室に行き、あの日レジーナのいた部屋の扉を開いたが、そこはもぬけの殻《から》だった。

テーブルには、貸した三冊の本が残されていた。

『ノルベルト様』

レジーナの呼び声が記憶の中から蘇《よみがえ》ってくる。

つい昨日の夜までは一緒にいたのに。

この手で抱きしめていたはずだったのに。

襲ってくる喪失感《そうしつかん》に焦《じ》らされ、満たされていたはずの心が荒《すさ》んでいく。

(こんなことなら嫌がられてもレジーナと呼ぶんだった……)

「……お坊ちゃま、昨日から寝ておられないのですからどうか今はお休みください」

「うるさい!!」

怒りを剝《む》き出しにしたノルベルトにサイモンは困り果てたように眉根を寄せた。

「馬車を用意しろ」

「こんな時間にどこへ行かれるというのですか……」

「いいから早くしろ！」

血走った目で怒鳴り散らすノルベルトは、生まれた時から仕えるサイモンでも手に負えなかった。

◆◆◆

貴族のほとんどは王都に邸宅を構え、領地に本邸を置いていたとしても王都の邸宅の手入れを怠《おこた》ることはない。同じ貴族からの世間的な評価が、いかに邸宅に予算を掛けているかで変わってくるからだった。

そのためこれまで手入れの行き届いた邸宅ばかりを見てきたノルベルトは、馬車で乗り付けたエマーソン伯爵邸《はくしゃくてい》の現状を目の当たりにして、「これは酷《ひど》いな」と顔を歪めた。

門番どころか、敷地に入ってから使用人の一人ともすれ違っていない上、庭園の花は枯れ果て、雑草が伸びきって石畳の方にまで飛び出してきていた。今の有様を他の貴族が見たら、落ちぶれたなんて評価では済まないだろう。

「はい……、どちらさまでしょうか」

扉をノックして出てきたのは頰《ほお》のやつれた細身の女性だった。社交界にほとんど顔を出さないエマーソン伯爵夫妻とはいえ、ノルベルトも顔くらいは知っている。だが、何年か前に遠目に見かけた時とは、あまりにも見た目が変わっていた。目の下にはクマができており、顔色が悪く、明らかに老け込んでいる。装飾品は一切身に着けておらず、つぎはぎのある色あせたドレスは、平民でもまだマシな服を着ているのではと思うほどだった。

「オーギュラス侯爵家のノルベルトです。レジーナ嬢にお会いしたく参りました」

「オーギュラス家……」

その名を聞いたメリッサは目を見張った。

「その……娘とは、どういうご関係なのでしょう？」

恋人。そう答えられたらどれほどよかったろうか。

何度か体を重ねただけ。キスどころか、本当の名前さえ呼ばせてもらえなかった程度の関係。

「……友人です。……今は」

「……それは……」

メリッサが何かを聞こうとした時、後ろで扉が開いた。

「メリッサ、誰が来たん……」

バーナードはノルベルトを見るやいなや目くじらを立てる。

「オーギュラス侯爵の……！　貴様……!!」

どすどすと歩を進めたバーナードは威嚇《いかく》するようにメリッサの前に出る。

「帰れ!!　お前の顔なんて見たくもない!!　うちのレジーナを誑《たぶら》かしおって……!!」

「っあなた！　おやめください！　侯爵令息《れいそく》です……！」

「だから何だ！　お前一体あの子に何をしたんだ！　うちが経済的に困窮《こんきゅう》しているからと、この金でお前がしでかしたことを許してもらえるとでも思っているのか！」

バーナードが投げたくしゃくしゃの紙がひらひらと床に落ちる。それを拾い上げたノルベルトは金貨千枚と書かれた小切手を見てやはりと納得した。

(たったの金貨千枚と引き換えにあんな契約をしたのか……)

「……レジーナ嬢は全て話されたのですか」

「いいや、あの子は何も言わなかった。だが必ずお前のしでかしたことを打ち明けてくれるはずだ。その時はお前は警備隊に捕縛《ほばく》されるだろうな！　これほどの大金を支払うくらいだ、相当酷いことをあの子にしたんだろう!?」

怒鳴りつけられている間、ノルベルトは自分に怒りをぶつけるレジーナの父親の態度に安堵《あんど》していた。

(本当に売られたわけではなくてよかった。愛されていたなら、少なくとも不幸ではなかったはずだ)

「その金を渡したのは母ですが、責任を取ります」

「……母……侯爵夫人？」

眉を寄せるバーナードを、ノルベルトは真《ま》っ直《す》ぐに見つめた。

「レジーナ嬢と結婚します」

「なっ……。っ貴様！　私の話を聞いていたのか！　お前などにあの子を任せられるわけないだろう！」

「ではレジーナ嬢が承諾したら結婚を許可してください」

「本当に人の話を聞かないな！　何があってもレジーナとの結婚など認めない！」

「つあなた、落ち着いてくださいっ……」

今にもノルベルトに殴《なぐ》りかかりそうな勢いのバーナードを、メリッサが必死に抱き止める。

今のうちにとノルベルトは本題を切り出した。

「レジーナ嬢に会わせてください」

「何を言うか！　貴様が連れ去ったんだろ!!」

予想外の言葉にノルベルトは目を見開く。恨《うら》めしそうにノルベルトを睨《にら》みつけるバーナードは嘘《うそ》をついている様子はなかった。

「……ここにいるはずでは……」

「知らないふりをするな！　オーギュラスの馬車でどこかへ連れて行かれた。お前の仕業《しわざ》だろう！」

(そういえば、屋敷にはいないと言っていたが、エマーソン家に帰したとは言わなかった……)

また騙された、と気が付いたノルベルトは片手で顔を覆い深い溜息《ためいき》を吐《つ》いた。

「……最後に彼女がここへ来たのはいつ頃ですか」

「お昼過ぎでしたが……」

「……。夜分に失礼しました」

(うちの馬車に乗っていたのなら行き先は限られている。何が目的なのかは知らないが、その時間帯に移動した馬車を調べれば……)

「おい！　待て！　まだ話は終わっていないぞ！」

引き返していくノルベルトの背中にバーナードの怒声がぶつけられたが、レジーナのことを考えていたノルベルトの耳には届いていなかった。

◆　◆　◆

ダッドリー・グラヴァーは苛立《いらだ》っていた。

家門に届いたという縁談の相手と何人か交流を深めてみたが、ダンスで毎回足を踏まれたり、刺繍《ししゅう》がとんでもなく下手《へた》だったり、シャイすぎて話しかけても返事もなかったり、顔が好みじゃなかったり、相応《ふさわ》しいと思えるような令嬢には出会えないまま二週間以上が過ぎた。

「まともな女がいないじゃないか。こんなことならレジーナの方が百倍マシだったな」

無意識のうちにそう呟《つぶや》き、ダッドリーははたと気づく。

「そうだ……。またレジーナを婚約者にすればいいんだ！　きっと金に困ってるだろうし、助けてやればより恩義を感じて今度こそ口うるさくはしないだろう。婚約破棄を告げた時も別れたくないと食い下がってきたから、俺から声を掛けてやれば喜んで従うに違いない」

そうと決まれば早速連絡をしよう。手紙をしたためながら、ダッドリーは終始上機嫌だった。

「仕方ないよな。まともな女がほとんどいないし、借金はうちには重荷だが、返してやれなくもない。やっぱりレジーナを最初に選んだ俺の直感を信じるべきだったんだ！」

そうしてエマーソン伯爵家に援助の代わりに再度婚約を結び直すよう伝えたのだが、二日経《た》っても返事がなかった。ダッドリーは腹を立てたが、きっと一度婚約破棄をしたから伯爵夫妻のプライドが傷付いたに違いないと同情し、だがレジーナは間違いなく食い付いてくるだろうと確信していた。

レジーナと直接話せる機会さえあれば納得してもらえる。そしたらそのまま彼女を連れ去ってしまえばいい。そう思ってエマーソン伯爵家の周りを数日うろうろしていたダッドリーだったが、一度たりともレジーナの姿を見ることはなかった。

「一体どこに行きやがった……」

忌々《いまいま》しげに呟いたダッドリーの元に、調査を依頼していた侍従が慌《あわ》てて駆け寄って来る。

「男爵《だんしゃく》令息。伯爵令嬢は一度だけ東部のオーギュラス侯爵領地で目撃されているようです」

「東部のオーギュラス領？　何でそんなところに」

「目的は分かりませんが、情報屋に調査依頼をしたところ得られたのはこれだけでした」

「しょうがない」

ダッドリーはにやと笑い窓の外を見つめた。

「東部へ行ってやろうじゃないか」

◆　◆　◆

別荘からそれほど遠くはない距離にある東部で最大の街は、最東端にある貿易で有名な港からやってくる国外の商品も多く、それを目当てに遠路はるばるやって来る人もいるほど栄えていた。馬車も二台が余裕をもって往来できる広い道を、子どもたちがはしゃぎながら駆けていく。

そしてそんな子どもたちと同じくらいはしゃぎながら駆けていたのが、レジーナだった。

「レジーナ様、そんなに急がれては迷子になってしまわれますよ！」

セレナがぜえはあと息を乱して後から追い掛けるも、残念ながらその声は届いていない。

初めて訪れる街に興味津々《しんしん》のレジーナは、華やかなイエローのドレスの裾《すそ》を持ってきょろきょろと周囲を見回す。パニエを穿《は》かずコルセットも着けていないため、開放的な気分だった。なだらかに広がるスカートはシフォンをたっぷりと使い走るたびにさざ波のように揺れており、装飾の少ない上半身はシンプルな分その上にレースのボレロを羽織っていた。

「見てセレナ！　あの食べ物は何かしら？」

大通りに並んだ露店に食いついたレジーナは、一番手前にあった店に並んだ商品に目をやる。

「マンゴーですね。南方の国のフルーツです」

「どんな味なの？」

「さあ、私も食べたことはないですね」

「お嬢ちゃんたち、マンゴーは初めてかい？　ほら、一口食べてご覧」

店先で話していると女店主が一切れのマンゴーを差し出す。

「……んん？　不思議な味と香りですね」

「本当ね。何のフルーツと似ているとも言い表せないわ。でも果肉が柔らかくて甘味もあるのね」

「南方じゃ人気のフルーツさ。今朝入ってきたばっかりなんだ」

レジーナはふと思い立ってマンゴーの数を数え始める。

「屋敷の皆さんに買っていったら喜ぶかしら？」

「いいですね。レジーナ様が下さったものならみんな何でも喜ぶと思いますよ」

そうして買ったマンゴーだらけの紙袋を持ち、セレナは再びレジーナと追いかけっこをする羽目になったのだった。

「セレナ、あれは何かしら？」

「北部でしか見られない狼《おおかみ》の毛皮ですね」

「見てセレナ！　これは東部でしか売られていないピンクサファイアよね？」

「そうですね……。レジーナ様、もう少しゆっくり……」

「まあ、見てセレナ！」

「あっ、レジーナ様っ！」

何頭かの犬を放し飼いにした広場まで走っていくと、レジーナは彼らと視線を合わせるように屈《かが》んだ。

「可愛い……！」

「犬ですね。ご覧になるのは初めてですか？」

「初めてだわ。小さくて可愛いのね」

勢いよく掛けてきた犬がぴょんとジャンプしてレジーナの膝《ひざ》に前足をのせる。そのままレジーナの顔を舐《な》めようとする犬に、レジーナは顔を背《そむ》けながらも大きな笑い声を上げていた。

はしゃぐレジーナの姿を見つめていたセレナは、ふっと口元を緩めた。

「……よかったです。レジーナ様が笑ってくださって」

「え……？」

「ここのところ浮かないお顔でしたから。別邸のみんなも心配しておりました」

レジーナははっとしたように顔を上げると、再び悲しそうに犬を見つめゆっくりと立ち上がる。まだ遊びたそうな犬が足元でうろうろしていた。

「……ごめんなさい。心配かけちゃって……」

東部に来てから一ヶ月が経過しようとしていた。その間、レジーナはほとんどノルベルトのことばかりを想い、周囲の人たちが心配してくれていたことにも気付けなかった。

「いえ！　そんなつもりでは……！　ただ、レジーナ様の笑顔を見るのは久しぶりでしたので。嬉しそうなお顔が見られて安心しました」

(もしかして、外出に誘ってくれたのって……私を心配して元気付けようと？)

柔らかな表情で微笑《ほほえ》むセレナに見つめられて、レジーナはそれに気が付いて口元が緩んだ。

「……街に誘ってくれてありがとう、セレナ」

「いえ。……レジーナ様、疲れてはいませんか？　ここには東部でしか取れない甘ーいりんごで作ったアップルパイもあるんですよ？」

(アップルパイ……。そういえば、ノルベルト様が机いっぱいにケーキを用意してくださったこともあったわね……)

『……俺の前ではたらふく食べるといい』

『……それではすぐに太ってしまいます』

『リナは細いから少し太った方がいいくらいだ』

どうして今、そんなことを思い出してしまうのか。

淑女《しゅくじょ》らしくなるためにスタイルを維持するためにどれほどお腹が空いても食べないよう努めてきた。けれど自分を誤魔化《ごまか》し続けてきた私にはそんな日々は苦痛の連続で、その後に聞いたあの言葉はようやく自分らしく生きてもいいのだと教えてくれた魔法のような言葉だった。

（まだお礼も言えていなかったのに……）

「……アップルパイはお嫌いですか？」

「あ……。もちろん好きよ、食べてみたいわ！」

案内されたカフェは若い女性で賑《にぎ》わう繁盛店で、レジーナたちはテラス席へと案内された。程なくして運ばれてきたアップルパイの甘みに二人で感動しながら食べ進めていると、あっという間に完食してしまった。会計を済ませて店を出たところで、セレナは思い出したように声を上げた。

「あっ、他の侍女たちに街で買ってきてほしいと頼まれていたものがあったのを忘れていました」

「そうなの？　私も一緒に行こうか？」

「いいえ！　すぐに戻ってきますのでこちらでお待ちください」

急ぎ足で駆けて行ったセレナが人混みに紛《まぎ》れて見えなくなる。ぼんやりと眺めていると、透き通るような金色の髪が見えた気がして、レジーナははっと息を呑《の》んだ。

「……ノルベルト様……？」

どくっ、どくっと心臓が激しく高鳴る。一瞬だけ見えたその人は人混みに紛れて見えなくなり、レジーナは思わずその後を追いかけていた。

会ったところで何を話したらいいのか分からない。あれほど後ろめたいことをしておきながら、きちんと目を合わせられる気もしない。

暗闇でひと時しか顔を合わせていないのに、会っても気が付くはずがない。

(何も起こらない。分かっているわ。でも……！)

――会いたい。

一目だけでもその姿が見たい。

彼の低く甘い声を聞きたい。

「レジーナ！」

自分を呼ぶ声とともに誰かの手が肩を引く。驚きのあまり目を見開いたレジーナは期待に胸を膨《ふく》らませながら振り返った。

「…………あ……」

「随分《ずいぶん》と探したぞ。何で東部になんかいるんだ。もう田舎《いなか》暮らしの準備をしてるのか？」

「……ダッドリー様……」

けれどそこにいたのは、会いたかった人ではなく、衆目《しゅうもく》の中、夜会で盛大にレジーナを振り、切り捨てた元婚約者だった。

「……何のご用でしょう。こんな風に軽々しく話せるような間柄ではないはずですが」

会ったところで気まずいだけなのに、どうして話しかけてくるのか。うんざりしながら吐き捨てると、ダッドリーは機嫌よさそうに髪を掻《か》き上げた。

「俺たちの仲だろ？　何をそんなに警戒してるんだ？」

「私はもう婚約者ではありません。グラヴァー男爵令息には新しく気に入ったご令嬢が現れたはずでは？」

「っふ……。っはははははは！」

レジーナの言葉に吹き出したダッドリーは腹を抱えて天を仰ぐと周囲が振り返るほどの大きな笑い声を上げた。

レジーナはそれさえ不快に思えて思わず眉を顰《ひそ》める。

「そう嫉妬《しっと》するなよ。たかが少し目移りしただけだろう？　そんなことでいちいち目くじら立ててたらキリがないぜ」

「嫉妬などしておりません」

「嫉妬してる奴《やっ》だけがそう言うんだよ」

（この人は変わらないのね。自信たっぷりで。羨《うらや》ましいくらいだわ）

キメ顔のつもりなのか目を細めて見つめてくるダッドリーに嫌悪感を抱き、レジーナはふいと顔を逸らす。

「まだそんなに俺のこと好きだったんだな。当たり前か。あんなに俺に惚《ほ》れ込《こ》んでたもんな？」

「……」

そう。〝惚れ込んで〟いるように見せていた。特に人前ではそう見せるように言われていたから。

（それなのに不思議ね……。今こうしてこの人の顔を見ていると嫌で嫌で仕方がないわ）

「まあお前がそんなに頼むんだったらよりを戻してやらなくもないけど」

レジーナがまじまじと見つめていたことで、すっかり勘違いしたダッドリーは得意げな顔をして言った。

（いつも私が悪いのだと諦めていた）

けれどもう、この人相手に自分を卑下《ひげ》したりしない。

「……私はもう食事制限はしません。吐きそうになる程コルセットを締めることも、胸元の開いた大胆《だいたん》なドレスばかり着るのもやめます。頭でっかちと言われようと本から知識を得ることも、その知識を誰かに披露《ひろう》し男性たちのように議論することも、もう私は我慢《がまん》しません」

「何だと？」

レジーナの言葉を聞くうち、それまでとは打って変わってダッドリーは険しい顔付きになっていった。

「ただでさえお前はでしゃばりで大喰らいな男のような女なんだ、結婚相手になってやろうなんて心優しい男は俺くらいしかいないのに、そんなんじゃ本当に生涯《しょうがい》独り身だぞ？」

「あなたと結婚するくらいなら一人の方がマシです」

ダッドリーは眦《まなじり》を吊《つ》り上げる。震える拳が今にもレジーナに殴り掛かりそうで冷や冷やしながらも、レジーナは同じように力強い目でダッドリーを睨み付けた。

「家門がどうなってもいいのか？　うちの支援がなきゃすぐに邸《やしき》も差し押さえられるぞ？　両親を路頭に迷わせ、お前自身も娼館《しょうかん》に売られるかもしれない」

温厚な態度はすっかり崩れ落ちていた。脅《おど》しに掛かるダッドリーに、レジーナはがっかりするよりも呆《あき》れの方が勝っていた。

(家族のためにずっと耐えていたことを知っていて、そんな風に脅すのね……)

「私がこの一ヶ月で変わっても、あなたは変わらないままなのですね」

「……は？」

何を言ってるんだ、とでも言いたげにダッドリーが顔を顰《しか》める。

「確かにあなたの仰る通り援助を打ち切られたら困るので、家族のために理想の婚約者を演じておりました。……あなたのことを、好きになろうと努力しました。好きになれていると思っておりました。でもそれは自分を偽っていただけだったのだと、胸が痛むほど好きな人ができた今なら分かります」

「なに？」

ダッドリーはぐっと声を抑える。

「いつもその人のことばかり考えてしまって、毎日会いたくて会いたくてたまらない。こんな気持ちになったのは初めてです」

今、この瞬間でさえも。

あの人の声も、体温も、手の感触も、お風呂上がりの石けんの香りも、未《いま》だによく覚えている。

いや、忘れられない。

「私はこれっぽっちもあなたのことなど好きではありませんでした」

ぽかんと口を開けていたダッドリーは、少し遅れて怒りと羞恥《しゅうち》で顔を真っ赤に染めると、眉間に皺《しわ》を寄せレジーナを物凄《ものすご》い形相で睨んだ。

「なんだと……!?」

突き上げられた拳がレジーナ目掛けて振ってくる。咄嗟《とっさ》に顔を背けたレジーナの肩を、誰かがそっと握った。パシッと乾いた音が響く。恐る恐る顔を上げると、黒いフードを被《かぶ》った背の高い人がダッドリーの拳を受け止めていた。

「男が女に手を上げるとは。とんだクズ野郎だな」

あからさまに嘲笑《ちようしよう》する聞き覚えのある低い声を耳にしたレジーナは、はっとその人を見上げた。

（嘘……。どうしてノルベルト様がここに……）

「誰だお前は！　関係ない奴が恋人同士の喧嘩《けんか》に入ってくるな！」

「〝恋人〟な……。彼女嫌がってるし。それに彼女は『胸が痛むほど好きな人ができた』らしいけど？」

（聞かれていた……!!）

レジーナは上気した頬を押さえて俯《うつむ》く。他の男により引き出されたレジーナの乙女《おとめ》な姿が気に食わないダッドリーはちっと舌打ちした。

「くどくどうるせえな！　俺は男爵家の息子《むすこ》だぞ！　お前の家なんて一捻《ひとひね》りだからな？」

お相手は侯爵家の御令息です……、と思いながらもレジーナはノルベルトに気付かれないよう口には出さなかった。

「はあ……、くそめんどくせえな」

「あ!?」

乱暴な言葉とともにぐいっと肩を引き寄せられ、レジーナは目を丸くさせる。

「彼女は俺と婚約したから」

「なっ……はあ!?」

初めて嗅《か》ぐ香水の匂《にお》い。けれど力強い腕の感触や低くも軽快な声は覚えていて、触れた箇所からぶわっと熱が押し寄せた。

顔を真っ赤にさせ固まってしまったレジーナにダッドリーが手を伸ばす。けれどその手が届く前にノルベルトはレジーナを肩に担ぎ上げた。

「っ!?」

「じゃあ」

「あっ？　……おい！」

唐突に走り出したノルベルトに、ダッドリーは呆気《あっけ》に取られてその場に立ち尽くす。やがて、レジーナの視界からも見えなくなっていった。

(担がれて逃げるのは、なんだかデジャヴ感が……)

「ああっ、レジーナ様!!」

慌てたように駆けてくるセレナの姿が遠くに見えたが人の波に阻《はば》まれているうちに、ノルベルトはレジーナごと馬車に乗り込んだ。

「ここから一番近いオーギュラスの別邸まで」

そう御者に告げたノルベルトはレジーナを椅子に下ろし、その向かいに腰を下ろすと、御者にノックする。

走り出した馬車の車窓から振り返ると、遠くからセレナがレジーナに手を伸ばしていた。

「ようやく邪魔者がいなくなった」

ノルベルトは忌々しげに呟く。

「あ……、お、お待ちください！　知り合いがまだ街に残っていて……！」

「俺が誰だか分かるか？」

「え……」

フードの奥で暗い顔のスカイブルーの瞳がじっとこちらを窺《うかが》っている。その声は怒っているようにも聞こえた。

（どうして、そんなことを尋ねるの……？）

真意を摑めず混乱していると、答えを急《せ》かすように彼がゆっくりと目を細めた。

「……わ、」

その瞳を見ていられず、レジーナは俯いた。

「……分かりま、せん」

「……ふうん」

どこか不気味なのに恐怖心など全くなく、彼の声を聞くだけで胸がどきどきとうるさかった。

（まさか、ノルベルト様は夜の相手をしていたのが私だって気付いたの……？　でも見たのは暗がりのひと時だけ。しかも最後に挨拶もなしに別れたのはノルベルト様の方で……）

頭の中でぐるぐると考えを巡らせている間にも、馬車は街を抜けて人気《ひとけ》のない森の道を進んでいく。

「じゃあ考えろ」

「えっ」

いつの間にか隣に来ていたノルベルトが、ハンカチーフでレジーナの目元を隠すように覆い、頭の後ろで縛《しば》る。

「これは……どういうことです」

外そうと目隠しに手を掛けると、その両手首を優しい力で握られ片手で壁に縫《ぬ》い付けられた。

「俺のことを考えろと言っただろ」

耳元に掛かる吐息にぞくぞくと震えが走る。逃れようと思えばできるほど弱い力なのに、抵抗しようなんて考えはなかった。

むしろあの日々のように触れられることを、嬉しく思う自分がいた。

「……思い出せないか？」

「……思い出すも何も……」

「じゃあ思い出すまでやめないからな」

顎《あご》を摑まれ唇を太い親指が押す。いつかのようにすぐにやめると思っていたが、ぐっと押し込まれた親指はいとも簡単に口内に侵入してきた。

「つぁ……」

無防備な舌に触れようとする親指から逃れようとするも、そうすればするほど溢《あふ》れた唾液《だえき》が掻き乱されて口から滴《したた》る。

それを掬《すく》うようにざらりとした舌に顎を舐められ、レジーナはびくりと肩を震わせた。

何かが始まりそうだったその時、馬車の揺れが止まった。

「到着致しました」

どうやら街から一番近いというオーギュラスの別邸に着いたようだ。ノルベルトはレジーナを横抱きにすると馬車を降りていく。けれど草を擦《す》るような足音は石畳を敷いた道ではなく、庭園を進んでいるようだった。

日が沈みかけているのか肌を撫《な》でるのは冷たい風だった。

（でも、ノルベルト様は温かい……）

猫のように身を寄せると、レジーナを抱いていた腕の力が強くなる。

（こうしてまた触れ合えただけでも幸せなのに……）

ノルベルトが大きく足を動かし、何かを跨《また》いで通り越えると、彼の足音がコツコツとはっきりした音に変わる。扉を開ける音がして、彼がバルコニーを跨いだのだと気が付いた時には、体に風を感じなくなっていた。ノルベルトの足音がほとんど聞こえなくなり、彼はベッドと思われる場所の上にレジーナを下ろす。

「……続きをされたくなかったらいい加減本当のことを言ったほうがいいぞ」

されたくない、なんて微塵《みじん》も思わない。

ずっと会いたかった。

ずっと触れたかった。

ぎし、とベッドが沈み気配を感じて顔を上げると、後頭部に腕が回り髪の隙間を縫うように入り込んだ手に頭を押さえつけられる。

「……まだ分からないのか」

分からないはずがない。ずっと頭から離れなかった大好きな人が目の前にいるのだから。

けれどそれを正直に言ってしまったら、〝こんな形での触れ合い〟だとしても終わってしまうかもしれないから。

目の前の体に手を伸ばし、いつかのようにシャツを握り締める。求めるように軽く引き寄せると、それを皮切りに彼の体が傾いた。

後頭部に回っていた手にぐっと引き寄せられる。

「っ……」

唇に、柔らかなものが触れた。

それがキスだと気づくのにそう時間はいらなくて、どうしたらいいのか分からず固まっているうちに離れた唇が、再び重なった。

そのままノルベルトに押されたレジーナは重さに耐えきれずベッドに横になる。その体を押さえつけるように、上に苦しくない程度の重みを感じた。

心臓の鼓動《こどう》が早鐘《はやがね》のように頭に鳴り響き、彼に求められることに歓喜で体が震えていた。

「……もうやめないからな」

思わず「はい」と返事をしてしまいそうなほど甘く優しい声に胸が苦しくなる。髪を撫でた手がレジーナの指を絡《から》めて固く握り締めて押さえつけると、彼は優しいキスの雨を降らせ始めた。

◆　◆　◆

オーギュラス侯爵家の領地は国の東部に位置する。中でも最東端の港町は他国へ行き来する船の往来が激しいところで、レジーナの乗った馬車が最後に見つかったのはその港町と王都の中間に位置する大きな街だった。付近にはオーギュラスの別邸が多く、捜索は困難を極めていた。

あの夜から、ノルベルトはまともに寝られなくなってしまった。

毎晩行為後に彼女と死んだようにぐったりしたりして抱きしめ合いながら眠っていたので、一人で寝ると寒くて、どうにも侘《わび》しい気持ちにさせられた。ソファーで寝ようと試してもみたが、彼女の重みや温《ぬく》もりがないと同じことだった。

今頃レジーナは厄介《やっかい》な夜伽《よとぎ》から解放されて喜んでいるかもしれない。そう思うと気分が塞《ふさ》いで、会いにいくか何度も迷った。

だからといって、存在さえ知られていなかったあの頃とは違い、今やレジーナは自分のことを知っていて、体の関係まで持ってしまった。

それなのにこの好機を逃してまで、彼女を易々《やすやす》と手放せるわけがなかった。

あの快活《かいかつ》な笑い声も、笑顔も、自分だけが知っていたい。

世の男どもが叶《かな》えてあげられない、彼女が望む生き方をさせてあげたい。

見つけたら今度こそ、絶対に捕まえて離さない。

そう思っていたのだが。

「全然見つからねえ……。まさか港から海外に逃がしてねえだろうな？」

捜し始めてすでに一ヶ月。いよいよそんな不安が募《つの》り、最後に馬車が目撃されたという街中のベンチに腰掛けていたノルベルトは項垂《うなだ》れる。数日馬車に揺られれば港に到着し、毎日どこかしら外国に向けて船が出ている。可能性はなくはない。

悪魔のように「ぎゃっはっは！」と高らかに笑う母親を想像し、「ありうるな……」とノルベルトは気落ちする。

そんなノルベルトの気も知らず、道行く人たちは楽しげだ。ウィンドウに飾られたドレスに目を輝かせて店内に入っていく女性たち、噴水の前でじゃれ合っている犬たちと、犬に近づこうと母親の手を引いて今にも走り出しそうな子ども、照れくさそうにお互いを意識しながらゆっくりと並んで歩くうら若い男女。

（……あんな風に、ただ並んで歩くこともできなかったんだよな）

もし、あんな体だけの関係ではなく本当の恋人同士だったら、どれほどよかっただろうか。目の前の二人のように、ただ側《そば》にいられたら。

レジーナもあんな風に、ぎこちなくこちらを見上げてきたのだろうか。手を繋《つな》いだだけで頬を染めて、けれど嬉しそうにはにかんだのだろうか。

レジーナのそんな姿を想像したノルベルトはふっと嬉しそうに微笑み、けれどすぐに我に返ると肩を落とし、深い溜息を吐いた。

もしレジーナが本当に外国に逃げてしまったとしたら、見つけるのは困難を極める。それこそ、だだっ広い砂浜に落とした小さなイヤリングを探すようなものだ。

捜索網を広げるか、まだ探していないオーギュラス家の別邸をしらみ潰《つぶ》しに回るか、今後のことを考えていた、その時だった。

「まだそんなに俺のこと好きだったんだな。当たり前か。あんなに俺に惚れ込んでたもんな？」

道のど真ん中だというのに、不愉快《ふゆかい》なほど上から目線な物言いが聞こえてきた。

（とんだ自信家だな。その自信を少し分けてほしいくらいだ）

余程の家柄の人間か、富裕層か、はたまた誰もが振り返る王太子のような美貌《びぼう》の持ち主か。

その顔を見てやろう、と面白半分で顔を上げたノルベルトは、目を見張った。

「まあお前がそんなに頼むんだったらよりを戻してやらなくもないけど」

憎らしいほどのドヤ顔をしていたのは、いつもレジーナの隣にいた元婚約者だった。

「っ……」

視界で見覚えのある小豆色《あずきいろ》の髪が靡《なび》き、息を呑む。色白で小柄な女性は、髪と同じ色の瞳でじっと元婚約者を見つめていた。

（いた……）

探していたレジーナが、手を伸ばせば届く距離にいた。

だが、二人がじっと見つめ合っていることに気づいた途端、その光景に息が苦しくなるほど胸がモヤモヤした。彼女の澄んだ瞳が、自分以外の他の男に向いている。しかも、自分でさえもあれほど長い間見つめられたことはなかったというのに。

（もし……彼女が復縁を望んだら……？）

いや、そんなはずはない。一度婚約破棄をした相手と、また婚約し直すなんて。自分だったらプライドが許さない。

だが、果たして彼女はどうだろうか？

（まだ婚約者に気持ちがあって、キスを拒んでいたのなら……）

そんな不安が過《よぎ》り、手を伸ばしかけた。

「私はもう食事制限はしません。吐きそうになる程コルセットを締めることも、胸元の開いた大胆なドレスばかり着るのもやめます。頭でっかちと言われようと本から知識を得ることも、その知識を誰かに披露し男性たちのように議論することも、もう私は我慢しません」

「何だ？」

けれど予想外に、レジーナは愛情も憎しみもないというように淡々と答える。まるで本当にもう、その男に気持ちがないように。

「確かにあなたの仰る通り援助を打ち切られたら困るので、家族のために理想の婚約者を演じておりました。……あなたのことを、好きになろうと努力しました。好きになれていると思っておりました」

彼女の口から好きという単語が出るたびにハラハラする。

「でもそれは自分を偽っていただけだったのだと、胸が痛むほど好きな人ができた今なら分かります」

「なに？」

(好きな人…………)

「いつもその人のことばかり考えてしまって、毎日会いたくて会いたくてたまらない。こんな気持ちになったのは初めてです」

誰なんだと疑う自分と、まさかと期待する自分が頭の中で戦っていた。

(だがもし、俺ではない誰かだったら……)

彼女が別の男と並ぶ姿を想像して、再びモヤモヤとした黒い感情が胸の中に渦巻《うずま》く。

「私はこれっぽっちもあなたのことなど好きではありませんでした」

「なんだと……!?」

少しだけ安堵しながら、突き上げられた拳がレジーナ目掛けて振ってくる前にその拳を止める。

「男が女に手を上げるとは。とんだクズ野郎だな」

彼女がいる手前格好付けてはいたものの、自分に挨拶なく消えた上に別れ話とはいえ他の男と密会していたことに苛立ちを隠せなかった。

(俺とは最後のひと時しか目を合わせてくれなかったのに……)

「彼女は俺と婚約したから」

そう言い残してレジーナを担ぎ上げると、まだ騒々しく喚《わめ》く男を置いてさっさとその場を去り、待機させていた馬車に飛び乗った。

「ここから一番近いオーギュラスの別邸まで」

そう御者に指示をして馬車がゆっくりと動き出すのを確認して、レジーナに向き直る。

「俺が誰だか分かるか？」

「え……」

もし彼女の言っていた好きな人が目の前にいるのなら、フードを被っていても声や体格で気付いてくれるはず。

「……分かりま、せん」

そんな期待を、見事に打ち砕《くだ》かれた。

腹の底から凍りつくような感覚が込み上げて、胸の辺りがずんと重くなる。

苦しい。

息さえ、できなくなるほどに。

(また、彼女が他の男に靡くのを見てなきゃならないのか……？)

そんな様は嫌というほど見てきた。見ないように背を向けても声が耳に入り、どんなに離れても彼女の姿を探していた。

だがいざ目にすると、着飾った彼女を我が物顔で引っ張り回すあの元婚約者が憎らしく見えるほど、レジーナは優しく微笑んで元婚約者を見つめていて、激しい怒りに支配されて何度も周囲に当たった。

「……思い出せないか？」

「……思い出すも何も……」

「じゃあ思い出すまでやめないからな」

ずっと求めていた彼女の唇は柔らかく、そしてとても温かかった。口付けではなく指でそれを堪能したのは、また彼女の口からはっきりと拒まれるのが怖かったからだ。

けれど彼女は拒まなかった。

それが嬉しくて堪《たま》らなくて、もっともっと欲しくなった。

侍女に邪魔されないようバルコニーから寝室に侵入し、彼女をそっとベッドの上に下ろす。

「……続きをされたくなかったらいい加減本当のことを言ったほうがいいぞ」

本心を言えば、猶予《ゆうよ》もなく乱暴にしたかった。めちゃくちゃに抱いて、抱き潰して、彼女の体を奪ってしまいたかった。

けれどレジーナにそんなことができるはずもなく、嫌われることを恐れて最後の警告をしていた。

すると何を思ったのか、レジーナの方からノルベルトのシャツを握ると、そのままぐいと引き寄せてきた。

縋《すが》るように唇を突き出され、何もかも忘れてその唇を奪っていた。

柔い唇が腫《は》れるほどキスをして、顎に溢れる唾液を最後まで貪《むさぼ》った。逃げられないよう覆い被さって、キスをしながら指を絡めて手を繋ぐ。それだけでも心は満たされていたが、彼女の小さな手が弱々しくも握り返してきて、自ら舌を絡められ、どうしようもなく愛《いと》おしく思えて胸が苦しかった。

心のどこかでは分かっていた。

彼女の心は別の誰かに向いている。

けれどその彼女は今、俺の腕の中でキスだけでぐったりしていた。伸ばした手がノルベルトの両頬に触れると、彼女は心底幸せそうににこりと笑った。

その目は見えないのに、彼女が愛おしそうに目を細めているのが容易に想像できた。

その瞬間、理性が、ががらと崩れ落ちていく音がした。

「えっ、あっ、っ……！」

がばっと首筋に顔を埋《うず》めて吸い付くようなキスをしながら、ドレスを脱がせる時間も惜しくてボレロごと肩からずり下ろし、露《あらわ》になった胸を両手で摑む。

「あっ、……っん、ぁっ」

久々に触れる柔肌《やわはだ》の感触を堪能するように胸を揉《も》む。隠そうとするレジーナの手を退《ど》かしてつんと尖《とが》ったその先端を指先で摘《つま》むと、レジーナは堪《こら》えきれないように声を漏《も》らす。

初めて目にした好きな人の胸と、耳を掠《かす》める恥じらう声に焦らされて、ノルベルトは胸の先端を食らいつくように咥《くわ》えた。

「はあっ、っ、ぁっ……」

ちろちろと舌先で転がすだけで上からは甘い嬌声《きょうせい》が聞こえてきて、下では太腿《ふともも》をもじもじとさせている。

視覚があるとよく分かる。レジーナはこんなにも分かりやすくいじらしい反応をしていたのかと。ドレスの裾に手を入れ太腿をなぞるとびくびくと体が震えていた。その上到達した手が下穿《したば》きを撫でると、上からでも分かるほどぐっしょりと濡《ぬ》れている。

「これでもまだ覚えてないと言い張るつもりか？」

「やぁっ！　ん、ああっ……」

中に指を滑《すべ》り込ませると一際大きな声を上げながらレジーナが仰《の》け反《ぞ》る。いつも善《よ》がっていたところを突くとすぐにぐじゅぐじゅと卑猥《ひわい》な水音を立てて、同じようにレジーナの甘い声も大きくなっていった。

胸元から顔を上げると、眉間に皺を寄せだらしなく開いた口から涎《よだれ》が溢れそうになっている。そんな締まりのないところさえ愛おしくて、引き寄せられるようにキスをして、呻《うめ》き声《ごえ》を上げたレジーナの口内に容赦《ようしゃ》なく舌を突っ込むと、そのタイミングで震え上がったレジーナに顔を背けられた。

「ん、だめっ、あぁっ……！」

快感の頂点に達したのだろう、震えが収まってくると、はあはあと息を吐いている。だが分かっていてもキスを拒むように顔を背けられたことが不満で、ノルベルトは止まっていた手を再び動かし始める。

「やぁ、あ！　待っ、て、まだイッたばっかりで……！」

そう言うレジーナの唇を唇で塞ぐと口内にレジーナの甘い声がいっぱいに広がる。ちゅっちゅと触れるだけのキスで唇を離すと、止《や》めないでとせがむように背中に腕を回して、ぎゅっとシャツを手繰《たぐ》り寄せてきた。

「体は俺が誰だか分かってるみたいだな」

「やあっ、耳元やめっ……！　もうっ……！」

水音に負けない大きな悲鳴を上げたレジーナがまた顔を背けようとするので、後頭部に腕を回して押さえ付け開いた唇から舌をねじ込む。

「んんんっ、ふあっ、んっ、ん……！」

レジーナは体を反らして再び達すると、力尽きたように横たわった。

そんな彼女を尻目にノルベルトははち切れんばかりに膨れ上がってじんじんと痛むそこを解放するようにトラウザーズを脱ぎ、ぐったりしているレジーナのドレスを脱がせて放る。

レジーナの上に跨がりぐっしょりとなった蜜壺《みつつぼ》に硬くなったものをあてがうと、レジーナが小さく呻いて熱い息をこぼした。組み敷かれたレジーナを見ているだけで、一ヶ月お預けをくらった体は滾《たぎ》り頭がどうかしてしまいそうだった。

「挿《い》れるからな」

「つ……ああっ！」

猶予なくぐっと屹立《きつりつ》を押し込むとレジーナが顎を反らして声を上げる。一ヶ月ぶりの彼女の中は相変わらず温かくて柔らかくてそれだけでも果てそうなくらいだったが、初めて目にする彼女との繋がった部分にノルベルトは一層興奮した。

「やっ、あぁっ、はげしっ」

気が付けば魅惑的な裸体を晒《さら》して自分のものを受け入れながら喘《あえ》ぐレジーナに、ぱちゅんぱちゅん、と肌を鳴らして腰を打ち付けていた。

「はあっ……、くそっ」

視覚にこれほど惑わされるとは思ってもいなかった。ノルベルトは動きを止めるとその姿を目に映さないよう、レジーナに覆い被さるような体勢になる。視界を塞がれて隙だらけの唇に口付けた。

「あ……、シャツ、脱いでくださいませんか？」

「面倒だ」

「私がボタン外しますから」

「ははっ、やっぱり淫乱《いんらん》だな」

ノルベルトは再び体を起こす。「んっ……」と呻いたレジーナの両手を自身のシャツのボタンに誘導した。見えていない上に体勢がやりづらいのだろう、レジーナは手間取っているようだ。

だが視界には胸を晒した裸のレジーナ、そして誘惑するように微《かす》かに胸板を掠める指先。ノルベルトは我慢できずに胸に触れると腰を動かし始めた。

「ぁっ、やっ、まだっ、止まっ」

中途半端に脱がされたシャツをレジーナは握りしめたままだ。ノルベルトはレジーナの首筋に鼻を掠めるとそこにぢゅっと口付ける。

「つあ、だめっ、やっ、ぁ」

そのままレジーナを押し潰すように腕を回して閉じ込め何度か腰を打ち付けると、二人同時に果てたのだった。

それからどのくらいの時間が経っただろうか。

「っ……、ぁ、や、……いっ、く……！」

「……普段以上にイってばっかだな」

激しく中が痙攣《けいれん》し、足の先をピンと尖らせたレジーナは、次の瞬間ベッドに倒れ込んだ。握っていた腕を解放すると薄らと痣《あざ》になっていた。

悪いことをしてしまったと思う反面、こんな形でも彼女の体に自分を刻み込めたことに優越感を覚えていた。その手首に口付け、荒く短く息をする愛おしい彼女の額に口付ける。

軽く引き抜くと、何度も放った白濁《はくだく》がシーツの上に零《こぼ》れていった。

「も、っ……むり、です……」

ようやく視界が解放されたせいか、華奢《きゃしゃ》な肩を上下させて息する姿も、耳まで真っ赤にさせた締まりのない顔も、鹿のように細い足が未だにぷるぷると震えているのも、体の各所に色濃く残った真っ赤な痕《あと》にも、全てに興奮して昂《たかぶ》りが収まらなかった。

「きもち、よすぎ……て、おかしっ……」

今までこの姿を見られなかったのが幸いだと思う。目隠ししてさえこれなのだから、目が合ってしまったら、何度果てても求めていたに違いない。

レジーナの繊細な髪を撫でながら、鼻先に口付ける。求めるように腕を摑まれて、応えるように濡れた唇を奪ったのを最後に離れた。

「……休んでていいぞ」

「ぁ……」

自分でも抑えが効かなかった。好きで好きで堪らなくて、つい求め過ぎてしまう。

次を最後にしようと決めたノルベルトはどうにか彼女を見ないようにしようと、レジーナをくるりと反転させてうつ伏せにさせる。そのまま昂ったもので奥の深くまで突くと、レジーナは甲高い声を上げた。

「ぁっ、まだ、イったっ、ばっぁ」

まともに呂律《ろれつ》も回っていない、そんなところさえ可愛くて堪らなかった。

もっともっとめちゃくちゃにしたい。おかしくなってほしい。

そんな欲望が湧いてくる自分の方がおかしくなっていると分かりながらも、彼女を前にすると仕方ないような気もした。

「ぁ、あ！　ん、ぅやっ、だ！」

甘えるような嬌声に一層腰を強くぶつけてしまう。肌と肌がぶつかり合う激しい音と共に、温かく滑りのよい彼女の水音が響いた。

小さな手でシーツにしがみつき必死に男のものを受け止めながらも中をぐしょぐしょにしている。

こんな彼女の健気《けなげ》で淫《みだ》らな姿は俺しか知らない。

好きな人が誰なのか、気にならないと言ったら嘘になる。だが分かったところでその相手が憎いことに変わりはない。

「つん、だめっ、やっ」

背中に口付けを落とすと活《い》きのいい魚のようにビクビクと体を震わせる。

ぴたりと動きを止めると、息を乱したままのレジーナが振り返ってきた。

「何で……やめちゃう、の……」

タメ口でねだるように甘えてくる反則級の姿に負けて、レジーナの顎をすくい口付ける。

(可愛い過ぎだろ……)

舌で唇を舐めとると求めるように舌が出てきた。くちゅりと互いの舌を絡ませていると、レジーナの方からノルベルトの口内に入ってくる。

「ふっ……んっ……っあ！」

どちらのものとも分からない唾液が顎に伝った時、ノルベルトはとうとう我慢できず腰を打ち付けた。

「きつ……。キスで興奮したのか？」

「ち、がっ、……っぅ！」

違うと言いながら甘い嬌声を上げるレジーナに覆い被さると、温かくて柔らかかった。胸に触れようとすると、「ぁ、両方、だめっ……」と言って突いていた肘を伸ばして上半身をベッドに預けてしまう。だがその隙間から手を滑り込ませると簡単に胸の頂《いただき》に触れることができた。

「う、ん、だ……めっ！　……イっ、ちゃ……！」

「俺も……もうイきそう」

柔らかな胸を堪能しながら中を蹂躙《じゅうりん》する。背中にキスをするとレジーナは善がるように腰を振り、彼女が再び痙攣するのと同時に、誘われるようにやってきた吐精感《とせいかん》に奥にひと突きして精を吐き出した。

ぜえはあと肩で息をするレジーナは、力が抜けたようにくたっとなる。その顔を覗《のぞ》き込《こ》むと、間もなく寝息が聞こえてきた。

つい目元が見たくて目隠しをずらすと、瞼は完全に閉じていた。

(眠ると幼く見える……。可愛い……)

彼女の中に入れっぱなしの収まってきたはずのものが再び膨らみ始める。起こすのも忍びなくて、レジーナを抱き寄せてどうにか我慢しようとしたが、その温もりと柔らかな感触に誘われて一層硬くなった。

「……レジーナ」

試しに呼んでみてもぐうぐうと眠ったまま、まるで起きる気配がない。呑気《のんき》な寝顔が可愛らしくて、ふっと笑みが零れた。

「……好きだ」

聞こえていないと分かりながらも打ち明ける。口にすると、胸のつかえが降りたように気が楽になる。

(……そうだ。俺は……)

遠目にその姿を眺めていただけの頃は、特別な感情など持ち合わせていないと思っていた。だが本当は、ずっと同じ気持ちを抱いていた。

元婚約者を憎むほど、他の男が彼女と並ぶ姿に嫉妬していた。互いに知り合いでもなく、同じ土《ど》俵《ひょう》にも立てていなかった事にプライドが傷付き、彼女を悪女にしてまでこの気持ちを突っぱねようとした。

だが募りに募った思いはそう簡単に消えるものではなかった。

「……好きだレジーナ……」

眠る彼女の手の甲を上から握り、指を絡める。眠ってしまった彼女の唇に再び口付けた。

たとえ彼女の心が他にあっても、もう、自分の気持ちに嘘は吐けない――。

◆　◆　◆

薄らと目が覚めたレジーナは、ぱちぱちと瞬《まばた》きをしても暗いままの視界に違和感を覚えた。

(何も見えないわ……)

目元に手をやると布で覆われており、それを摑んで外すと眩《まぶ》しくて目を瞑《つむ》った。

「……あ……」

目を細めて見た視界に男の裸体が映り瞠目《どうもく》する。その人の髪が朝日できらきらと輝いて見えた。

(ノルベルト様……)

昨夜のことを思い出したレジーナは顔を赤らめ視線を逸らす。けれど気になって再びちらと目を向けた。

幸い、ノルベルトは寝息を立てていた。

陽の下で見る彼の顔は暗がりで見ていた時よりも何百倍も格好よく見えた。

滑らかな肌は傷ひとつなく手入れをしている女性のようで、鼻筋の通った高い鼻に、引き締まった顎のライン、その下の喉仏《のどぼとけ》、と初めて見る寝顔に見入っていた。

綺麗《きれい》というには線の太さもあり、男らしいというのともまた違う。整った顔立ちはまさに美しいのに、彼の口調や行動は男性らしくて、人を笑わせてくるような優しいところも魅力的で。

(こんなに格好よくて素敵な人……ノルベルト様の他にいないわ……)

そしてきっと、これから先も現れないのだろう。

「……ノルベルト様……可愛い」

(あ……今少しまつ毛が動いた……)

本人を前にしてその名を呼ぶのは一ヶ月ぶりだった。すやすや眠る姿が可愛らしくて、つい髪に手を伸ばす。細い髪はさらさらとしていて、それでいて柔らかかった。

(あ……寝癖《ねぐせ》……)

後ろの髪が少しだけ跳《は》ねていて、いつもと違い髪が乱れていることに、より愛おしさが募る。

ずっと、一緒に朝を迎えたいと思っていた。

こんな風に緩んだ顔を見てみたかった。

微笑んで寝顔を見つめていたレジーナの手が唐突に伸びてきた手に摑まれる。そのまま、くるりと上下が反転した。

「やっぱり覚えてた」

名前を呼んだのを聞かれていたらしい。上にいたはずのレジーナは下になり、上には澄んだ青の瞳をした彼がいた。

「え……起きて……!?」

うつ伏せになって隠れようと身を捩《よじ》るとがしっと肩を摑まれ押さえつけられる。そのまま両手の指を絡め取られ、逃れようとしてもびくともしなかった。

「つみ、見ないでください……」

「俺のことは穴が空きそうなほど見てたのに？」

「ずっと起きていたのですか……!?」

ノルベルトは揶揄《からか》うようにくっくと喉を鳴らした。

「また俺の前からいなくなる気がして寝られなかっただけだ」

けれどそんなことを言われ、切なげに目を細めた彼に頭を撫でられると、言い返す気力もなくなってしまった。

「因《ちな》みに好きな人って？」

「っ……いませんわ」

「正直に言わないとこのまま昨日の続きだからな」

覆い被さってきたノルベルトの野獣のような目から逃れたくて、レジーナは顔を背ける。

「まだ顔も洗っていないのに……っ」

「十分綺麗だ」

綺麗。そう言われただけで嬉しくて堪らず頬が緩んでしまう。

「さ、先に朝食がいいです……！」

どうにかそう言って誤魔化すと、ノルベルトが側にあったベルを鳴らしたので、レジーナは咄嗟にシーツを被って寝たふりを決め込んだ。

「そこに朝食の用意を。あと隣に湯を張ってくれ」

「かしこまりました」

やってきたのは何人かの侍女で、そのうちの一人はセレナの声だった。

(よかった。昨日はぐれちゃったけど、合流できたんだ……)

やがて香ばしい香りが鼻腔《びこう》をくすぐり、彼女たちがいなくなってすぐにレジーナは体を起こした。

「つく……。そんなに腹減ってたのか」

「いっ、いえ！　そういうわけでは……」

ダッドリーの前では大食い宣言をしたレジーナも、好きな人を前にすると女性らしいと思われたくて否定する。

「もう食事制限はやめるんだろ？」

けれど優しい声で問い掛けられると、ほだされるようにこくんと頷《うなず》いていた。

シーツを被ったままのレジーナを抱き上げたノルベルトはソファーに腰を下ろし、その上にレジーナを載せた。

(こんなに明るいのに、こんなに密着してるなんて……！)

直《じか》に触れ合う太腿同士の感触が昨夜の出来事を思い起こさせる。レジーナが頬を染めると、それを覗き込んだノルベルトはニヤニヤと笑った。

「食べさせようか？」

「自分で食べられます……」

ふんわりした卵と新鮮なサラダ、温かいスープ。それらを味わいながらも、意識は自分を抱きしめているノルベルトに向いていた。

ずっと一緒に朝食を摂《と》りたかった。

こうやって、まるでただの恋人のように過ごしたかった。

「レジーナ」

不意に耳元で名前を呼ばれ、驚いたレジーナはごくん、と食べていたものを飲み込んだ。見上げると、そんなレジーナの反応を楽しむように笑う彼がいた。

「……どうして私の名前を……」

「名前も知らずに迎えに来たと思ってるのか？」

〝迎えに来た〟。その言葉に、胸がどきどきする。

レジーナが何も言わなかったからか、ノルベルトは形のよい眉を寄せた。

「昨日言っただろ。婚約するって」

「それはダッドリー様を誤魔化すために――んっ」

唐突に押し付けられた唇がゆっくりと離れていく。

「その口で他の男の名を呼ぶな」

ノルベルトは不機嫌そうに目を尖らせていた。

「それって……嫉妬ですか？」

「そうだ」

否定されると思っていたレジーナは驚きのあまり次の言葉が出てこなかった。全身の血が沸《わ》き立つように熱くなる。まさかと期待して、そんなはずはないと頭の中で一人芝居をしている隙に、ノルベルトはレジーナの首に顔を埋めると、昨夜の痕を上書きするようにちゅっ、と口付ける。

「っ……ノルベルト様っ」

「ようやく呼んだな」

顔を上げたノルベルトは嬉しそうに微笑んだ。

「っ……」

日差しの下でその顔を見たことがないレジーナは、くらくらするほど眩い笑顔に心臓が破裂してしまいそうなほどの破壊力を覚える。きゅんと疼く胸を抑えながらどうにか心を落ち着かせようとすると、お腹に回っていた腕がぎゅうとレジーナを抱きしめた。

そんな些細《ささい》なことさえ幸せで、溢れる気持ちのままに抱きついてしまいたかった。

「……レジーナ。昨日言ってた好きな奴って誰なんだ」

「…………分かりませんか？」

そんなの決まっている。

最近まともに関わった異性なんて、一人しかいないのだから。

「……レジーナの口から聞きたい」

言ったら、この関係が終わってしまうかもしれない。

(でもこんな風に聞いてくるということは……。期待、してもいいのかな。けれどもし、勘違いだったとしたら？)

潤《うる》んだ目を伏せていたレジーナは迷った末にゆっくりと振り向く。

泣きそうな顔で見上げてくるレジーナに、ノルベルトは生唾《なまつば》を呑んだ。

「……私……、ノルベルト様のことが——」

その瞬間、唇を奪われた。驚いて目を見開いていると、指先ほどの距離を置いてぺろりとそこを舐めてきたノルベルトがニヤリと笑う。

「何だって？」

「え……。ですから、その、……ノルベルト様――っ」

続きを言わせないように再び唇が重なった。そこから割り込んできた舌が奥へと入り込み、口内を乱しながらレジーナの舌を攫《さら》っていく。

「ふっ、ん……ぁ、まっ……」

容赦なく口内を犯し舌を吸っては擦り合わせ、息が上がってきた頃、ようやく離れた唇同士は透明な糸で繋がっていた。

「聞こえなかった。もう一回」

「～～っ、好きです、ノルベルト様！」

ようやく言おうと決心したのにいつまでたっても口にできず、抱えていた不安定な思いを吐き出すように告げる。

それを聞いたノルベルトは緩む頬を抑えきれず、その感情のままにレジーナを固く抱きしめた。

「俺もだ。レジーナ」

「…………え……？」

耳元で囁《ささや》かれた言葉が素直に頭に入ってこない。

「好きだ」

目を見開いたまま固まっていると、その顔を覗き込んだノルベルトはふっと吹き出していた。

「そんなに驚くか？」

「……驚きますよ」

巷《ちまた》でも人の目を引くほどの美男子でいつも令嬢たちに囲まれていて、他国の貴族や商人とも渡り合えるほど実績もあり次期侯爵という雲の上のような存在。

そんな人と体だけでも繋がれたこと自体が驚くべきことなのに、その人が自分のことを好きだというのだ。

（……そういえば、ノルベルト様って……）

「女性には興味がないと、聞いたことがあるのですが……」

「……そんなことはない」

煮え切らない返事をしたノルベルトに、レジーナは首を捻る。けれどノルベルトに両手で頬を包み込まれてじっと見つめられると、もう何も考えられなかった。

「……夢じゃないからな」

近付いてくる気配を感じて目を伏せると、再び唇が重なった。


その頃、別邸の中は大騒ぎだった。

「昨晩突然部屋にいらしたお坊ちゃまが今朝はレジーナ様と同じベッドにいらっしゃったそうよ！」

「お坊ちゃまが女性を寝室に連れ込まれるのは初めてじゃない!?」

「どんな令嬢にも靡かないんじゃなかったの？」

「私はてっきり王太子殿下《おうたいしでんか》とそういう仲なんだと思ってました……」

シーンと場が静まり返り、口を滑らせた侍女ははっと口を塞ぐ。

「あんたその趣味ご本人の前で言わないでよ？　全員まとめて叱られるんだから！」

「すみません！　……それにしても、レジーナ様は奥様のお客様なんですよね……？」

「奥様から先に送られてきた手紙にはそう書いてあったけど……」

「本邸から一緒に来たセレナの方が詳しいんじゃない？」

そんな話をしていると、ちょうどセレナたち朝食を運んだ侍女らがきゃっきゃと騒ぎながら階段を降りてくる。

「お坊ちゃまの裸を見たのは初めてだわ～」

「寝起きなのにあんなに色気があるなんて」

「レジーナ様が羨ましいわ」

未だ夢の中にいるかのような気持ちの彼女たちは、待機していた侍女たちに囲まれ尋問が始まる。

「お坊ちゃまがレジーナ様と夜を共にされたって本当なの!?」

「やだあもう、表現直接過ぎますって」

「でもお坊ちゃま上半身裸だったんでしょ!?」

「はい。それにレジーナ様なんてベッドでぐっすり眠られてましたよ～。よほどお坊ちゃまのテクがよかったんですかね」

あられもないことを想像した侍女一同だったが、慌ててぶんぶんと首を振って煩悩《ぼんのう》を払う。

「レジーナ様は奥様のお客様じゃなかったの!?」

詰め寄られたセレナは顎に指を当て「う～ん、間違いではないですよ」と煮え切らない返事をした。

「お坊ちゃまとそういうご関係であり、奥様とも親交のあるお方です」

「まあ！　そうだったの!?」

「何でもっと早く言ってくれなかったのよ！　未来の奥様かもしれない方なら全力で媚《こ》びなきゃ！」

「私この前レジーナ様の前で盛大に転んでお茶菓子をダメにしてしまって……それもお坊ちゃまや奥様に報告されるのでしょうか……？」

侍女たちの話を聞いていたセレナはくすっと笑みをこぼす。

「レジーナ様はそういう事は気にされないですよ。あ……でも、お坊ちゃまの前でレジーナ様に粗《そ》相《そう》をしないようには気を付けた方がいいかもしれないです」

その時は首を傾《かし》げていた侍女たちだったが、すぐにセレナの言った言葉の意味を理解することになった。

次にベルで呼ばれたのはしばらく経ってからだった。寝室に入った侍女たちは、ノルベルトがレジーナの髪を拭《ふ》いているのを見てぎょっとした。

貴族が誰かの世話をするなんて普通ならあり得ないことで、それが自分勝手な侯爵令息ならなおさらだった。

「朝食を片付けてデザートを用意してくれ」

言われて片付けながらも、視線はちらちらと二人に向かう。一緒に入浴したのか共にバスローブ姿で、心なしかレジーナの耳から首までが赤い。そしてバスローブから覗く首や腿にまで、数えきれないほどの独占欲の痕が残っていた。

ご馳走《ちそう》さまです。なんて侍女たちが思っていると、レジーナが顔を上げた。

「私もう食べられませんよ？」

「……我慢してないか？」

「そこまで大食いではありません」

常に使用人たちを気遣う優しいレジーナがむっとしたのは意外だったが、限られた友人ですら冷たくあしらうノルベルトが口を開けて笑ったのも驚くべきことだった。

「そうなのか？」

「そうですよ」

むくれるレジーナの顔を覗き込み、それさえ嬉しそうに笑うノルベルトに、侍女たちは彼が変わったことを感じ取っていた。

「じゃあデザートはなしだ。それを片したら出ていい」

「かしこまりました」

◆　◆　◆

朝食を片付けた侍女たちが扉の前で一礼する。その様子を見つめていたレジーナは顔を上げたセレナとばちっと目が合った。

〝おめでとうございます〟。口パクでそう言った彼女は微笑んで部屋を出て行った。

なんだか気恥ずかしくて二人きりになってからも黙り込んでいると、レジーナの背後からがばっと腕が回った。

「きゃっ……！」

「で、挨拶もなしに好きな男を捨てたのか？」

レジーナは途端に悲しげに目を伏せる。

「……ごめんなさい。本当は色々と謝りたかったのですが……。でもノルベルト様がないはずの〝また明日〟で済まされたので、てっきりあれで私たちの関係は終わったものだと……」

「それはあのクソババアに騙されてたんだ。分かった、その件については俺が謝ろう。で……レジーナが謝りたかったことって？」

「……その……、まず、初日に、無理矢理襲うような真似《まね》をして、ごめんなさい」

あまりにも悩ましい顔をするレジーナにノルベルトは聞き役に徹したように、「……それから？」と続きを促す。

「それから、名前を偽ったり……、家のことを隠していて、ごめんなさい。本当は、借金があってお金に困っていて……そんな時に、侯爵夫人から声を掛けていただいて……」

ノルベルトに伝えていたのは嘘ばかり。苺《いちご》がたっぷりのショートケーキが好きなのは本当だけど、見た目の姿もその正体も秘密にしようとしていた。

向き合おうとしてくれるノルベルトに対して、自分はいつも逃げていた。それがとても卑怯《ひきょう》で、公平ではないと分かっていながら。

「気にしてない。レジーナにも事情があるのは分かってる」

罪悪感でいっぱいだったレジーナは、ノルベルトのその言葉にほっと安堵していた。

「だがもう勝手にいなくなるのはなしだ」

「……はい」

必要とされているのが嬉しくて堪らずにこにこ微笑んでいると、苦い顔をしたノルベルトにぎゅうと抱きしめられて、そのままベッドに手を引かれ二人でどさっと横たわる。甘く蕩《とろ》けてしまいそうな目でノルベルトに見つめられて、慣れない彼の視線にレジーナは照れくさくてはにかむ。

朝日が彼のプラチナゴールドの髪をきらきらと神々《こうごう》しく照らしている。陽の下で見る彼の髪がこれほど繊細な輝きを放つのだと、レジーナはこの時初めて知った。

「……ノルベルト様は太陽の下の方が輝いておりますね」

「……レジーナもその白い肌がよく映えるな」

そう言いながらノルベルトに首の痕を指先でなぞるように触れられ、レジーナの頬が赤く染まった。

「ずっと……暗がりの中でしか会えなかったから新鮮です」

「これからはいつだって会える」

そう言われたレジーナの顔がくしゃっと歪んだ。

先ほどから求めていた言葉ばかりを言われてまるで夢のようだった。

(どうしよう、本当に夢だったら……)

白昼にも拘《かか》わらず顔を合わせて、抱きしめられ見つめ合っている。この状況さえ夢のようなのに。

だけど夢かもしれないと思っても目の前の優しく微笑む彼を見ていると、つい本当にしたかったことが口をついて出てきた。

「……私、ノルベルト様と庭園をお散歩したいです」

「ああ」

静かに頷かれて、レジーナの中で何かがゆっくりと解《ほど》けていく。

「隣の大きな街で、手を繋いでデートもしたいです」

「明日行くか」

「……流行りのアップルパイ、一緒に食べてくださいますか？」

「もちろんだ」

「……それから、毎日一緒に朝食を食べて、日の出ている内からティータイムをして」

「今からできるな」

「……いつか、一緒に海が見たいです」

言いながらレジーナの声が震え、だんだんと涙ぐんでいく。口を開く度、何度も涙が零れ落ちそうになる。

「レジーナが望むことは、全部叶えよう」

ノルベルトの大きな手に頭を撫でられて、レジーナは堪らず彼の胸に顔を擦り寄せていた。視界の中で動いたノルベルトが、レジーナの髪に口付ける。

幸せで堪らない。

それなのに、なぜか不安になってしまう。

「これって……本当は、夢、なのでしょうか……」

髪を梳《す》かすように撫でられ、レジーナはぎゅっとノルベルトのバスローブを握り締めていた。

「……夢じゃない」

はっきりとそう言われて、レジーナは嬉しさを噛《か》み締めるように表情を緩めると目を閉じた。今死んでも悔いはないと言えるくらいに満ち足りていた。

「……レジーナ」

本当の名前を彼の低く甘い声で呼ばれ、歓喜に心が沸いた。

「俺とずっと一緒にいてくれないか」

だがその言葉でレジーナははっと息を呑んだ。

体の関係以上を望んだのは自分自身だ。それでも、彼の口から明確な言葉をもらって、一瞬全ての思考が止まった。

やがて思い出したように止まっていた呼吸を始めたレジーナは、ノルベルトに言われた言葉の意味を考える。

驚きと緊張で、すぐ上の彼の顔が見られない。

「っ……ずっと、とは……」

「……結婚、してくれないか」

レジーナは再び喫驚《きっきょう》した。

自分が想像していたよりも遥かに先の関係を求められて、真っ先に込み上げたのは喜びだった。好きな人にプロポーズを受けたのだから当然のことだ。

だがすぐに、自分は婚約を破棄され、家門は没落寸前であるという現実を思い出す。

（このプロポーズを受けたら、ノルベルト様に迷惑が掛かってしまう……）

彼のことを思うなら受けるべきではない。そう頭では分かっているのに、心はそれに反して彼を求めていた。黙り込んでいたからだろうか、ノルベルトにきつく抱きしめられたレジーナは何か返さなければと口を開いた。

「……ですが……私、……つい最近婚約を破棄されていて……」

「昨日の男だろ」

ノルベルトの声がぐっと低くなり、レジーナは一瞬不安になる。

「……名前を調べたんですから、そのくらいはご存じですよね。ダッ……あの方とは、体の触れ合いとかは一切なかったので、そこは、その……」

「乙女だったんだな。それで？」

詳しい弁明が必要かと思ったが難なく納得してくれて少しだけ安心する。だが問題は他にもあり、レジーナの顔は曇ったままだった。

「……ただ、婚約をご存じの方も多いので……」

「外聞が悪いと？　そんなことを俺が気にすると思うのか？」

「っ……ですが結婚は……。互いの家門が絡んできますか――」

「――レジーナ」

言葉を遮《さえぎ》るように名前を呼ばれ、レジーナの肩がびくりと震える。

「レジーナの気持ちはどうなんだ？」

「っ……私、は……」

レジーナを抱きしめていた腕の力が緩んでいき、ゆっくりと顔を上げると、ノルベルトが真剣な眼差《まなざ》しでこちらを見つめていた。

「……俺はレジーナが結婚したいのかしたくないのかが知りたい」

澄んだスカイブルーの瞳にじっと見つめられて、レジーナの頬がだんだんと赤く染まっていく。

この結婚を躊躇《ためら》う理由ならいくらでもある。だから彼のためを思うなら、頷いてはいけないのに。

嘘を吐いてでも断るべきなのに。

（やっぱり、ズルい……）

真摯《しんし》な態度のノルベルトを前にして、嘘なんて吐けるはずがなかった。

けれど直視しながら伝えることもできず、レジーナはドキドキしながらノルベルトの首元に視線を逸らす。

「……したい、です。結婚……。ノルベルト様と、ずっと一緒にいたいです……」

言ってしまった。

言ってはいけないのに。

けれど言ってはいけない胸中を吐露《とろ》すると少しだけ気持ちが楽になった。

どんな反応をされるのか。不安も抱いたが、きつく抱きしめられて額の生え際にキスを落とされると、そんな負の感情も忘れて顔を上げていた。

「レジーナが不安を払拭《ふっしょく》できるようにするから」

不思議だった。彼にそう言われると、本当にどうにかしてくれるような気がした。

（私……やっぱりノルベルト様のことが……）

そう心の中で思っていると、すぐ目の前に迫ったノルベルトに鼻先をちょんとくっ付けられる。

あまりにも近い距離に思わず目を伏せたレジーナは、込み上げる気持ちが抑えきれず口元が緩んでしまった。

視界で動いた彼の唇が、レジーナの唇に触れる。

「だから今はその気持ち以外は忘れろ」

そう言って体を起こし再び口付けてくるノルベルトの背中に、レジーナはそっと腕を回した。

◆　◆　◆

別邸から歩いてすぐのところにある広大な丘は、ノルベルトも時折乗馬を嗜《たしな》む名スポットだという。使用人たちを伴いピクニックがてらに連れてこられたレジーナは、間近に見る馬に感嘆の溜息を吐いた。

もし体当たりされたら間違いなく吹っ飛ばされてしまう。そんなことを思いながら馬としばし見つめ合っていると、先に騎乗《きじょう》していたノルベルトに手を差し出される。

優しく微笑むその姿はまるで、絵本の中の王子様のようだった。緊張でドキドキしながらその手を取るとぐっと持ち上げられた。彼の前に横向きに乗せてもらったレジーナは、思わず後ろのノルベルトにしがみついていた。

「っ高い……！」

この国では乗馬は男が嗜むスポーツとされている。だがティータイムの最中にレジーナが「私も乗ってみたいな……」と漏らしたところ、ノルベルトが「乗ってみるか」とレジーナを誘ってくれたのだった。

けれど乗馬初心者のレジーナは、乗り慣れない馬の不安定な感覚と、地面からの高さが普段の倍ほどあることに恐怖を覚える。

「下を見るから怖くなるんだ。顔を上げろ、レジーナ」

言われて前を見上げて、レジーナは瞠目した。

「わあ……高い……！」

視線がいつもとは格段に違っていた。より太陽に近く、より遠くまで見渡せる気がした。

少年のように瞳を輝かせるレジーナの横顔を見つめ、ノルベルトも嬉しげに微笑む。

馬を歩かせると、レジーナは再び感嘆の声を上げた。

「……すごい……。なんだか私の背丈が伸びて、足も速くなったようです！」

レジーナと別邸に滞在するようになってから数日。二人は毎食同じテーブルを囲み、食後のティータイムや庭園の散歩を楽しみ、昨日は街に出てアップルパイを食べた。

別邸で一度も笑顔を見せなかったレジーナが心から楽しそうに大きな声で笑う姿に、侍女たちは安堵した。

そしてそれはノルベルトも同様のようだった。

「……乗馬、楽しいか？」

「はい。好きになってしまいそうです……！」

「……やはりレジーナには笑顔が似合うな」

最愛の人の笑顔にノルベルトが嬉しくてついそんなことを口走り、きょとんとして振り返ったレジーナは顔を赤らめた。

「……そ、そんな……」

好きな人に一層惚れてしまうような言葉を言われて、照れないでいられるならそうしたい。けれど平常心を保とうと思えば思うほど恥ずかしくて、ノルベルトに寄りかかっていた体を離そうとすると、レジーナの体がぐらりと傾いた。

「っあ……」

「危ないぞ」

その体を、ノルベルトの片腕が容易《たやす》く引き寄せる。彼と触れ合う半身が、熱くてしようがない。

「あ、ありがとう、ございます……」

「……俺も昔、落馬したことがある」

「えっ……。大丈夫だったのですか……？」

「骨折して、二週間はベッドから起き上がれなかった」

「そんなに……」

「しかも王太子と競走して護衛の目の届かないところまで行ったから、いろんな人間にこっぴどく叱られたな。元はといえばあいつの方から競走がしたいと言ってきたのに。叱られるのはいつも俺だ」

不服そうな物言いのノルベルトに、レジーナはくすくすと笑みをこぼす。

「王太子殿下と仲がよろしいのですね」

「昔王太子と歳《とし》の近い子どもが王城に集められてた時期があってな。その頃からの腐《くさ》れ縁《えん》だな」

馬の上にも慣れてきたのか、饒舌《じょうぜつ》になってきたレジーナは強張《こわば》っていた表情をすっかり緩め、もう下を向いて怖がることもなかった。

「……少し走らせてみるか」

「あっ」

のろのろと歩いていた馬が次の瞬間両足を大きく動かして駆け出した。反動で後ろに傾いたレジーナの体を、背後のノルベルトが受け止める。強い風が吹き抜けて、レジーナの髪を攫った。

初めは驚いて固まっていたレジーナも、馬と一体となって風を受けるとだんだんと楽しくなっていき、いつの間にか笑顔になっていた。


馬から降りたレジーナは、侍女たちに興奮した様子で乗馬について語っていた。ノルベルトは少し離れたところからその様子を見て、ふっと口元を緩める。

「……例の件はどうなった？」

ノルベルトは隣にいたセレナに呟くように問いかける。レジーナが時折こちらを振り返るので表情は穏やかなままだが、声は普段より低かった。

「各銀行は全てグラヴァー男爵への融資《ゆうし》を止めるそうです。うちと取引のある商会もグラヴァー男爵家との提携《ていけい》を全て打ち切ると断言いたしました」

「上出来だな。不正の証拠は？」

「近いうちに摑めそうです」

レジーナの元婚約者だったという事実だけでも闇に葬《ほうむ》り去りたいほどむかつく存在だというのに、そのレジーナに復縁を迫りかつ暴力を振るおうとしたダッドリー・グラヴァー。

そしてわざと伯爵家を陥《おとしい》れ資金援助を持ち出してレジーナを嫁に迎えようとしたグラヴァー男爵家。

(お前たちにはその対価を支払ってもらおう……)

もう二度と、レジーナに近づけないように。

彼女が安心して結婚できるように。

「夜会の件は王太子殿下も了承してくださいました。それから、奥様がエマーソン伯爵家に取り計らってくださるようです」

「クソババアにとってはレジーナに逃げられる前に身を固めさせたいだろうからな」

「ノルベルト様！」

ノルベルトとセレナが話しているところに、レジーナが嬉しそうに笑いながらやって来る。

元婚約者に向けていた偽物の淑女の微笑みじゃない。

ずっと自分に向けてほしかった、本物の笑顔だ。

(この笑顔を、絶対に奪わせやしない)

ノルベルトはそう心に誓った。

第六章　これからも、いつまでも

すっかり何もなくなってしまったエマーソン伯爵邸《はくしゃくてい》の部屋を見て回っていたメリッサは、ある一室の前で足を止める。誰もいないと分かっているのについノックをしてその部屋に入った。

「お母様！」

ふと、そんな声がした気がするが、ドレッサーもベッドも差し押さえられてなくなってしまった娘の部屋には誰もいなかった。

「……レジーナ……」

愛娘《まなむすめ》が持ってきた小切手のお陰で借金は全て帳消しになり、邸宅だけは守ることができた。資金援助をしてくれていたグラヴァー男爵家《だんしゃくけ》からは今更手紙が届いていたが、散々頼み込んでも足蹴《あしげ》にされたことを思い出し憤慨《ふんがい》したバーナードが読まずに暖炉にくべてしまった。資金の出所が気になったのか見放されていた他の家門からお茶の誘いが来ていたが行く気にもなれず、バーナードと同様暖炉に放り込んだ。

手放したくなかった邸宅を守ることができたというのにちっとも嬉《うれ》しくもなく安心もできないのは、最愛の愛娘が側《そば》におらず、危険な目に遭《あ》っているかもしれないからだった。

『私はまた三ヶ月ほどいなくなります。もしかしたらさらに延びるかもしれませんが、どうか私を探さないでください』

その言葉を信じて、日々祈りながら過ごしつつも、来る日も来る日も不安で堪《たま》らなかった。

本当はオーギュラス侯爵家《こうしゃくけ》に乗り込んで、娘に何をしたのか問い詰めたかった。けれど娘はそれを望まず、さらには庇《かば》っているように見えた。

『私は変わってなどおりません！』

幼い頃から多くを望まず、常に両親のことを気遣い、反抗なんて一切しなかった娘が初めて見せた怒りを伴う激しい主張には、ただただ驚かされた。

『ただいい子でいようと……伯爵令嬢として、ダッドリー様の婚約者として、両家の顔に泥を塗ることのないよう、恥と言われることのないよう努めてきただけです』

一瞬でも自分の子育てを疑わなかったわけじゃない。

もしかしたら、私があの子に理想の娘であれと押し付け、無意識に抑圧していたのかもしれない。でもたとえそうだったとしても、幼かった娘が今は自分で考えておかしいと思い怒ったのだとしたら、それは大きな成長なのではないかとも思った。

少なくとも、守ってあげなければ何もできなかった出会ったばかりの頃とは違う。

『……侯爵家にご迷惑をお掛けするようなことはおやめください。時が来れば私は必ず帰ってまいります』

だから、あの子の言葉を信じてみようと決めたのだ。

メリッサには小さい頃から夢があった。

それは母親になること。

きっかけは親戚《しんせき》の家に生まれた赤ちゃんがあまりにも天使のように可愛らしくて、見ているだけで幸せな気持ちになれたことだった。乳母《うば》に任せず子どもとずっと一緒に時を過ごし、自分の手で甲斐甲斐《かいがい》しく世話がしたかった。

貴族の家系を途絶えさせないためにも子を産むのは女として当然の義務だろうと笑う者、自分で世話をするなんてはしたないと蔑《さげす》む者もいたが、たまたま婚約者になった人は「素敵な夢だ」と言ってくれた。

それが今の主人、バーナードだった。

けれど夫妻は子宝に恵まれなかった。三年の間に二度の流産を経験し、夫に愛人を作ることも提案したのだが「そんなことを言うもんじゃない。私には君さえいてくれればそれでいいんだ」と言われてしまった。

幸い義母はそのことを理解してくれたのだが、義父はとても厳格な方で、顔を合わせる度に小言を言われていた。

（私だって、子どもが欲しい気持ちはあるのに……）

そんな陰鬱《いんうつ》な日々を過ごしていたある日、転機が訪れた。

「俺の従兄弟《いとこ》夫婦が実の子であるこの子を売りに出したんだ。従兄弟夫婦は捕まったんだが、裁判で親権を失い親族が引き取らなければ救済院に行くようで……」

メリッサは目の前の小さな女の子から目が離せなかった。

二歳くらいだろうか。

手足は棒切れのようで新しく仕立てた綺麗《きれい》なドレスも肩からずり落ち、頬《ほお》もこけていて子どもなのに肌が荒れていた。髪はずっと切っていないのか伸び放題で枝毛が酷《ひど》く軋《きし》んでいる。

何より好奇心旺盛《おうせい》な時期だというのに一度もこちらを見ることのないまま、ずっとメリッサの足元を見つめ両手を体の前で合わせてもじもじさせていた。

奴隷《どれい》でもまだましな扱いを受けているのではないかと思うほど酷い姿だった。

「……やっぱりやめようか？」

メリッサがあまりにも何も言わないので、バーナードは焦《あせ》り始める。けれどメリッサは女の子の前に屈《かが》むと、びくりと震えて後退《あとじさ》りする女の子に微笑《ほほえ》みかけた。

「あなた、お名前は？」

「あ……。実は引き取ってから一度も口をきかないんだ。耳は聞こえているようだが、喋《しゃべ》れないのかもしれない。まだ四歳で、言葉を教わってないのかもしれない」

顔を真っ青にさせて怯《おび》える女の子は、少しでもメリッサが動くと俯《うつむ》いたまま耐えるように肩を震わせていた。これで四歳とは驚きだ。

怯えさせないよう、メリッサはゆっくりと手を伸ばした。

「おいで」

びくびくしていた女の子はちらとメリッサを見上げる。すぐに俯いた女の子だったが、再び怯えたような目でこちらを見ると、メリッサの優しい表情に安心したのか、伸ばされた手を恐る恐る握った。

それが、エマーソン伯爵夫妻とレジーナの出会いだった。

「ここにいたのか」

入ってきたバーナードは疲れた顔で微笑んでいた。

「あの子が……ここにいる気がして」

「まだ生きてるぞ」

「そうなんですけれどね……。花嫁修業の時もそうでしたが、会えないと寂しいものです。子離れしないといけないと分かっているのに」

しんみりした空気を感じ取ったように、バーナードはメリッサの肩を抱いた。

「そもそも私が投資話になんて乗ったのがいけなかったんだ。そのせいであの子には色々と苦労をかけた。男爵令息に懐《なつ》いてくれたのは幸いだったが、婚約は破談になったし……、今更全てをなかったことにしてあの家と繋《つな》がりを持つのはあの子にとっても私たちにとってもよくないだろう」

「……レジーナが戻ってきたら、どこか田舎《いなか》で三人で静かに暮らしましょう？」

「そうだな……」

バーナードの肩にそっと頭を預ける。その時、外から馬の嘶《いなな》きと馬車の車輪の音が聞こえてきた。

「レジーナ？」

二人は顔を見合わせてホールへと駆けていく。

「随分《ずいぶん》と荒れ放題な庭だな。手入れはしないのか？」

「オーギュラス侯爵夫人……」

入ってきた人物を見て、メリッサははっとバーナードを振り返る。ノルベルトの時のように怒鳴ってしまうかもしれないという不安があったが、その顔に怒りはあったものの、殴《なぐ》りかかったりはしなかった。

杞憂《きゆう》に終わりひとまずほっと息を吐いたメリッサは前に出ていった。

「夜会では何度か顔を合わせたな」

「……ご連絡もなしにどのようなご用件でしょうか」

娘が望んで向かったとは言え、二人からしてみれば〝娘を連れ去った〟オーギュラス家であることに変わりはない。

お陰で借金は返済できたが、それでも感謝の言葉を口にするなんてとてもじゃないができなかった。

「君の娘が無事にうちの嫁になってくれそうだから正式に伝えておこうと思ってな」

「嫁だと!?」

声を荒らげたバーナードの前に執事のサイモンが現れ、レジーナのサインが入った契約書を差し出される。

そこには、オーギュラス侯爵家の嫡男《ちやくなん》ノルベルトと婚約すれば金貨千枚を無償で支援すること。また当面はオーギュラス家で花嫁修業に入ることなどが記されていた。

「……令息と結婚、ですか？」

メリッサは訝《いぶか》しげにドルアを見つめた。

「そういうことになるな」

「……失礼ですが、国内の貿易市場を支配する名高い侯爵家が、没落寸前の伯爵家と婚姻《こんいん》を結ぶメリットはあるのでしょうか」

「うちの息子《むすこ》は女嫌いでな。だがそちらの令嬢は例外なようだ」

メリッサはふと、ノルベルトがレジーナを探しに来た時のことを思い出す。脅《おど》しに来たというよりは、確かに心から会いたそうにしていた。

「……前提として他の令嬢とは婚約を望まれないということですね。ですが、どうしてうちの娘だけが……」

「一週間ほど会話をする時間を設けてみたんだ。愚息《ぐそく》も初めは警戒していたようだが、レジーナ嬢の優しさに絆《ほだ》されてしまったようでな。そしてレジーナ嬢も満更《まんざら》ではない様子だった」

「……」

ドルアの言う通り、レジーナは何度もノルベルトを庇うような発言をしていた。

「エマーソン伯爵家としても悪い話ではなかろう。借金を完済しても昔のような生活を取り戻すには金がいる。結納金はたっぷり支払おう」

「申し訳ありませんがお断りさせていただきます」

「つあなた……」

未《いま》だ冷静さを失っているのかと思いきや、バーナードは険しい表情をしながらも悲しそうにメリッサを見つめた。

「レジーナはグラヴァー男爵令息に懐いていた。それなのに婚約破棄となって、きっと酷くショックを受けていることだろう」

失恋したレジーナを気遣う言葉に、メリッサは安堵《あんど》していた。

「……泣ける親子愛だな。だが本当にそう思うなら裏取りはしっかりした方がいいぞ」

ドルアが片手を上げると背後に控えていたサイモンが封筒を差し出す。

「……これは……」

それを受け取ったバーナードは中の分厚い書類を取り出すとパラパラとめくり、メリッサもそれを覗《のぞ》き込《こ》んだ。

「レジーナ嬢について少しばかり調べさせてもらった。それで、色々と見えてきてな。伯爵家の資金繰りを難航させたかったグラヴァー家は、投資が失敗するようわざわざ裏で手を回していたようじゃないか。しかも今回の借金も男爵一家が原因だ」

「何だと!?」

予想通り憤慨するバーナードに、ドルアが自分のペースに持ち込めたというように、にやりと笑った。

「新興貴族のグラヴァー家は古い名家との繋がりが欲しかった。男爵令息は単に気に入ったレジーナ嬢が欲しかっただけのようだが……つけ上がって他の貴族令嬢もよいと考えるようになったのだろう」

「あいつら……!!」

「それと、グラヴァー家で花嫁修業と謳《うた》って洗脳に近しいことをしていたのが気になってな。家庭教師や姑《しゅうとめ》からのいびりも酷く、朝から晩まで休みなくレッスンや侍女の真似事《まねごと》をさせられていたらしい。食事も朝のスープと昼のサラダしか許されていなかったとか……」

「まさか……」

メリッサは口を覆《おお》った。

(グラヴァー家の皆さんが優しくしてくれているって……、慣れない生活で大変なこともあるから痩せただけだって言っていたのは……）

夫妻は絶句した。幸せの絶頂だと思っていた娘は、その生活ぶりを聞く限りは全くそうは思えなかったのだが。

「婚約破棄の知らせはグラヴァー家主催の夜会でされたそうだ。公衆の面前で辱《はずか》めるように。しかも他に好きな女ができたとまで言ったらしい」

信じ難い内容にバーナードの中で沸々《ふつふつ》と怒りが湧き上がり、手にした書類がくしゃくしゃになるほど握り締めていた。

「そんな奴《やつ》ならうちの愚息の方がまだマシだ」

「……お金は結構です」

「ほう？　では何を望む？」

メリッサはショックのあまり震える体を必死に抱きしめて意識を保っていた。

「あの子が……、レジーナが、心からこの結婚を望まない限りは婚姻は許可できません」

「いいだろう」

ドルアがいなくなってからも、夫妻はしばらく呆然《ぼうぜん》としていた。

「……奥様、あのサインは……」

「契約書の下にもう一枚仕込んでおいた。正真正銘《しょうしんしょうめい》の直筆サインだ、常識だろう？」

帰りの馬車の中で、ドルアの狡猾《こうかつ》さに常識とは何なのかと考えさせられたサイモンは、唸《うな》り声《ごえ》を上げる。

「レジーナ様に知られたら信用を失うのではありませんか？」

「そこはあいつがなんとかするだろう。せっかくこの私が上手《うま》く事を運んでやったんだ。その機会を逃すようなら、あいつはそこまでの奴だったということだろうな」

「まあ、逃しやしないだろう」とドルアは含み笑いをした。

◆　◆　◆

エマーソン夫妻に引き取られて数年が経《た》ち、明るく健《すこ》やかに育ったレジーナが読み書きを覚え始めた頃。世界の各国を旅したという商人の冒険記にすっかり夢中になったレジーナは、その本を持って両親の寝室を訪れた。

「お父様、お母様、この本の続きが欲しいです！」

その時の両親の顔は今でも忘れられない。

怒ることも、言い負かすこともなく。困ったように眉を寄せ、互いに顔を見合わせた。

「……そうね、レジーナが欲しいならもちろん用意するわ」

母はそう言って無理に微笑んだ。

「ただでさえ本は高いのに。あれだってかなり奮発して買ったものじゃないか」

「ですがあの子が何かを欲しがるなんて滅多にないではありませんか。せっかく私たちのところに来てくれたんだもの、買ってあげたいです。私の装飾品をいくつか売りに出しますから」

「はあ……。しょうがない、古くなった宝石を換金してみるよ」

両親の言葉をこっそり聞いていたレジーナは、翌日「やっぱりいらない」と切り出した。夫妻は困惑していたが、少しだけ、ほっとしたような顔をしていた。

紙はとても高価なもので、貴族とはいえ資金面でそれほど潤《うるお》っているわけでもないエマーソン伯爵家では、本は易々《やすやす》と手に入るものではなかったのだ。

それに気が付いてから、レジーナは本を求めることをやめた。

大好きな人たちを困らせたくなかった。

ようやく出会えた、自分を愛してくれる人たちに見捨てられるのが怖かった。

「あんたなんて産まなきゃよかったわ！　あんたがいるせいで私が浮気されたじゃない！」

顔も覚えていない母親に浴びせられた暴言が、振り上げられた足が、朧《おぼろ》げな記憶の中から消えない。

それでもこれまで潰《つぶ》れることなく心を保つことができたのは、今の両親、二人の支えがあったからだった。

（それなのに……）

『レジーナ……、まさか、あそこの乱暴息子に何かされたのか？　それでその隠蔽《いんぺい》のためにこんなものを——』

『あの方を悪く言わないでください！』

（あんな風に怒鳴ったのは初めてだわ……）

「レジーナ」

背後から回った腕に苦しいほど抱きしめられてはっと気づく。広い書斎で膨大《ぼうだい》な量の蔵書を眺《なが》めるうち、昔のことを思い出してしまっていたようだった。

「さっきからぼーっとしてどうしたんだ？　もしかして、この前風呂で致したことで怒って──」

振り返ると、ノルベルトは饒舌《じょうぜつ》だったお喋りを止《や》めた。レジーナが映り込む水色の瞳が訝し気に見つめていた。

「……何で、泣いてるんだ」

「え……あ……」

それまで自分が泣いていているなんて気づいていなかったレジーナは、目元に指を当ててようやく涙の存在を知った。

「これは……その……、っきゃ」

頭の後ろに回った手がレジーナを強く抱き寄せる。厚い胸元から近頃嗅《か》ぎ慣れた柑橘系《かんきつけい》の香水の香りがふわっと広がった。

「……結婚、そんなに嫌なのか？」

細々とした声はやけに弱気だった。心なしか、抱きしめている腕が僅《わず》かに震えていた。

「違うんです、ノルベルト様。これは、……何でもないですから」

「何でもないのに泣くはずがないだろ！」

誤解されたくなくて否定するも叱られてしまい、そのまま抱き上げられたレジーナは机の上に下ろされた。

「ノルベルト様っ、机に座るのはマナー違反ですっ……」

「気にするな。俺たちしかいないんだから」

「ですが……」

「嫌なら泣いていた理由を言え」

レジーナを囲うように両サイドに手をついたノルベルトは、じいっとレジーナを見つめて解放してくれそうになかった。

「……結婚を押し進めようとドレスや式の話ばかりしたのは悪いと思ってるが、それでも俺はレジーナを幸せにしたいと思ってる。だから泣くほど嫌なら待つから」

真剣な表情で寄り添うような言葉を掛けられ、胸が切なく締め付けられるようだった。

元婚約者はどんなにレジーナが辛《つら》そうにしていても見て見ぬふりをしていたし、他の令嬢たちから「放っておかれて可哀相《かわいそう》よ」と嘲笑《ちようしよう》されても「助けてやるのも面倒だろ」と一緒になって笑っていた。

(向き合ってくれることがこんなにも嬉しいだなんて……)

「……大好きです、ノルベルト様」

「〜〜っ！」

目をうるうるさせながら告白してくるレジーナにノルベルトは言葉に詰まると、我慢《がまん》しきれずレジーナを思いきり抱きしめた。

「嬉しいがそれで誤魔化《ごまか》すな！」

「ふふっ……、誤魔化しているわけではありません」

照れているノルベルトは珍しく、そんな姿さえ可愛いらしくて、レジーナもぎゅうと彼を抱きしめた。

「でも、今ではもうどうにもならない事で……、昔を思い出して少し感傷に浸ってしまっただけですから」

「……昔って……あの元婚約者じゃないだろうな」

体を起こしたノルベルトはきっと睨《にら》みつけるようにレジーナを見上げた。

「それよりももっともっと昔ですよ」

小さな嫉妬《しっと》にくつりと笑ったレジーナは、それから少しだけ、昔話をした。

実の両親に四歳の頃売られた事、幸い町の警備隊に見つかり助かったが、両親は捕まり親戚である今のエマーソン伯爵夫妻の元に引き取られた事。そしてそれからの事。

「また捨てられるのが怖くて……いい子でいなければならないと思っていました。でもきっと、いい子でなくてもお母様とお父様は私を捨てたりしないって分かっていたんです。それでも、もしもの時を思うとずっと怖くて」

理解あるいい子を演じて、借金返済のためダッドリーと婚約話が出た時はチャンスだと思った。娘が自分たちの役に立てば、絶対に捨てられないはずだから。

「最後にお父様とお母様に挨拶《あいさつ》に行った日……、私……つい、お父様と言い合いになって……大きな声で怒ってしまったんです……」

「ああ、道理で」

「え？」

それまで俯いていたレジーナが顔を上げると、ノルベルトは嬉しそうに彼女の髪を梳《す》きながら話し始める。

「伯爵が癇癪《かんしゃく》を起こしていたから、元々気性の荒いタイプかと思っていたが」

「……父に、会われたのですか？」

「レジーナが急にいなくなったからだろ？」

困ったように見つめてくる彼のスカイブルーの瞳が細まり、額にちゅっと口付けられた。

意図せずそれを知ったレジーナは、落ち込んでいた心が弾んで温かい気持ちでいっぱいになった。

「……探してくださっていたのですね」

「まさかこんな田舎にいるとは思わなかった」

「とても静かで長閑《のどか》ですよ。心が洗われるほど」

レジーナはここが気に入っていた。森に囲まれ時折虫が出て驚くものの、侍女たちは皆穏やかで、庭を自由に出歩くこともでき、少し歩けば栄えた街があり、異国の文化が楽しめる。

「結婚したらこの辺に新居を建てるか？」

「この別邸でもいいくらいですわ」

「オンボロだぞ？　俺が産まれる前に建てたんだ」

「風情《ふぜい》がありますよ。それにこの辺りでは野うさぎやリスも見られるんですよ？」

レジーナは窓の方に顔を向けると立ち上がろうと床に足を伸ばす。けれどその途中でノルベルトの腕がお腹に回り阻まれた。

「この家は造りが古いから声が漏《も》れやすいんだ。だがまあ、一応考えておこう」

声、と言われて初めはピンとこなかったレジーナも、遅れて夜の睦言《むつごと》のことだと気づいてかあっと顔が赤くなる。

「……それは、その……困りますね」

「そうだろ？　寝室は防音の方がいい」

恥ずかしげもなくそう言ってレジーナの顔を覗き込んでくるので、一層レジーナの頬は赤く染まった。

「ノルベルト様とお話ししていると……お父様たちに嫌われたかもしれないなんて弱気な考えも吹き飛んでしまいました」

頬を押さえながらそう言うと、全てを吹き飛ばすようなあははっと軽やかな笑い声がした。

「随分と臆病だったんだな」

「……幻滅されました？」

「その程度でするはずないだろ」

再び骨張った手が頬を撫でる。見つめてくる熱い瞳が濡《ぬ》れていた。甘ったるい雰囲気に酔いしれて瞼《まぶた》を下ろすと、コンコンとノックの音が聞こえてきた。

「お坊ちゃま、レジーナ様、ご歓談中のところ失礼致します。奥様より手紙が届いております」

開いた扉の前に佇《たたず》むセレナは部屋には入らずその場で礼をした。はあと溜息《ためいき》を吐《つ》いたノルベルトはその手紙を受け取り乱暴に封を切る。

「邪魔したということは急ぎのものなんだろうな？」

不機嫌全開だったノルベルトは、目を通していくうちくくっと楽しげに笑っていた。

「レジーナ、王都に戻るぞ」

「え!?　ですが……奥様に三ヶ月はここにいるようにと言われていて……」

「そのクソババアが帰ってこいだと。……それに、ジークハルトも夜会の準備が整ったようだな」

◆　◆　◆

一ヶ月半ぶりに帰ってきた王都は何も変わっていなかった。大通りは人々の喧騒《けんそう》で活気に溢《あふ》れている。もうすぐ社交シーズンが始まるからか、ドレスショップはより豪華絢爛《けんらん》なドレスをショーウインドウに飾り、その効果か店内は賑《にぎ》わっているようだった。

「……こら、よそ見するな」

開いていた馬車のカーテンを閉じられて前を向くと、向かいに座ったノルベルトが不満そうに目を細めていた。

「街を見ていただけですよ」

「俺以外見られない病気になればいいのに」

「ふふっ……。そんな病気があったらきっとノルベルト様に移しますよ？」

「構わない」

王都を出る時の馬車ではどんより落ち込んでいたレジーナも、帰りの馬車ではくすくす笑いながら幸せな時間を過ごしていた。

久しぶりに帰ってきた我が家の門には一人だけ門番が立っていて、庭園も一部雑草が刈り取られて整えられていた。すぐに見えてきたエマーソン伯爵邸の前に首を長くして待っている二人の姿が見えて、レジーナは一気に寂しさと嬉しさが込み上げてくる。

ノルベルトの手を取って馬車を降りると、バーナードとメリッサが慌《あわ》ただしくレジーナに駆け寄ってくる。

「レジーナ！」

「お父様！　お母様！」

いつかのように腕を差し伸べてくれるメリッサに、レジーナは人目も忘れて抱きついた。そんな二人をバーナードが優しく抱きしめる。

「帰ってきてくれて本当に良かった……。とても心配したのよ」

「……ごめんなさい」

怒ったような困ったような母の顔を見つめていると、くよくよ悩む必要などなかったのだと思わされる。

「……悪かったよ、レジーナ。あの日はカッとなってつい言い過ぎてしまった」

バーナードは娘に嫌われるのを恐れるようにしゅんとしていた。

「私も言い過ぎました。ごめんなさい」

目を潤ませながら抱きしめてくれる父に、レジーナは心底ほっとしていた。

「……じゃあ俺は帰るから。家族水入らずで過ごせよ」

穏やかな表情で見守っていたノルベルトは、レジーナの頭をぽんと撫《な》でて立ち去ろうとする。

「……いや、君も……いえ、侯爵令息も残っていただけませんか」

「……？」

それを止めたのはバーナードだった。

屋敷は相変わらず空っぽだったが、応接間にはテーブルとソファー、小さな家具類が戻っていた。

お茶を運んでくれたのはレジーナが幼い時より仕えていた侍女だった。

「あの日、侯爵令息には随分とひどい罵声《ばせい》を浴びせてしまいました。レジーナが帰ってきてくれたのに、また急にいなくなり、そこで貴方《あなた》の名前が出てきて気が動転しておりました。本当に申し訳ございません」

「えっ……」

癇癪を起こしていたとは聞いていたが、まさか伯爵が格上の侯爵家の令息に罵声を浴びせたなど少しも想像できず、レジーナは慌てた。

「いえ。そのくらいの覚悟はしてましたから」

けれどノルベルトはそんなことは意に介さないというように平然としていた。

(私のせいで理不尽な目に遭ったのに、文句の一つも言わないなんて……)

大切な家族を大切な人が尊重してくれていることが何よりも嬉しくて胸が熱くなる。

「……侯爵夫人に全て聞きました。グラヴァー家がレジーナにしてきたことを。レジーナ、あなた、グラヴァー家で……本当に幸せだった？」

レジーナはきゅっと唇を引き結んだ。ずっと嘘《うそ》を吐いていた。自分は幸せだから、気にしなくていいと。けれど本当は。

レジーナがゆっくりと首を振ると、バーナードは小さく溜息を吐いた。

「あの家とは二度と関わらない。うちの娘を傷付けたことをいつか後悔させてやる」

「やめてくださいお父様。私はそのようなつもりはなくて……。もう関わらなければそれでいいではありませんか」

婚約破棄された貧乏伯爵令嬢と結婚することで、オーギュラス侯爵家はただでさえ好奇の目で見られ、周囲にあれこれ言われるはず。

迷惑が掛かると分かっていて、これ以上余計な火種を増やしたくなかった。

「……それで、侯爵令息と結婚するのか？」

「どうしてそれを……」

「侯爵夫人に聞いたんだ」

レジーナがちらと隣に視線を向けると、大好きな人が甘く蕩《とろ》けてしまいそうな優しい表情でこちらを見つめていた。

「……はい」

途端にレジーナは照れたように頬を染める。

「……その気持ちに嘘はないのね」

「はいっ……」

夫妻は見つめ合う二人の様子を見て、今度こそ安心していた。

それから婚約発表はいつだとか、結婚式は半年は準備を設けたいだとか話していたメリッサとバーナードだったが、ノルベルトが用意していたウエディングドレスのカタログを見せられると「まあ素敵！」「明日にでもやりたいな！」と前向きになっていた。

◆　◆　◆

その翌日。正式に正門からオーギュラス侯爵家を訪れたレジーナは、ドルアの執務室に通された。

「久しぶりだな、レジーナ」

「侯爵夫人……。お久しぶりです」

少しばかり緊張してレジーナは、震える手を握りしめた。

侍従はお茶を淹《い》れるとちらとレジーナに目を向け出ていく。人目のない寝室にしかいなかったせいで、レジーナのことを知るのはごく少数だった。

「そんなに緊張することはない。どうせろくでもないことしか考えてないんだからな」

「お前は産みの親に対して失礼な奴だな。そうは思わないか？　レジーナ」

「は、はい……」

睨み合うライオンと虎に挟まれたように、レジーナの肩身は狭かった。

「ええと、事前にお送りした手紙でもお伝えしたように、御令息とその……お付き合いをさせていただく形になりまして」

「構わないよ」

契約書にはノルベルトと恋愛禁止などとは書いてなかったが、元は娼婦《しょうふ》のように夜の相手をしていた女が突然妻になると言われたら、すぐには納得してもらえないはず。そう身構えていたレジーナは、言葉を被《かぶ》せられて拍子抜けした。

「ですが、私は……没落寸前だった伯爵家の娘で、……実は、つい最近婚約破棄された身なので……」

「知っている」

ドルアは肘《ひじ》掛《か》けに腕を置き頬杖《ほおづえ》をついたままにやりと笑う。

（ノルベルト様も侯爵夫人も、何でもご存じなのね……）

「うちは持参金はほとんど出せませんし、この婚姻でオーギュラス家が得られる利益はないに等しいと思います。ですが私は、心から御令息のことをお慕《した》い申し上げております」

ノルベルトは目を見開きレジーナを見つめる。ドルアは全てを見透かしたように笑みを深めた。

「どうかこの結婚を認めていただけないでしょうか」

ノルベルトと同じスカイブルーの瞳にじっと見つめられて、レジーナの身が硬直する。あまりにも長い時間見つめられるので反対意見を言われるのかもしれない、と悲観的になっていた時だった。

「いいぞ。それで、公表はいつにするんだ。来週婚約して再来週にでも式を挙げるか？」

過密日程にレジーナは遠い目をしそうになる。しかしふと思い立って、「そういえば」と切り出した。

「侯爵様にもご挨拶させていただきたいのですが、ご在宅でしょうか？」

「ああ、あいつは滅多に帰らんよ。気にしなくていい」

「そのうち会えるんじゃないか？」

（家門の主《あるじ》の了承を得なくていいの……？）

「ああ、丁度いい。今日の夜会に出席しているだろうから、挨拶がてら二人で行ってこい」

今日、と言われたレジーナは狼狽《ろうばい》する。

「今夜、ですか？　ですが、ドレスの持ち合わせが……」

「ドレスなら有り余るほどあるぞ。なあ？」

ドルアがにやにやしながらノルベルトを見つめると、ノルベルトは歯切れ悪そうに「まあ……」と言った。

レジーナが首を傾《かし》げていると、「ふっ」と吹き出したドルアが「あっはっは……！」と高らかに笑った。

「ここで過ごした最後の夜もドレスを着ただろ。誰が用意したと思っているんだ」

誰、なんて深く考えていなかったレジーナはきょとんとしていたが、「もう黙れ」と言ってドルアを睨み付けるノルベルトを見て、まさかと思った。

（あのドレス、ノルベルト様が用意してくださったの……？）

サイズを測った覚えはないが、日中用に借りたシンプルな部屋着のドレスも何故《なぜ》かサイズがぴったりだったから、レジーナの過去に関する情報のように以前レジーナが懇意《こんい》にしていた仕立て屋で聞いてきたのかもしれない。

「お前も健気《けなげ》な男だなあ。……ふっ」

「ぶっこ……」

そこまで言ったノルベルトはばっとこちらを振り向く。

「……？」

レジーナはきょとんとしていた。

「言葉には気を付けることだな」

ドルアにそう笑われたノルベルトは、不満げに鼻を鳴らした。

そうしてオーギュラス家の侍女たちに目も回るような速さで準備を整えられ、レジーナはノルベルトに支えられて馬車に乗り込んだ。

ノルベルトの瞳の色と同じスカイブルーの爽やかな色合いをしたドレスは、デコルテラインが美しく見えるオフショルダーで、スレンダーラインでありながら幾重も重なるドレープに艶《つや》があり、シンプルで上品な色香を纏《まと》っていた。

髪は両サイドを編み込んでハーフアップスタイルにまとめ、髪留めやボリュームのあるラウンドタイプのネックレス、ポイントタイプのイヤリングには大粒のサファイアが施されていた。

「よく似合っているな」

「……ありがとうございます」

「レジーナ様素敵です！」とセレナも大絶賛だった本日の装いはノルベルトと色目がお揃《そろ》いだ。

ノルベルトの黒いジャケットから覗くシャツとハンカチーフはスカイブルーで、カフスにはサファイアを用い、ベストもサファイアと同じ色目だった。無造作な髪を片側にまとめて流しており、いつもより凛々《りり》しく感じられた。

「ノルベルト様も、やっぱり正装が似合いますね。それに髪も……額が見えるのが新鮮で素敵です」

「レジーナに褒《ほ》められるなら毎日でもそうするか」

にかっと微笑まれて、レジーナの胸がどきどきと高鳴る。

「レジーナが心から俺を慕っていたとはな」

揶揄《からか》うようににやにやと笑うノルベルトに、レジーナはたじたじとして「いえ、その……」と口《くち》籠《ご》もる。

「……嘘だったのか？」

「そんな……！　……こと、ありま、せん」

ただ好きだと伝えたいだけなのに、どうしてこうも照れ臭いのか。顔を赤らめるレジーナに、ノルベルトは馬車の中で終始ご機嫌だった。

やがて馬車が止まり先に降りたノルベルトに続いて降りようとすると、くるりと振り返ったノルベルトが優しく微笑んで手を差し出した。

そんな些細《ささい》なエスコートさえ嬉しくて、つい頬が緩む。

「……ここって……」

「王宮だ。今夜は社交シーズンの始まりを告げる夜会だからな」

(王宮……!?)

厳かでかつ豪奢《ごうしゃ》な宮殿を見上げ感嘆の溜息を吐いていると、ノルベルトに腕を差し出された。恥ずかしがりながらも手を絡《から》めると、上からふっと笑う声が聞こえた。

「そんなに緊張するな」

「……人前に出るのは久しぶりで……。それに、ノルベルト様と並んでいたらご令嬢たちに何を言われてしまうか……」

「どんな失態を犯しても構わないし、何か言ってくる奴がいれば殴り飛ばせばいい」

「ふふ……っ。人を殴ったことなんてありませんよ。そんなことをすれば大問題です」

「じゃあ代わりに殴ってやろう。俺は問題児だから今更風評も変わらない」

軽やかに笑う彼と話しているうち、レジーナの心も軽くなった。会場の前に辿《たど》り着くと、二人の到着を告げるように名前が読み上げられる。

するとと先に到着していた人々が顔を上げ、「どうしてあの二人が一緒に……？」とあちこちから声が上がった。

「彼女、婚約破棄された令嬢でしょう？」

「しかも原因は借金だそうじゃないか」

「まさか今度はオーギュラス家から資金援助をしてもらい、また婚約を？」

「まあ、図々しい。コロコロと婚約者を変えて。なんてはしたない女なのかしら」

「侯爵令息にはうちの娘をと打診していたんだが……」

「そんなのどこの家門も同じでしょう」

二人が共に現れたことに、一同は不満そうにひそひそと憶測を始めた。

「レジーナ、背筋を伸ばせ」

「……ですが……」

「あんなのジャガイモが喋っていると思えばいい」

「……ジャガイモ、ですか？」

社交界で威張り散らす彼らの姿に本気でジャガイモを重ねたレジーナは、ふふっと口元が緩んだ。

「どうしてジャガイモなのです」

「にんじんより面白いだろ？」

「もう……」

仲睦《なかむつ》まじげに微笑み合う二人に、常にノルベルトの後を追い回していた令嬢たちはぎりりと歯を噛《か》み締め、ドレスが皺《しわ》になるほど握り締めた。

「ノルベルト様が女に笑いかけるなんて……」

「ちょっと！　あの女は誰なの？」

「エマーソン伯爵家の令嬢よ。没落寸前で田舎に逃げたって噂《うわさ》だったのに……」

「エマーソン伯爵令嬢といえば、グラヴァー男爵令息と婚約していたはずじゃない！」

「婚約破棄されたらしいわよ。ほら、アメリア嬢がプロポーズされていたじゃない」

その場にいたアメリアはキッとその令嬢たちを睨みつける。びくっと肩を震わせた令嬢たちは、それ以上アメリアの話はしなかった。

「ノルベルト様は私のものなのに……!!」

軋むほど扇子《せんす》を握り締めたアメリアは血走った目でレジーナを睨み付けた。

適齢期の理想の結婚相手として女性陣からのアプローチが絶えないノルベルトだったが、女嫌いの噂もあり、特定の女性との浮名が流れていなかったから、まだどの令嬢も安全圏から様子を窺《うかが》うことができた。

だが相手がいるとなると話は違ってくる。

令嬢たちやその親は、ノルベルトたちの仲を引き裂きたい、レジーナをその座から引きずり下ろしたいという欲望に塗《まみ》れた目を向けていた。けれど皆、オーギュラスの報復を恐れてか一線を越えようとはしない。

ちっと舌打ちしたアメリアはその場から離れるとダッドリーを探した。だが会場内には見当たらなかった。

「あの男がこの茶番をぶっ壊してくれればいいのに……」

会場の出入り口まで来ても姿が見当たらず戻ろうとすると、何やら言い争っている声が聞こえてきた。

「だから、招待状を忘れただけで……！」

「どちらの家門ですか？」

「この俺様の顔が分からないのか⁉」

「見覚えありませんね」

王宮の入り口で衛兵と言い争っていた男の顔を目にしたアメリアは、ぱあっと愛くるしい笑顔を浮かべた。

「まあまあ、ご令息。こちらにいらしたのですね！」

「へっ……？」

「彼は私の連れなんですが、準備が遅れて別々に出発したんです。なかなか来ないと思ったら……」

「あ……そうだったのですね」

ダッドリーは何が何だかという顔をしていたが、アメリアが愛くるしい表情を見せるので全てどうでもよくなって鼻の下を伸ばしていた。

「お連れの方は一名様までですが……」

「彼だけよ。手間を取らせてごめんなさい」

アメリアに引きずられるように人気《ひとけ》のない廊下に連れて来られてようやく、ダッドリーは正気を取り戻した。

「はっ……。アメリア嬢、やはり俺のことが好——」

「あんた頭沸いてんじゃないの？」

アメリアの口から発せられたとは思えない乱暴な言葉遣いに、ダッドリーは他の人の言葉かと周囲を見回す。心の中で阿呆《あほう》と罵《ののし》ったアメリアは苛立《いらだ》ってダッドリーを引っ張ると開いたドアの中を覗かせた。

「見なさい」

「何を……」

「ノルベルト様があんたの元婚約者とよろしくやってんの」

ホールで皆の注目を浴びながら、幸せそうに話をする仲睦まじい男女。つい少し前まで自分の従順な女だと思っていたレジーナが他の男と楽しそうにしている姿に、ダッドリーは震えるほど拳《こぶし》を握りしめた。

「……やっぱり。オーギュラスから圧力が掛かったのはあいつのせいか。今日の夜会の招待状もうちだけ送られて来なかった……！」

「どうにかしてノルベルト様からあの女を引き剝《は》がして」

「どうにかって……」

「傷物にするとか連れ去るとか、方法は色々あるでしょ」

仄《ほの》かに薄暗い笑みを浮かべるアメリアに、ダッドリーも「ああ、その手があったか……」と同じ表情を浮かべた。

◆　◆　◆

程なくして王族が現れ陛下の挨拶により本格的な夜会の始まりが告げられる。演奏家による音楽が流れ始めると、ノルベルトはわざとらしくレジーナの手を取り、甲に口付けた。

離れて様子を窺っていた若い令嬢たちはノルベルトの色香に当てられ一人二人と立ちくらみを起こして倒れていく。

「……レジーナ・エマーソン令嬢。一曲お相手願えませんか」

「っ……」

手に口付けたまま窺うように目だけを向けてくる。その妖艶《ようえん》な姿に顔を真っ赤にさせたレジーナは、頷《うなず》くことしかできなかった。

「……反則ですよ」

「何が」

ダンスのためとはいえ人前でノルベルトと抱き合うように密着し腰に腕を回されたレジーナは、相変わらず顔が赤らんでいた。

「……人前であれほどの色気を出さないでください」

「嫉妬か？」

膨《ふく》れるレジーナに、ノルベルトはくっくっと喉《のど》を鳴らして笑う。

「色んな奴らに俺たちの関係を知らせるいい機会だろ」

「……あれはやりすぎです」

「もっと過激なことをしたのに今更だな」

レジーナは頭からぼんっと湯気が出そうなほど真っ赤な顔になる。その反応が面白くて、ノルベルトは踊りながらも笑いを抑えきれなかった。

珍しくノルベルトが令嬢とダンスを踊る光景に、人々の注目が集まる。

「……あの子意外とダンスはできるのね」

「昔はもっと下手《へた》ではなかった？」

「ノルベルト様のリードがお上手なのね」

どこからかそんな声が聞こえてきてはたと気が付く。ダンスの度に失敗しないかと恐れ強張《こわば》っていた体からは力が抜けて、いつかの夜のように自然と踊れていた。

本格的な演奏と、眩《まばゆ》いほどのシャンデリアの下で、みんなが見ている前でダンスを楽しんでいた。

「……今日、来てよかったかもしれません」

「そうだろ？」

あんなに怖かったはずのダンスが、今や楽しくて仕方ない。

(ノルベルト様のお陰だわ……)

見上げると、ふっと口元が緩む。優しく細まった目がいつかのように愛《いと》おしげにこちらを見つめていて、胸の奥がきゅんと疼《うず》いた。

あっという間に一曲目が終わり、二人はホールを後にする。

「オーギュラス侯爵令息。陛下がお呼びです」

「陛下が？」

顔を顰《しか》めたノルベルトの視線がレジーナに向く。

さすがのノルベルトでも、国王陛下の命には逆らえないのであろう。

「あ……私疲れてしまったので、休憩室《きゅうけいしつ》で休んでいますね」

「……分かった。すぐ戻るからな」

レジーナの髪を撫でたノルベルトは、額に口付けると甘く微笑んでその場を後にする。レジーナも火照《ほて》った顔を冷まそうと会場を出て庭園沿いの廊下を歩いた。

「哀れな女ね」

いきなり声がしてそちらを見やると、琥珀色《こはくいろ》の煌《きら》めく髪と瞳を持った可愛らしい雰囲気の令嬢が、扇子を口元に当ててこてんと首を傾げている。

「ノルベルト様に本気で選ばれると思っているの？　正気？　その頭はお飾りなのかしら？」

その周りにいた令嬢たちが、くすくすと嘲笑を浮かべる。廊下の隅にいた彼女たちがレジーナの行く道を阻むように立ち塞《ふさ》がった。

「アメリア嬢の仰《おっしゃ》る通りですわ。たかが伯爵家の、しかも没落寸前の貧乏貴族が。自分の身の丈にあった相手を探した方がよろしくてよ？」

「大して綺麗でも可愛くもない。淑《しと》やかでも可憐《かれん》でもないあなたが……ノルベルト様の側に寄ることさえ烏滸《おこ》がましいと何故分からないのかしらね」

冷ややかな言葉のせいか夜風のせいか、熱くなっていた頭が急激に冷えていくのを感じた。

「……分かっています」

「分かっていたらダンスなんて踊らないでしょ？　それもまるで恋に落ちたような顔をして」

こんなことがないと思わなかったわけではない。婚約破棄されたレジーナは格好の餌食《えじき》。プライドの高い貴族令嬢にとっては、格下だと思っていたレジーナが誰もが嫁にと焦《こ》がれるノルベルトと一緒にいることさえ気に食わないのだろう。

「でも……恋に落ちましたから」

「ぷっ……」

アメリアが噴き出すと、それを皮切りに他の令嬢たちも扇子で口元を隠しながら、けれど目元はにやにやと細まり「あら」「まあ」と薄汚い笑みをこぼしていた。

「あなたと侯爵令息が釣《つ》り合うはずがないでしょ？」

「プライドというものがないのかしら？　浅ましくも侯爵令息を誘うなんて、妾《めかけ》にもなれないというのに、なぜ分からないのかしらね」

「そもそも婚約破棄されたばかりの身でよくものこのこと夜会に来られたわね。私なら恥ずかしくてとてもじゃないけれど人前になんて出られないわ」

悔しさは微塵《みじん》も感じなかった。

彼女たちがなんと言おうと、レジーナはもう彼が自分にしか見せない優しい表情を知っている。あの逞《たくま》しい腕に抱かれた時の温かさも、彼が囁《ささや》く愛の言葉も。

「……たとえいずれ捨てられたとしても、今日のノルベルト様は私のものです」

いつから、自分はこんなに強くなったのかと思う。まるで自分ではないようだった。

婚約破棄を告げられて周りの人々が嘲笑《あざわら》っているように見えて、怖くてどうしたらいいのか分からず逃げるように会場を後にしたあの頃の自分とは違う。

ただ彼にこの罵詈雑言《ばりぞうごん》を聞かれるくらいなら、いっそ聞いたのが自分だけでよかったと安堵していた。もしも彼女たちの声に耳を傾け、納得し、嫌われたとしたら、その方がよっぽど恐ろしかった。

臆することなく真っ直《ます》ぐに見つめ返してくるレジーナにアメリアはちっと舌打ちすると、別の令嬢が持っていたワイングラスを横取りレジーナに引っ掛けた。

「っ……！」

咄嗟《とっさ》に手で押さえたがハーフアップにして下ろしていた髪に掛かり、その下のスカイブルーのドレスに、黒いシミを広げていく。

「何をいじめられてもめげないみたいな顔をしているの！　自業自得でしょ!?　次期侯爵のノルベルト様と婚約破棄された没落貴族の令嬢とでは格が違うのよ。それを教えてあげたんだから、有り難く思いなさい！」

すれ違いざまにどんと肩を押されてよろめく。彼女たちがいなくなると、レジーナはすぐに噴水の縁に腰掛けその水でドレスの汚れをとろうとした。

「……落ちない……」

擦《こす》ってみてもハンカチで拭《ふ》いても、薄くなるどころかシミは広がっていくばかりだった。

レジーナは嘆息すると空を仰いだ。

こんなドレスで会場に戻れるはずがない。

「……今日は帰るしかないわね……」

「どこに帰ると言うんだ」

その声にレジーナは勢いよく振り返ったが、距離を置くよりも早く回り込んできた腕に摑《つか》まれる。

「っ離して！」

嗅ぎ慣れない香りが漂《ただよ》う。求めている彼ではない、別の男に抱きしめられているというだけで吐き気がした。

「愛する婚約者には優しくするものだって教えたのをもう忘れたのか？」

怒りを堪《こら》えるような必死な声が耳元を掠《かす》め、ぞわりと肌が粟立《あわだ》つ。

ダッドリーは手足をばたつかせるレジーナの両手を摑むと彼女の背後で縄で縛《しば》る。その間も荒い鼻息が首筋を掠め、気持ち悪くて堪らなかった。

「っ何をするのです！」

「っお前が先に俺を裏切ったんだろ！」

きっと睨みつけてくるその目に狂気を感じて、レジーナは必死に身を捩《よじ》る。噴水の縁から落ちた体がドン！　と地面に叩《たた》きつけられた。

「痛《い》っ……」

「知らぬ間にオーギュラス家に孤立させられて、不正が発覚したとかで口座は凍結、銀行は軒並み融資打ち切り。今や爵位の剝奪《はくだつ》なんて話が出てるんだぞ!?　せっかく人が婚約し直そうとしてやったのに、お前はそんな俺を裏切って他所《よそ》に男を作り、しかもこんな仕打ちをしてくるとはな！」

「先に私を捨てたのはあなたの方で――！」

言い終わる前に首元に手が掛かり、ビリッとドレスを破られる。驚きのあまりびくっと体が跳《は》ねた。露《あらわ》になった首元にはノルベルトに東部で付けられた赤い印は残っていなかった。

「知ってるか？　プライドの高い貴族の連中は傷物の女を娶《めと》らないんだぜ」

薄気味悪く笑ったダッドリーはレジーナの首元に顔を近づけていく。

「っいや……!!」

ノルベルトのものではない髪が頬を掠める。荒々しく吐き出された生温い息が首に掛かり、あまりの気色悪さで目尻に涙が浮かんだ。

「お前だけ幸せになろうなんて許さない。せめて俺にもお前を抱かせろ！」

「っ……ノルベルト様!!」

ぎゅっと目を瞑《つむ》ったその時、ゴッと鈍い音が聞こえて、上にあった重みが消えた。

恐る恐る目を開けると、少し離れたところにダッドリーが転がっている。その上に跨《また》がった誰かがダッドリーの胸ぐらを掴むと、振り上げた拳をその顔に叩き付けた。

骨と骨がぶつかり合うような聞き慣れない音がして、その周りに血が飛び散る。驚きのあまりがたがたと震えていたレジーナはそれがノルベルトであることに気づくと慌てて立ち上がった。

「っノルベルト様！」

呼びかけても彼は拳を振り下ろすことをやめない。何度も、何度も殴られたダッドリーの顔は、もはや原形を留めておらず、レジーナはひゅっと喉を鳴らした。

「っや、やめてください……！」

後ろ手に動かして縄が解《ほど》けた瞬間、振り上げたノルベルトの腕を抱きしめて止める。ノルベルトはようやく動きを止めたが、その拳からだらりと血が流れてきて、レジーナの腕にまで伝《つた》い落ちた。

「ノルベルト様まで傷付いてしまいます……」

それを耳にしたノルベルトはようやくダッドリーの上から退《ど》くと、その腕はレジーナの背中に回った。

苦しいくらいに強い力で抱きしめられ、彼の怒りが伝わってくる。腕は熱く、興奮しているのか肩が上下していた。

「ごめん、レジーナ。……怖かっただろ？」

レジーナの頭を抱え、髪に顔を近付ける。耳元で今にも消えそうな弱々しい声が囁いた。

「ノルベルト様が来てくれたのでもう大丈夫です……」

「……ごめん。俺が離れなければ……」

レジーナはもう大丈夫だと伝えようと力いっぱいノルベルトを抱き返した。その気遣いは嬉しかったが、傷付けられたレジーナを思うとノルベルトは悔しくて堪らなかった。

「……何された？」

「……胸に、少し、触れられただけです」

ノルベルトのごつごつした手が頭を撫でる。優しく、労《いた》わるようなその手付きに、レジーナの中にあった恐怖は消え去っていた。

「せっかくノルベルト様とお揃いのドレスなのに……台無しにしてしまってごめんなさい」

「レジーナのせいじゃないだろ」

ノルベルトはコートを脱ぐとレジーナに掛け、彼女の肩を掴んだままじいっと顔を覗き込む。その髪が何か掛けられたのか不自然に濡れて固まり、ドレスが黒く汚れているのを、ノルベルトは見逃さなかった。

「……辛いか？」

ノルベルトにとっても衝撃的だったのだろう。

スカイブルーの瞳は哀し気に揺れていた。

傷付いた彼の顔を見ているだけで、レジーナは自分がされたことも忘れて胸が苦しくなった。

「……ノルベルト様さえいてくだされば、辛くなどありません」

「……怖くないか？」

「ノルベルト様がいてくだされば怖くありません」

落ち着きを取り戻そうと深い溜息を吐いたノルベルトは、片方の手をレジーナの膝裏《ひざうら》に入れるとひょいと抱き上げた。

「あっ……」

レジーナは咄嗟に彼の首に手を回すも、急に恥ずかしくなってきて目を伏せる。

そんなレジーナを抱き寄せ、ノルベルトは汚物を見るような目でダッドリーを見下ろすと、彼の急所目掛けて踵《かかと》を振り下ろした。

「うっ……!!!」

呻《うめ》き声《ごえ》を上げ、ダッドリーは股間《こかん》を押さえて蹲《うずくま》る。ふん、と鼻を鳴らしてノルベルトは不思議そうにダッドリーを見つめるレジーナを抱いたまま歩き出した。

「……離れなきゃよかった」

「それは……王命に逆らうことになるのでは……？」

「呼ばれて行かなかったくらいで大事にはならない」

帰るために馬車の並びに行こうとしているのかと思いきや、ノルベルトは王宮の奥へと進んでいった。

「まあ、ノルベルト坊ちゃま。どうなさったのですか？」

「彼女を着替えさせてくれ」

高齢の女性の声に振り向くと、侍女らしき服装の女性に皺の刻まれた顔でにこっと微笑まれた。

（誰……？）

「お美しいご令嬢ですこと。お名前は？」

「レジーナ・エマーソンと申します……」

「エマーソン伯爵令嬢ですね。どうぞ、ご案内いたします」

カーペットの上に下ろされたレジーナはちらとノルベルトを振り返る。微笑んで頷いた彼の笑顔に背中を押されて、レジーナは侍女の後に続いた。

◆　◆　◆

それから、数人がかりで侍女にお風呂に入れられ支度を終えたレジーナだったが、なかなか部屋の外に出られなかった。

「あ、あの、紫のドレスは……私が叱責されてしまいます！」

「それなら問題ありません」

紫は高貴な王族の証《あかし》。それをメインカラーとして着用できるのは王族に限られている。にも拘《かか》わらず、レジーナは今紫を基調としたドレスを身に纏っていた。

パニエを着用し裾に向けてゆるやかに広がるドレスは、チュールの上からサイドに大振りな花柄のレースを重ね、紫でも透け感があって重すぎず、レジーナが着ても着られている感はなかった。Vラインの胸元から二の腕を覆うレースも同じ柄で、首元には細かいダイヤモンドを散らした重たいネックレス、耳には花を散らしたような同じダイヤモンドのイヤリングが輝き、華やかで存在感がある。

髪は前髪を上げて片側に大きく一つに編み込み、乱れた化粧も直してくれた。

「さあ、ノルベルト坊ちゃまが首を長くしてお待ちですよ」

背中を押されて案内された部屋には、レジーナと同じ色合いの服装に着替えたノルベルトの姿があった。菫色《すみれいろ》のジャケットとトラウザーズ、それにさらに黒を足したような色合いのベストとタイ。ジャケットには金の刺繍《ししゅう》が施され、華やかでありながら高潔さが漂う。整った顔も相まって王族と言われても納得してしまいそうだった。

ノルベルトはレジーナの姿を見るなり椅子から立ち上がると、「よく似合ってる」と表情を緩める。そっと伸ばした手でレジーナの頰を撫でると、そこに唇を寄せた。

「……手の具合はいかがですか？」

その手に巻かれた痛々しい包帯にレジーナが悲痛な表情を浮かべると、高齢の侍女は「気にすることありませんよ」と笑っていた。

「ノルベルト坊ちゃまは昔から手が付けられない暴れん坊で、しょっちゅう他の子たちと喧嘩《けんか》をしては傷を作っておりました」

「そんなこともあったな」

からからと笑いながらノルベルトは、レジーナの頭にぽんと手を載せた。

「まあそういうことだ。このくらいどうということはない」

にっと微笑まれて、レジーナはほっと胸を撫で下ろす。

(それにしても、昔から、ということは、旧知の仲なのかしら？)

「助かった、女官長」

「楽しい夜をお過ごしください」

(女官長……!?)

ノルベルトは自然にレジーナの手を取るとひらひらとを振って歩き出す。

「つあ、ありがとうございました！」

レジーナが慌てて振り返りお礼を告げると、女官長はその顔に深い皺を湛《たた》えて微笑んだ。

「ノルベルト坊ちゃんのことお願いしますね」

なんだかほかほかした気持ちになりながら、レジーナは前に向き直る。

「王宮の女官長とお知り合いだったのですね」

「王太子と王宮で遊んでいた頃のよしみでな。女官長には毎日のように叱られてたな～」

何だかその姿が目に浮かぶようでくすくすと笑っていると、ノルベルトは「さて」と言って扉を開いた。レジーナは眩《まぶ》しくて目を眇《すが》めた。

どうやら、夜会の会場に戻ってきたようだった。

「散々侮辱《ぶじょく》してきた奴らに一泡吹かせてやるか」

紫を纏って現れた二人に人々は再び驚きの視線を向け、声を潜めて話し始める。そんな二人の前に、見覚えのある令嬢が立ち塞がった。

「っあんたなんで……！　ドレスはダメにしたはずなのに……！」

信じられないと言いたげなアメリアは、ノルベルトが不機嫌そうにぐっと眉を寄せたのも見えていなかった。

「誰のドレスをダメにしたって？」

怒りを奥に秘めたような一段と低い声のノルベルトに、アメリアは一瞬にして戦慄《せんりつ》した。

「っち、違うんです！　ノルベルト様に悪い虫が付いていたから、追い払ってさしあげようと——」

「それは助かる。ちょうど今目の前に不愉快《ふゆかい》な虫がいるんだ」

ノルベルトはレジーナに聞こえないよう、真っ青になったアメリアの耳元に顔を寄せた。

「今すぐ失《う》せろ。庭に伸びてるクソ野郎みたいに不細工な顔にされたくなければな」

「ひっ……！」

悲鳴を上げたアメリアは一目散にその場から逃げ去る。その勢いのままぎろりと視線を向けられた周囲も、話すのをやめて凍りついていた。

(私の時は全然退散してくれなかったのに。ノルベルト様を怒らせると相当怖いのね……)

そんな呑気《のんき》なことを考えていると、腕を掴んだままのノルベルトが歩き出した。何を思ったのか、彼は壇上へ続く階段を登ると王族たちが鎮座《ちんざ》する前に立つ。

とはいっても、王の他には肖像画で有名な王太子殿下《おうたいしでんか》しかいなかったのだが、レジーナは二人の

視線を感じて窒息《ちっそく》しそうだった。

「陛下、彼女が私の妻になる女性です」

きちんと挨拶もしていないのにと冷や冷やしていたが、周囲の騎士たちや宰相《さいしょう》らも止めに入る素振りも見せなかった。

「……ふむ……」

陛下の視線を感じて、レジーナは深々と礼をする。

「拝謁《はいえつ》を賜わり恐悦至極《きょうえつしごく》に存じます。エマーソン伯爵家のレジーナ・エマーソンと申します」

「……そのドレスはどうしたんだ？」

「女官長の計らいです。王室が認めていると公《おおやけ》になった方がいろいろ事が進みやすいだろうという話でした」

そんなこと何も言われていないのに、それらしい言葉を並べるノルベルトにレジーナの背筋に冷や汗が流れる。重い沈黙が訪れレジーナの足がガクガクと震え出した頃、陛下はふっと顔を緩めた。

「はっはっは！　お前は女官長のお気に入りだからな。できれば他国の王女でもと思っていたが、お前が気に入った人がいるならこれ以上の喜びはない。そうだろ？　オーギュラス侯爵」

〝オーギュラス〟の名が聞こえてレジーナはおずおずと顔を上げる。

「そうですね。お会いできて光栄です。レジーナ嬢」

端に佇《たたず》んでいた男性が口を開き、レジーナは初めてその人物がノルベルトの父親なのだと知った。

だが。

（……に、似ていない……！）

にこにこと笑顔を絶やさず、白髪は後ろにまとめられて清潔感はあるものの、眼鏡《めがね》のせいか好々爺《こうこうや》然としているせいか真面目《まじめ》で物腰の柔らかそうな印象だった。背丈はレジーナとほとんど変わらず、体格もひょろひょろしている。

（ノルベルト様の美貌や風格は、全て侯爵夫人から授かったものなのね……）

「ほら、お前がノルベルトと似ていないから驚いているじゃないか」

「いっ、いえ！　申し訳ございません。お目にかかるのが初めてなもので、緊張しておりました……」

「いいんだよレジーナ嬢。似ていないと皆口を揃えて言うのだから」

レジーナがたじたじになっていると、陛下は最後に声を張った。

「とにかく、二人の婚姻を祝福しよう」

「ありがとうございます」

「ありがとうございます……」

「……ああ、それと。少々のやんちゃには目を瞑ってやるが、程々にしろよ？」

陛下はノルベルトの右手を見つめながら最後にそう付け加えた。

王室が二人の婚姻を後押しするように紫を纏うことを認め、陛下が祝福の言葉を授けたことは、広間の貴族たちにも聞こえていた。

それまで嫉妬のあまり口汚くレジーナを罵っていた令嬢たちや、侮蔑《ぶべつ》の眼差《まなざ》しを向けてレジーナの粗探《あらさが》しをしていたその親たちも、もう下手に口を開くことはできなかった。

「レジーナ嬢、私とも一曲いかがかな？」

「王太子殿下！」

段を下り後を追ってきたジークハルトにレジーナはドレスの裾を持って一礼する。

「おい、レジーナの前で猫被ってんじゃねえ」

「嫉妬深い男は嫌われるよ」

「はっ。言ってろ！　……それより、あいつが来てたぞ」

「おっと。それはここの警備が問われる問題だな……。こちらで処理しておこう」

「ちゃんと仕事しろよ」

気の置けない仲とはこういうものなのか。ノルベルトは王族相手にも臆することなく、見ている
レジーナの方が冷や冷やした。

「それで、どうだろう？」

「あ、はい。是非――」

「ダメだ」

ノルベルトはレジーナの手を引くと、ホールの中央に向かう。

「レジーナは俺としか踊れないからな」

にやっと笑ったノルベルトの小さな嫉妬も嬉しくて、レジーナはふふっと笑って返事をする。

ジークハルトはやれやれと肩を竦《すく》めた。夜会のたびに不機嫌だった男が、今や可愛らしい令嬢と
並び、珍しく笑顔を見せている。もし、自分がドルアに告げ口をしていなければ、こうはなってい
なかったかもしれない。

「手のかかる親友だな」

呆《あき》れながらも、ジークハルトは微笑んでいた。

それから三曲続けて踊り続けた二人は、へとへとになって王宮を後にした。伯爵邸へと帰ろうとしていたレジーナだったが、ノルベルトに止められて結局二人で侯爵邸に帰ることとなった。

「いかがでしたか？　お坊ちゃまと初めて参加した夜会は」

「とても楽しかったわ。こんなの初めてよ」

つい開いてしまう口を縫《ぬ》い付けたように閉ざし、淑やかに振る舞い、婚約者を尊重しているように見せながら、ニコニコと微笑む。そんな窮屈《きゅうくつ》な日々が遠く感じられるほど、ノルベルトと過ごす時間は楽しくて堪らなかった。

「レジーナ様の想いが届いて本当によかったです」

「……ありがとう、セレナ。セレナがいなかったら、今頃私……どうなっていたか分からないわ」

大好きなのにそれさえ言えなくて、二度と会うことも叶《かな》わないと思っていた。辛い日々に耐えきれなかったあの頃、もし側で自分のことを気にかけてくれるセレナの存在がなかったら。

「……あの頃より、今はきちんと食事も摂《と》られていて、笑われるようになって。私は心の底からホッとしています」

「……セレナ……」

見つめ合っていると、コンコンとノックがされ、二人は僅かに開いたままだった扉を振り返る。

「入ってもいいか？」

「ノルベルト様……！」

レジーナは花が咲いたようにぱあっと笑顔になった。その様子に、セレナは安堵して微笑んでいた。

「また明日起こしにまいります。ごゆっくりお休みくださいませ」

「おやすみ、セレナ」

「おやすみなさいませ、レジーナ様」

セレナは扉の外で一礼すると静かに扉を閉めた。入れ違いでゆっくりと近づいてきたノルベルトが、ベッドの縁に腰掛ける。

「もう同じ部屋では寝られませんよ」

「分かってる」

二人の婚約は屋敷中の人間が知っているが、婚前交渉は外聞が悪いからしばらく控えろとドルアから通達があった。そのためレジーナはノルベルトの部屋とは別室に案内されていた。

レジーナの右手に手を重ねると、どちらからともなく指が絡まる。何もできずとも、ただそうして見つめ合っているだけでノルベルトは幸せを感じていた。

「体はどうだ?」

「もうクタクタです」

「俺もだ。三曲連続はきついな」

曲が終わる度、ノルベルトの婚約者となったレジーナに取り入ろうとする輩《やから》に囲まれそうになり、その度にノルベルトが再度ダンスを始め、二人は後半ボロボロだった。

風呂上がりの石けんの香りに誘われ、彼女の髪に指を差し込んで撫でる。レジーナは嬉しそうに微笑んだ。

「あいつらはハイエナと同じだ」

「ふふっ……。少し話すくらい私は平気ですよ」

「俺が平気じゃないんだ」

そのままぐいと頭を引き寄せられ、唇が押し当てられる。

「つん……」

ゆっくりと離れていくと、触れるだけのキスにノルベルトはまだ物足りなそうにこちらを見つめてきたが、ぐっと堪えるように唇を引き結ぶとレジーナの膝の上にごろんと倒れ込んできた。

「……ふふっ。下から見上げられるのはなんだか新鮮ですね」

慣れない膝枕が恥ずかしいけれど、こうして見つめ合えることが嬉しくて、レジーナは思わず微笑む。

「……レジーナ」

「はい」

そんなレジーナにつられて、ノルベルトの口元も緩んでいた。

「……愛してる」

スカイブルーの目を細め、優しく甘い眼差しを向けてくる。

その目を見つめながらレジーナは頬を赤らめた。

「……私も、愛しております。ノルベルト様」

繋がれた右手が熱くて、見つめ合うだけで胸が苦しくなる。

これからも、いつまでも、彼とずっと一緒にいられますように――。

エピローグ

それから二人の婚約は公のものとなり、婚約式は簡易的に執《と》り行われた。

そして三ヶ月後、短期間の準備により質素ながらも王族も出席する大々的な結婚式が挙行された。

オーギュラス侯爵家《こうしやくけ》が代々挙式する領地の大聖堂には、国内の貴族だけでなく国外の貴賓《きひん》も集まっており、その最奥の祭壇には司祭と新郎のノルベルトが佇《たたず》んでいる。

上品なシルバーの礼服に身を包むノルベルトからは洗練された雰囲気が漂《ただよ》う。光沢《こうたく》のある同じ色のタイの留め具とカフスにはアクアマリンが用いられ、髪はセンターパートでシンプルにまとめられていた。

そんな彼の元に向かって、父親のバーナードと腕を組んだ新婦のレジーナは、ヴァージンロードを歩いていく。

プリンセスラインの純白のドレスは華やかでありながら、花や葉のデザインのレースが繊細《せんさい》さも演出している。アップにした髪の後頭部にはベールを着け、耳元には雫型《しずくがた》のアクアマリンの宝石が輝き、ビスチェスタイルで露《あらわ》になった胸元にはイヤリングと同じ大ぶりなアクアマリンのネックレスが存在を主張していた。

ロングトレーンを引いて堂々と歩くレジーナの風格のある姿に、招待された貴族たちは圧倒されていた。だが何よりも皆を吃驚《びっくり》させたのは、彼女の頭に載っているティアラだった。

「あれは亡き王妃殿下《おうひでんか》がご成婚時に着けられていたものじゃないか？」

「今や王家の管理は王妃殿下お気に入りの女官長がされているのでしょう？　女官長と国王陛下がよく許されたな」

貴族たちは親族を差し置いて最前列にいる国王陛下と女官長に目を向ける。二人とも晴れやかな表情でレジーナを見つめていた。

「王家に婚約を披露《ひろう》した伝説の夜会では女官長が紫のドレスの着用を許可したらしいからな。相当気に入られているのだろう」

以前ノルベルトがレジーナとの婚約を王家に披露した夜会には比較的若い令息令嬢が多かったから、ノルベルトがレジーナと寄り添う姿を見るのは今回が初めての者も多くいた。

というのも、ノルベルトは婚約を発表しておきながら、レジーナが世間の目に晒《さら》されてあれやこれや見聞きして悲しんだり悩んだりしないよう、彼女を徹底的に隠していたからだ。

そのためノルベルトがレジーナと人前に現れるのは婚約式以来で、それもごく一部の人間しか招待されなかったため、ノルベルトがレジーナと連れ立って参加した夜会は伝説化していたのだった。

やがて二人はノルベルトの元に辿《たど》り着き、バーナードはレジーナの手を自身の腕からノルベルトの手に引き継がせる。レジーナの手を取ったノルベルトは、彼女を見つめながらそれはそれは嬉《うれ》しそうににこやかに微笑《ほほえ》んだ。

貴族たちはそれにも驚いたが、ノルベルトがレジーナの手の甲に口付けたものだから己の目を疑った。ノルベルトの女嫌いは有名で、貴族たちはこの結婚もオーギュラス侯爵が決めた政略結婚だと思っていたからだ。

だが貴族たちのその認識はこの日覆《くつがえ》ることとなる。

バーナードが退き、司祭が読み上げる言葉に二人は簡潔に答えていく。その間もノルベルトはレジーナの腰に腕を回し密着させ、時折レジーナを優しい眼差《まなざ》しで見つめていた。永遠の愛を宣誓《せんせい》した二人が「誓いのキスを」と言われると、ノルベルトはレジーナの肩を引き寄せ、勢い込んで嚙《か》みつかんばかりにキスをした。

貴族たちは目の玉が飛び出るほど驚いたが、国外の貴賓たちからは大きな歓声が上がった。

その後場所を移して大人数が出席する披露宴も催されたのだが、ノルベルトはずっとレジーナの隣をキープしたまま片時も離れないどころか、男性が近づこうものならレジーナを隠すように斜め前に出るのである。

一体誰のための結婚披露宴なのか。

女に興味がないと言われていたのは嘘《うそ》だったのではと思われるほどの、ノルベルトのレジーナ溺《でき》愛《あい》ぶりが発覚し、貴族たちは引き気味だったという。

◆　◆　◆

数ヶ月後。

「奥様！　レジーナ様から手紙が届きましたよ！」

「まあ！　あの人を呼んできてちょうだい！」

手紙を受け取ったメリッサは待ちきれずに封を切る。すると廊下の方から強盗にでも入られたのかと恐怖を覚えるほどの乱暴な足跡が響いてきた。

「レジーナから手紙だって!?」

「走ると危ないですよ」

「何て書いてあるんだ！」

「これからです！」

急《せ》かされたメリッサはうんざりしながらも折りたたまれた便箋《びんせん》を開く。

拝啓　お父様　お母様へ

すっかり風が冷たい季節になりましたね。

体調を崩してはいらっしゃいませんか？　とても心配です。

私は今、船の上で手紙を書いています。

船とは、人や物を乗せて海の上を進むとても大きな馬車のようなものです。

海が揺れると船も揺れるので、私は未《いま》だに船酔いというもので気持ち悪くなってしまいます。けれど晴れた日に船の上部にある甲板に立つと太陽がとても近く感じられ、潮の香りで胸がいっぱいになります。

今度向かうのは、南方の島国です。

そこでは、マンゴーやバナナといったおいしいフルーツが数多くあるそうです。

マンゴーは以前食べたことがあるのですが、そこにはまだまだ私の知らないフルーツがたくさんあるそうです。今から待ちきれません。

最後にはなりますが、どうか体調にはお気を付けください。

遠くの地からお二人の健康を祈っております。

レジーナ・オーギュラス
「次は南か。北は今の時期は寒いからなあ」

「……あの子が楽しそうでなによりだわ」

メリッサの足元には貴重な狼《おおかみ》の毛皮が敷かれ、顔を上げると棚には綺麗《きれい》な貝殻が置かれている。壁には北部で有名な画家の絵が、指には南部でしかまだ見つかっていないターコイズの指輪があった。

ノルベルトと婚姻《こんいん》するやいなや、レジーナはノルベルトと共に貿易船で各国を渡り歩くようになり、その度にお土産《みやげ》と言ってたくさんのものをくれた。そのうち屋敷はお土産で埋め尽くされてしまうんじゃないかと一抹《いちまつ》の不安を覚えたが、最愛の娘が楽しんだ思い出を捨てることなどできるはずもなかった。

「……次はいつ帰ってくるのかしらね」

「早くあの子に会いたいな」

メリッサが窓から空を見上げると、バーナードも彼女の肩を抱いて同じ空を見上げた。

きっと同じこの空の下のどこかに、レジーナがいるのだろうと。

番外編

初夜

オーギュラス家領地の大聖堂で執り行われた結婚式の後、レジーナは侍女たちに念入りにマッサージや手入れを施され、薔薇《ばら》の香りを纏《まと》わせてノルベルトの寝室に入った。

「……いない……」

数刻前。

「疲れただろ、先に休め」

「ありがとうございます」

ノルベルトは国王陛下や王太子《おうたいし》、その周囲の大臣たちとの話が長引きそうとのことで、レジーナは先に戻るよう彼に気を遣われた。

「三ヶ月もお預けをくらったんだ」

会場を後にする際、腰に手を添えられて後ろを振り返ると耳元で囁《ささや》かれる。視線の交わったノルベルトが、不敵な笑みを浮かべた。

「今夜は覚悟しておけよ」

「っ……はい……」

顔を真っ赤にしたレジーナに喉《のど》を鳴らして笑ったノルベルトは、ちゅっと額に口付けを落として戻っていく。触れられた額を指先でなぞりながら彼の後ろ姿を見送ったレジーナは、遅れてはっと我に返り再び前を向いて歩き出したのだった。

(あんなことを言われてしまったし……久しぶりだから少し緊張するわね……)

触れ合う肌から伝わる体温や荒い息遣い、そして逞《たくま》しい体付きを思い出して、火照《ほて》った体がさらに熱くなる。

ベッドに腰を下ろしたレジーナはノルベルトが来るまで待とうとしていたが、疲れが出たのかついうとうとしてしまい、ものの数分で眠りに落ちていた。

「……んっ……ぁ、っ……あっ……」

体が熱くてぼんやりと意識が覚醒《かくせい》する。

(誰の声……)

「……ふ……ぅっ……、っあ……」

善《よ》いところを刺激され思わず反応してしまいビクリと体が跳《は》ねる。気持ちよくて身を委ねていたところ、がぶりと噛《か》み付かれた衝撃で目が覚めた。

「っ……!?」

「……ようやく起きたか」

声のする方を見ると、レジーナの広げられた足の間にノルベルトが顔を寄せていた。

「なっ！　何を――っぁ……！」

再びガプッと腿《もも》を噛まれて深く吸い付かれ、言いかけた言葉も飲み込んでしまう。

「今夜するって言っただろ」

「っ……ま、待ってくださいっ……」

「もう三ヶ月待った」

腿を閉じようとするとぐっと押さえつけられる。飢えた獣のようなギラついた瞳と視線が交わり、ぞくりと甘い震えが走った。

まだほとんど見せたことのない秘部を見られている、それだけで消えてしまいたいほど恥ずかしくて、レジーナは両手で熱くなった顔を隠した。

茂みの中の突起を見つけた舌先が、ビクビクと震えるレジーナの反応を楽しむように弄《もてあそ》ぶ。

「んっ……あっ……」

たった今触れられたばかりなのに、体はもうずっとこの快感を享受《きょうじゅ》してきたように、体の奥からビリビリと痺《しび》れるような、耐え難い甘美な刺激を感じて蜜《みつ》が滴《したた》った。

滴るそれを、ノルベルトの熱い舌にべろりと舐《な》め取られる。

「やっ、……汚いので、……舐めないでくださ……っ…」

「レジーナも俺の舐めてくれただろ」

そう言ってノルベルトの舌先が蜜が溢《あふ》れるそこの中にまで入り込んで、レジーナはびくんと腰を浮かした。

「つや……っ、そんなところ……っ!」

「それに媚薬《びやく》もなしの三ヶ月ぶりで、痛い思いなんてさせたくないだろ」

「つあ、やっ……！」

ぢゅっちゅと吸われて嬌声《きょうせい》が漏《も》れ出る。

けれど善いところには微妙に届かなくて、もどかしくてシーツを握り締めた。あと少し奥を擦《こす》ってほしい。もっと太く硬いものが入ってきて欲しい。

そんな淫《みだ》らな願望が浮かんで荒く息を吐いていると、それを見破ったようにずぷんと指先が入って来た。

「あっ、だめっ……！」

「ここか？」

既に慣らされていたのかすんなりと入り込んだ指先がずぶずぶと蜜を掻《か》き回し、次の瞬間レジーナの気持ちよいところを擦り上げる。

「つあ、あ、そこっ……つだめぇ……っ！」

まるでそれを見抜いていたかのように蜜壺《みつつぼ》の上の突起を舐め取られ、同時に迫り来る快感に体は我慢《がまん》の限界だった。

「いやっ、……っあ、ああっ——！」

何度かそうされただけで、レジーナはあっという間に快感の絶頂に押しやられていた。

「つ、はあっ、はっ、」

「……顔隠すな」

顔を隠していた両手を彼の片手に取られる。いつの間にかこちらを見下ろしていたノルベルトは、バスローブがはだけて厚い胸板が覗《のぞ》き、色気に溢れていた。惚《ほう》けた顔のレジーナを見ると彼はにやりと笑う。

「堪《たま》らないな、その顔……」

「やっ……み、見ないでくださいっ……」

焦《あせ》るレジーナを見つめながら、ノルベルトはもう一本の指を入れていく。レジーナが甘く啼《な》くと、さらに口角を上げて蜜壺を掻き回し始めた。

「ぁ、ああっ……、や、っん……！」

「もうこんな濡れてる」

じゅぶじゅぶと自分の下腹部から卑猥《ひわい》な水音が聞こえて来て、羞恥《しゅうち》と快楽に溺《おぼ》れかかったレジーナの目が潤《うる》んでいく。

「今度こそちゃんと見たい。レジーナがイくところ」

「っ……、いやぁっ……」

上から見下ろされて、恥ずかしさのあまり顔から火が出そうだった。

絶対にそんな痴態《ちたい》を晒《さら》したくないと思うのに、体は与えられた快感に従順に腰を振っている。

「腰動いてる」

「～～～っ、もう、やめてっ、くださいっ……」

イッたばかりなのに気持ちいいところばかり狙われてまたすぐに次の快感の波が押し寄せてきた。

だらしなく開いた口から嬌声を漏らしたレジーナは濡れた目で、ノルベルトを見上げる。

てっきり自分だけが気持ちよくなっているものだと思っていたレジーナだったが、そうではなかったらしい。

興奮して荒々しく息を吐くノルベルトが、余裕のない顔でこちらを見つめていた。

「っレジーナ……」

見つめ合って名前を呼ばれた瞬間、耐え難い快感に襲われレジーナはくしゃっと顔を歪《ゆが》めた。

「っあ、ああっ！　イ、っく……――！」

ノルベルトの指先を締め上げるように中が痙攣《けいれん》し、レジーナの反《そ》った体が強張《こわば》った。けれど一気に力が抜けてぐったりとする。

そんなレジーナにノルベルトは満足げに笑うと、唇を奪うように口付けた。

「ほんと可愛いな……」

ちゅっちゅと口付けられて、息が苦しくなってきたレジーナはふいと顔を反らす。

「……もうっ」

ノルベルトから逃げるように体を捩《よじ》ると、うつ伏せになって目を閉じた。

「……っく……拗《す》ねたのか？」

「……見ないでくださいとお伝えしました」

「レジーナがあまりにも可愛いから我慢できなかった」

さっきまでの余裕のない顔が嘘《うそ》なのかと思うほど軽い対応だった。

こっちは羞恥で死んでしまいそうだったというのに。そう膨《ふく》れていると、上から再び笑い声が降ってくる。

「それに、これまでほとんどシてる時の顔見られなかっただろ。今からでもちゃんと目に焼き付けておきたかったんだ」

「……焼き付けないでください」

「それは無理なお願いだな」

背中にちゅっと口付けられて吐息混じりの甘い声が漏れる。時折ぢゅうっと深く吸われて、再び下腹部が疼《うず》いた。

(どれほどの間慣らされていたのかしら……)

恐らくきっと長い間なのだろう。何もせずとも蜜が滴りお腹《なか》の奥がより熱く硬いものを求めてじんじんと疼くくらいには、既に体は出来上がっていた。

お尻に太く硬いものを押し付けられて、レジーナは思わず息を呑《の》んだ。

「つぁ、……」

蜜を絡《から》めるようにぐいぐいと熱く固いものが押し当てられる。準備が整ったそこは淫らなほどにぐちゃ、ぐちゃっと音を立てている。それだけで体はその杭《くい》を求めてうずうずしてしまう。

「レジーナ……」

「つや、耳っ……」

背後から耳元で囁かれてぞわりとする。まるで求めるように腰が浮いてしまい、触れた彼の先端がずぷと入り込む。

「つあ……!」

歓喜するように声が漏れる。期待のあまり体中にどくどくと心臓の音が響くようだった。

以前の感覚を思い出し、早く奥を突いてほしいと体は彼を求めていた。けれど何故《なぜ》か先端を抜いたノルベルトは、ぬちゃ、ぐちゃっと焦《じ》れったいほどに入り口を掠《かす》めながら、いつまでたっても入ってこない。

「っ……ノルベルト様っ……」

レジーナは堪らず背後を振り返る。

荒い息で興奮した様子のノルベルトは普段以上に雄々《おお》しくて、今にも繋《つな》がりそうな秘部からこちらに目を向けられるとぞくりと腹の底が疼いた。

「……どうしたんだ？」

既に快楽の底に落ちかけているレジーナは真っ赤な顔で物欲しそうにノルベルトを見上げる。当然レジーナが何を求めているかなどノルベルトは理解しているはずなのに、口にするのを躊躇《ためら》うレジーナの姿を見て、意地悪な質問をしてくる。

「っ……欲しい、です……っ……」

強請《ねだ》るように求められ、ノルベルトは堪らず杭を押し込んでくる。

「っあぁ……っ！」

肉を割いて重い杭が入ってくる。久しぶりだというのに体は拒絶するどころか喜ぶようにお尻を突き出し、ずぶずぶと容赦《ようしゃ》なく入ってくる熱く硬いものに知らずしらずのうちに背中が反っていた。

「っ……」

レジーナの肩にノルベルトの腕が回り、覆《おお》い被《かぶ》さるように固く抱きしめられる。体勢のせいでぐっと入り込んだモノに最奥《さいおう》をとんと叩《たた》かれ、レジーナは息を詰めた。

首筋を彼の熱い吐息が掠め、全身に震えが走る。

「……最初は挿《い》れることしか知らなかったのに。随分と淫乱《いんらん》になったんだな」

「つや……」

ゆるゆると律動《りつどう》を始めたノルベルトはまたしても耳元で囁く。既に気持ちよいところばかりを狙われ、それだけで果てそうになったレジーナはぎゅっとシーツを握り締めた。

ノルベルトはレジーナの首元に顔を埋《うず》めるようにしながら、何度もそこに口付ける。

「レジーナ……痛くないか？」

「ぁ……っ、は、い……っ」

首を掠める髪や吐息はくすぐったいのに、耳元で囁かれると胸がきゅんとして疼いた。背中に触れる肌は火傷《やけど》しそうなほど熱くて、激しくなっていく律動と共に荒々しくなっていく吐息にレジーナの興奮も高まっていった。

「つあ……っ、だめっ……待っ……！」

「レジーナ……」

うわ言のように囁かれて後ろを見上げると唇が合わさった。その瞬間、ずずっとそれを引き抜いたノルベルトは、今度は一気に奥まで打ち付けた。

「ああっ……！」

気持ちよすぎて逃げていく腰を逃さないというように、激しく打ち付けられる。ノルベルトの腕はほとんどうつ伏せになったレジーナのお腹に回され、ぱちゅんぱちゅんと互いの肌が鳴るほど腰をぶつけられる。

「だめぇっ、ああっ、っ——！」

あえなく果ててしまったレジーナは、びくびくと体を震わせるとガクンと脱力した。

「レジーナ……」

名前を呼ばれて返事をする気力もなかったレジーナは、もぞもぞと顔だけを横に向ける。レジーナの露《あらわ》になった顔にかかった髪を耳に掛けたノルベルトは、絶頂を迎えて意識が遠ざかりかかっているレジーナを見て小さく笑った。

「疲れたか」

「……少しだけ」

「朝も早起きで休む暇《ひま》もなかったからな」

まるでもう終わりのような会話についうとうとしていると、入ったままの彼のものがゆるゆると動き出す。

「っ、あ……、も、終わり、じゃ……っ」

「俺はまだイってない。それに……一回じゃ終わらないのはレジーナもよく分かってるだろ」

ノルベルトはにやりと笑うと、レジーナの片足を持って横向きにさせ奥へ奥へと入り込んでいく。

「特に今日は初夜だからな」

「つあ、あ、んっ、っ……！」

(当たるところがさっきと違うっ……)

お腹の横から抉《えぐ》られるように容赦なく突かれて、堪らず顎《あご》を上に突き出す。一際大きな嬌声を上げるレジーナにノルベルトもごくりと喉仏を上下させる。

「……レジーナ」

呼びかけるも、快感に負けたレジーナは顔を歪めるだけだ。腰を止めて頰に手をやると、ようやくレジーナがノルベルトを向く。

「はあ、はあ、……ノルベルト様……？」

潤んだ瞳で見上げてくるのが可愛らしくて、ノルベルトはレジーナの顔の横に腕を置くとだらしなく開いた口の隙間から舌を差し込む。逃げ惑う舌を攫《さら》うように絡めると、離さないと言わんばかりにノルベルトのものが締め上げられた。

「すごい締めてくるな」

「あ、……っ、違っ……、んんっ……！」

ズンと奥を突くとレジーナはくぐもった声を上げる。緩く腰を打ち付けると、重なった口の端から唾液がこぼれ落ちた。

「や……っあ……！」

レジーナの白い首筋に何度も吸い付き、堪らずそこに優しく噛み付く。びくりと震えて背中を反らした反応が可愛らしくて、突き出された乳房の突起に食らいついた。

舌で転がし舐め上げるとレジーナは淫らなほど大きな嬌声を上げて善がる。

既に限界を迎えていたノルベルトはレジーナを仰向けにさせて腿を抱え直すと、上から深く腰を打ち付け始めた。

「待っ……まだ、だめっ……で……っ！」

「気持ちいいか？」

あまりの気持ちよさに視界がちかちかした。

「奥……っ、気持ち、いっ……！」

重くて熱い彼のモノの感触にレジーナの思考は奪われていく。上から熱に浮かされたような目で見つめられて、余計に蜜が溢れ出た。

「ノルベルトさまっ……！」

レジーナの伸ばした両手を摑《つか》むと、ノルベルトは指を絡めて握り締める。

「……ノルベルト様と、結婚できて、……嬉《うれ》しいです……っ……」

「っ……煽《あお》るなっていつも言ってるだろ……」

突然のことに驚いて腰を止めたノルベルトの余裕のない表情に、レジーナの胸が堪らなく締め付けられる。

「誰よりも、愛して、ます……っ」

「っ……俺も。この世の誰よりも愛してる」

ノルベルトが顔を寄せると応えるようにレジーナは瞼《まぶた》を下ろす。互いに唾液《だえき》でぐちゃぐちゃになった唇をそっと合わせると、軽く啄《ついば》んだ後にすぐさま熱い舌がレジーナの中を蹂躙《じゅうりん》した。

「っ、ん、まっ……！」

「は、……っ……レジーナ……」

ノルベルトはレジーナの手をベッドに縫《ぬ》い付けるようにして押さえつけると、我慢しきれなかったように激しく腰を打ち付ける。

「……まっ、……だめ……また、イっちゃ……！」

「イけよ、気持ちよくなれ」

「っ……！」

耳を甘嚙みされて囁かれ、レジーナの体は足先まで弓のようにピンと撓《しな》った。

手を握ったままレジーナをぎゅうと抱きしめるように体を被せたノルベルトもまた、最奥で欲望を吐き出した。

「つはあ、はあ、はあ……」

レジーナがぐったりして息しかできずにいると、両頬を包まれてちゅうと唇を吸われた。ノルベルトにまだギラつきを残した熱っぽい目でじっと見つめられ、幸せと快感と歓喜が入り混じって嬉しいような切ないような気持ちになる。

そのせいか、彼のものを咥《くわ》えたままのところが逃さないというように収縮した。

「……ここはまだ足りないみたいだな」

「……ちが、っぁ……」

長い長い夜はなかなか明けることはなかった。

◆　◆　◆

何度か果てたのち、レジーナは気絶するように眠りに落ちていたようだ。

目が覚めた時はすでにカーテンの隙間から眩《まばゆ》い日差しが入り込む時間帯だった。身動きしようとすると体が何かに縛《しば》られているかのように動けない。レジーナの体にはがっしりとノルベルトの腕が回り、さらには足も絡め取られていた。

その感触は衣類越しにではない。

（裸体……!?）

三ヶ月ぶりに触れ合う肌と肌の感触にレジーナは顔を赤らめる。

「ん……」

頭の上から声が聞こえて見上げると、ノルベルトの気の抜けた顔がある。

（ノルベルト様の寝顔……!!）

体を捩ってどうにか向き合うように体勢を変えると、間近にある端整な顔を見つめる。相変わらず肌が滑らかで、眠っている時は少しだけ幼く見える。

ノルベルトは小さく呻《うめ》くと、薄《うっす》らと目を開きぎゅうとレジーナを抱き寄せる。

「……おはようございます。ノルベルト様」

「…………ん……」

どうやら目覚めたわけではなかったらしく、ノルベルトは再び寝息を立て始める。

しかし今日からオーギュラス邸で暮らすことになった嫁が、初日から朝寝坊なんてしていられない。

（寝顔が可愛いからいつまでも見ていたい……けれど）

「……ノルベルト様……、先に起きますよ？」

そう声を掛けて起き上がろうとすると、再び彼の腕の力が強まった。

（そういえば……ノルベルト様は朝に弱いってセレナが言っていたっけ……）

そういえば別邸で過ごしていた時も、朝はゆっくりだった。

「……ノルベルト様」

すやすや眠る彼が愛《いと》おしくて、レジーナはその髪を撫《な》で額に口付ける。その瞬間、太腿に熱く硬いものを擦りつけられた。

「っ!?　ノルベルト様!?」

「……ん……レジーナ……」

ごりごりと押し付けられて腰が引けていくレジーナを抱き寄せ、ノルベルトは首筋にちゅっちゅと口付ける。

「待ってください、朝からこんなこと……っ」

「……すぅ」

話している最中に寝息が聞こえてきて顔を覗くと、ノルベルトは再び眠りについていた。

振り回されてばかりで「もう……」と声を漏らしたレジーナだが、くすと笑って今度こそ力の抜けたノルベルトの腕から抜け出して起き上がる。

シーツを巻きつけ侍女を呼ぶと、「まあ……」「しっ!」「あ、し、失礼しました……!」と何やら驚かれる。

彼女たちの視線は首元に集中していて、レジーナは見えないそこがどうなっているかをなんとなく察してしまった。

太腿にも同じような痕《あと》があり、きっと背中にもあるんだろうなというのは予想済みだった。

湯浴《ゆあ》みから上がったレジーナに侍女たちが候補として用意したのは、首元まで隠れるドレスばかりだった。

◆　◆　◆

「つふ、……ははっ！」

そのドレスを見て昨晩の状況を察したように、ドルアには挨拶《あいさつ》に行って早々に笑われてしまった。

「……おはようございます、侯爵夫人」

「お、おはよう、レジーナ……っ……くく……！　いや、すまないな。なんだか懐《なつ》かしくて……」

「………いえ……」

あの契約一日目の事を思い出しているのだろう。嫁が息子《むすこ》に付けられたキスマークを義母に笑わるこの恥ずかしさを、どう表現したらいいものか。

「一週間では子ができなかったようだが、孫の顔を見られる日もそう遠くはなさそうだな？」

「侯爵夫人……！」

にやにやするドルアの視線に耐えかねたレジーナは、首まで真《ま》っ赤《か》にしながら両手で顔を覆った。

その晩、レジーナは「もう痕は付けないでください」と訴えてみたのだが、あえなくノルベルトに却下《きやつか》され、挙句に「見せたらどうだ？」と不満げに言われてしまった。

そして侍女たちの間でも、早々にノルベルトのレジーナに対する愛の（激）重さが知れ渡ることとなったのだった。

番外編

ジークハルト

「先日は停戦協約の延長のため王太子殿下《おうたいしでんか》直々に隣国へと向かわれたのですよね」

「勇敢ですわ！　それに、あの気難しいことで有名な相手の王を説き伏せるだなんて、さすがは王太子殿下ですわね」

「ご令嬢がたにそのように仰《おっしゃ》っていただけるとは光栄ですね」

にこりと微笑《ほほえ》みかけるときゃーと割れんばかりの黄色い悲鳴が上がる。互いを押し退《の》け声を掛けようと色目を使う彼女たちにも慣れていて特段何とも思わないのだが、親友はいつものように退屈そうに離れていった。

「ここにいたのか」

二階席から会場を眺《なが》めていた親友に声を掛けると、彼はこちらを一瞥《いちべつ》してまたすぐに階下を眺めた。

「もういいのか？」

「十分お相手はしたさ」

「飢えたハイエナたちにはまだ足りないみたいだぞ」

彼が顎《あご》で指した方を見ると、階下で令嬢たちが「王太子殿下はどちらに？」「お見かけしませんでした？」と探し歩いていた。

「ご令嬢たちを前にしてそんな無粋《ぶすい》な発言はやめてくれよ」

「言ったことないだろ」

「どうだったかな。口汚く罵《ののし》って追い払ったこともあったじゃないか」

「それは夜会の度に付け回してきて男子トイレにまで付いてこようとしたからだろ。その上連絡もなく毎日屋敷に訪ねてきて、何度断っても懲《こ》りなかったからだ」

「まだ温かい紅茶を頭から掛けて追い払ったのは？」

「……それはお前も見てただろ。あんのクソババアが俺に気がある令嬢に声を掛けて昼間っから人の寝室に忍び込ませて、気味悪い誘いをさせるからだ」

「ご令嬢はある意味では被害者だろう」

「阿呆《あほう》みたいな提案に乗る時点で加害者だ」

ジークハルトはやれやれと肩を竦《すく》める。何かを諦《あきら》めたように嘆息したノルベルトは、その場を立ち去ろうとした。

その時会場の扉が開き、遅れてきた誰かが入場して来る。

ちらとそちらを見たノルベルトが足を止め、次に体を向けた。

ジークハルトが彼の背後から目を凝《こ》らすと、見覚えのある令嬢が婚約者の男と腕を組んで歩いていた。

（近頃ノルベルトがご執心の令嬢じゃないか）

婚約者の男は何かに怒っているようで、令嬢は横からそれを謝りながら宥《なだ》めている。

ちらとノルベルトを見ると、愛情やら憎悪やらの入り混じった、明らかに嫉妬《しっと》に塗《まみ》れた目で二人を見つめていた。

怒りのあまりに手すりをぎゅっと握り締めていて、そのまま階下に飛び降りてしまうのではないかと思ったほどだ。

「そういや近頃は頻繁《ひんぱん》に夜会に参加するようになったな。前は忙しいとか面倒だと言って断ってばかりだったのに」

「……………」

ジークハルトの嫌みにも、無視しているのか聞こえていないのか、何も答えない。

ノルベルトの興味は彼女とその憎たらしい婚約者にだけ向けられていた。

ジークハルトもノルベルトも、なんでも手に入れられる立場にいたし、誘いを断られたこともない。

だが時に人の欲望が絡《から》むと、思う通りにはいかないということも理解していた。

(向こうは婚約者とべったりだし、このままいけば結婚するだろうから、略奪でもしない限りはノルベルトのものになることはないだろうな……)

ノルベルトもそれを分かっているのだろう。

ふいと背を向けると不機嫌そうにずんずんとどこかへ行ってしまった。

「……一言でも助けてくれと縋《すが》ってくれれば、どうとでもできるというのに」

だが侯爵家《こうしゃくけ》の後継者として育ったノルベルトが、これまで他人に泣きついたことなどあるはずがない。そんな彼の山のように高いプライドが、人に縋るなんてことは許さないのだろう。

ジークハルトはくつりと笑う。

「……レジーナ・エマーソン伯爵《はくしやく》令嬢か……」

残されたジークハルトはそう呟《つぶや》いてにやりと笑った。

◆　◆　◆

王宮で開かれた外交会議の後、ジークハルトは今気づいたかのように見せかけてドルアに声を掛けた。

「王太子殿下。ご無沙汰《ぶさた》しております」

「これはこれは……オーギュラス侯爵夫人」

「先日隣国との和平が上手《うま》く結ばれたようで、安心いたしました」

「これも侯爵夫人にお力添えいただいたからこそ実現できたことです。感謝申し上げます。本当はノルベルトにも付き添いを頼みたかったのですが……」

「……毎回同行しておりましたのに今回はお断りしたと聞きました」

「はい。どうやらその期間も頻繁に夜会に参加していたようですね」

それまでとりたててその事実を気にしていなかった様子のドルアだったが、ジークハルトに指摘されて初めて気に掛かったようだ。

「……近頃の息子《むすこ》は度々夜会に赴《おもむ》くようになりましたが、殿下の影響でしょうか」

「さて……どうでしょうか」

含みを持たせると、ジークハルトと同じように腹の底が知れないドルアの目が、獲物を捉えたように光る。

「そういえば来季から隣国と交流を盛んにされる予定だそうですね。ぜひ私の方でもお力添えさせていただきたいと思っております」

「有難いです。隣国と元から交流のあったオーギュラス家が間に入ってくだされば向こうも好意的になってくださるでしょう」

さあ、これで情報を吐け、と言わんばかりのドルアの高圧的な笑みにも負けず、ジークハルトは爽やかに微笑む。

「そうだ、南部のシュミーズドレスが王国で流行《はや》りそうな兆《きざ》しがあるのです。製法は真似《まね》できるのですが、どうも南部で使用している生地の方が軽くて肌触りがよいと人気を博しているようで、輸入量を増やしたいと考えているのですが……、夫人の考えをお聞かせ願えますか？」

「……向こうでは年に輸出できる量と金額に制限がかけられています。ドレスを増やすならその分フルーツなどの輸入量を減らさなければなりません。ただしドレスは日々値上がりしているので、金額の面で現状のままが妥当ではないかと。それに人気のシュミーズドレスに関しては各国から輸入量を増やしたいと要望があるようですから、本国がドレスの輸入量をこれ以上増やすのは難しいでしょう」

「……そうでしたか。それは残念です」

ジークハルトは微笑みを絶やさずその場を立ち去ろうとする。

「……月末に南部の国の者と商談する予定がありますので、相談してみます」

それを聞いたジークハルトはドルアの横で足を止める。

「……ありがとうございます。よい返事を期待しております」

そしていかにも今閃《ひらめ》いたかのように「そういえば」と付け加える。

「夜会で耳にした話ですが、近頃は投資が流行っていてそれに便乗した悪徳業者も多く、一夜にして由緒ある貴族が借金苦に陥《おちい》ることもあるそうですね」

「……借金ですか」

「はい。例えば……エマーソン伯爵家とか」

周囲に聞こえないよう声を潜めて告げたジークハルトは、簡単に挨拶《あいさつ》するとその場を離れた。

脈絡のない会話のように思えるが、聡《さと》いドルアには伝わっていたようだ。

その数週間後のことだった。

レジーナが婚約破棄され、さらにはエマーソン伯爵家が娘を捜索しているという情報が入ってきた。

(まさか誘拐《ゆうかい》したのか……？　いや、侯爵夫人ならそんな外聞の悪い手段は取らないはず。適当なきっかけを作って親切心で助けたふりをして恩を売り、後から見返りを求めるならまだしも……)

真実を確かめるためにオーギュラス侯爵邸を訪れると、親友は何やら浮かない顔をしていた。

「……女か？」

ノルベルトは何も言わなかった。だがそれだけで、長年親友であるジークハルトには分かった。

「……で、どこまでいったんだ？」

「どこって……。……別に……」

「まだデートもしてないのか？」

「できないんだよ」

その答えで確信する。

ノルベルトがあれほど心を動かされていた女はただ一人。そしてその女が行方知れずで、ノルベルトは今悩まされている相手とデートが〝できない〟と言った。

（理由は分からないが彼女はここにいる……）

だが、伯爵夫妻が不憫《ふびん》だからと親元に帰すなんてことをするつもりはない。

王太子として政治利用目的で情報を提供したとはいえ、これが仮にオーギュラスに反感を持つ相手だったら絶対に口を割らなかった。

「……何だよ」

「いいや？　君にもとうとう春が来たのかと」

「うるせえ」

数少ない本音を話せる親友には、幸せであってほしいと思っている。

（侯爵夫人のことだ。ノルベルトが唯一執着する女だと知れば絶対に逃すはずないが……）

万が一にも振られたなんてことがあれば、王太子として助力するつもりだった。

だがそれは杞憂《きゆう》だったようだ。

◆　◆　◆

「レジーナ嬢」

侍女とお喋《しゃべ》りしながら屋敷の庭園を歩いていた背中に声を掛けると、振り返ったレジーナが目を見張る。

「お、王太子殿下……！」

「婚約記念の夜会以来かな」

「はいっ。ご無沙汰しております……！」

慌《あわ》ててドレスの裾《すそ》を持って挨拶するレジーナに、ジークハルトは小さく笑う。

「あ……ノルベルト様でしたら、おそらく執務室の方にいらっしゃるかと……」

「ああ、ノルベルトは忙しいみたいだからレジーナ嬢に相手をしてほしいと思って」

「私にですか……!?」

レジーナは困惑したように隣にいたセレナをちらと見やる。

「庭園を案内してほしいのだが」

「あ……は、はい。私でよろしければ……」

ジークハルトが腕を差し出すと、レジーナはおずおずと手を絡める。強張《こわば》った顔から緊張が伝わってきて、思わず笑いそうになった。

「改めて、婚約おめでとう」

「ありがとうございます……」

「親友がようやく結婚できそうで嬉《うれ》しいよ」

「……いえ。ノルベルト様でしたら……私などよりももっと素敵な女性と結婚できたはずです」

「それはどうかな……」

「……私はたまただったのです」

そう言ってレジーナは微笑みながら、庭園に咲き誇る花々に目を向ける。

「男性しか受け入れられなかったノルベルト様ですが、同性同士では結婚はできませんから。けれど、たまたま女性でも受け入れられたのが私だっただけで……」

「……ん？」

ジークハルトはレジーナの言葉に違和感を覚える。

「その……、ノルベルトの恋愛対象が……何だって？」

「男性……ですよね？」

ジークハルトは思わず吹き出しそうになり手で口元を覆《おお》ってレジーナから顔を背《そむ》ける。背中をぷるぷると震わせるジークハルトに、レジーナは心配そうに「殿下……？」と声をかける。

「どうして……そう思うんだい？」

「……女性には興味がないと風の噂《うわさ》で聞いておりましたし……、直接ノルベルト様に確認した時も煮え切らない返事をされておりましたから……」

（それは、業務に追われ疲れて帰宅すると、毎日のように寝室に知らない女がいて襲われかけて女嫌いになっただけであって……）

事情を知っているジークハルトには、ノルベルトが何を考えているのか理解できる気がした。

(男が好きだと言うとレジーナ嬢のことを本気で愛していないと思われるかもしれない。だが女が好きだと言えば、まるで他の女も眼中にあるとレジーナ嬢に勘違いされそうだから濁《にご》したのか……)

ジークハルトはちらとレジーナを見やる。

「……だが、ノルベルトはレジーナ嬢のことを本気で……」

「ふふっ。もちろんそれは伝わっております。ノルベルト様の気持ちを今更疑ったりはしません。それに、女性の中では私が一番ですから」

惰性《だせい》で結婚しただなんて思われていたとしたら親友があまりにも哀れだから助けようかと思ったが、ジークハルトが思っていたよりもずっと、レジーナはノルベルトのことを想っているようだ。

その顔はやけに嬉しそうで、少し照れくさそうに微笑んでいた。

(だが女性の中ではというより、この世界の中での一番なのでは……?)

その時だった。

バンっと上から激しい音がして思わず二人は顔を上げた。

「レジーナから離れろ！」

上階の窓から身を乗り出して怒声を上げたノルベルトは、そのまま飛び降りようと窓枠に足を乗せる。

「つや……！」

「お坊ちゃま！　ここは三階ですぞ!!」

「うるさい！　腕を離せ!!」

どうにかサイモンが羽交い締めにするも、今にもノルベルトが落ちてきそうでレジーナは恐怖のあまり両手で口を覆った。

「ノルベルト様！　中の階段を使ってください！」

ひやひやしながらレジーナがそう叫ぶと、ぴたりと動きを止めたノルベルトが窓から走り去っていく。サイモンと目が合い、二人はほっと胸を撫《な》で下ろした。

「……怖いものなしだな」

「……あ、……申し訳ございません」

「いいや、レジーナ嬢が謝ることじゃない。それよりあいつは本当に嫉妬深いな」

「……昔からそうなのですか？」

「……いや、」

視野は狭くないし多方面に関心を持つ奴《やつ》ではあったが、頓着《とんちゃく》はしないし人にここまで興味を持ったことはなかった。ましてや、独占欲など見せられたのは初めてのことだ。

（…彼女が夜会で他の男と腕を組んでいるのをずっと見ていたから、嫉妬深くなってしまったのか……？）

「……？」

じっと見つめていると、レジーナはきょとんとしている。庭園の向こうが騒がしくなってきたのを感じて、ジークハルトはレジーナの肩に腕を回した。

「つえ、あ、あの……！」

「っし、静かに……」

前屈《まえかが》みになったジークハルトに肩を引き寄せられ、レジーナが戸惑《とまど》っていた時だった。

「おーまーえー！！！」

背後からノルベルトの怒鳴り声が聞こえてきてレジーナが身構えると、ジークハルトは一瞬にして彼女から離れる。

そしてジークハルトに向けられたノルベルトの拳《こぶし》を爽やかな笑顔で受け止めた。

「っノルベルト様!!」

王太子に拳を向けるなどという処刑されかねない事態に、レジーナは顔を真っ青にしてノルベルトの腕を引いて止めようとする。

「いけませんノルベルト様!!」

「お前今レジーナに何してたんだ!!」

まるで裏稼業《うらかぎょう》の人のように物凄《ものすご》い剣幕で怒鳴り散らすので、レジーナだけでなく遠巻きに眺めていた使用人たちも怯《おび》えている。

「何してたんだって聞いてんだよ!!」

けれど当のジークハルトはシレっとして、口元には笑みすら浮かべている。

「……お前がどれだけレジーナ嬢が好きなのか、知りたかっただけだよ」

「大好きに決まってんだろうがクソ野郎」

不意打ちの大好きにレジーナの頰《ほお》がぽっと赤く染まり、ジークハルトは「ははっ！」と軽やかに笑う。ノルベルトはばっと振り返ると両腕でレジーナを抱きしめた。

「っあ……」

「大丈夫か？」

嫉妬に駆られて無理矢理かと思いきや、レジーナが顔を上げられるほど優しい抱きしめ方だった。

ノルベルトが複雑な顔をして周囲に聞こえないような声で囁《ささや》く。

「婚約発表した夜会でも、あのクソ野郎に……無理に酷《ひど》いことされそうになっただろ」

「……心配してくださっていたのですか？」

レジーナは驚いたような顔をして、次に嬉しそうに微笑んだ。

「ありがとうございます。言われるまで忘れていましたよ」

「……無理してないか？」

「大丈夫です」

婚約発表をした夜会でレジーナが某元婚約者に襲われかけたことを思い出して、あの時と同じように恐怖に怯えていないか心配だったようだ。

（意外に紳士的な一面もあるんだな……）

婚約者を労《いたわ》る親友の初めて見る一面に驚愕《きょうがく》していると、優しい表情が一転してぎろりと鋭い目を向けられた。

「二度とレジーナに触るなよ」

「っノルベルト様、私は大丈夫ですからっ……。殿下にそのような不遜《ふそん》な態度はおやめくださいっ」

レジーナに言われてノルベルトも渋々引き下がる。

（……他人の言うことなんて絶対聞かない奴なのに……。まるで猛獣使いだな）

感心していると、コツコツとヒールの音が近付いてくる。

「王太子殿下にご挨拶申し上げます」

「……侯爵夫人。久方ぶりです」

騒ぎを聞いて執務室から出てきたのか簡素な服装のドルアは、共に出てきたサイモンにお茶の準備を指示していく。

「立ち話も何ですからお茶でもいかがでしょう。今朝《けさ》南方から届いたハイビスカスティーをご用意いたします」

「ほう……興味深いですね」

ドルアの案内でジークハルトも歩き出す。

「もう帰ったらどうだ？　どうせ茶化しに来ただけだろ」

「ノルベルト、口を慎《つつし》め」

「はは、せっかくの侯爵夫人のご好意を無下にするわけにはいかないからな」

不満そうにしていたノルベルトは、後に続こうとしたレジーナの手を取って引き留める。

「……ノルベルト様？」

「……俺たちはここで失礼する」

ドルアはちらと横目に見ると、ふっと余裕そうに笑った。

「じゃあお前はどこへでも行ったらいい。レジーナ、こちらにおいで」

「はいっ……！」

義理の母に呼ばれたレジーナが咄嗟《とっさ》に二人の後を追う。その手を繋《つな》いで離さなかったノルベルトも結局引《ひ》き摺《ず》られるようにティーサロンに向かって嫌々歩き出した。

◆　◆　◆

「……酸味が強いですね。刺激的な味だ」

「砂糖を入れると緩和されますよ。はい、レジーナ」

「ありがとうございます」

ジークハルトは紅茶の香りと味を楽しみ、ドルアはレジーナの紅茶に角砂糖を入れていく。

「ノルベルト様もお入れしますか？」

「…………いい」

そしてノルベルトはというと不機嫌そうに腿《もも》に片足を乗せ、肘《ひじ》をついて遠くを眺めていた。

「態度が悪いぞ、殿下の御前だ」

「…………はあー……」

「……ノルベルト様……」

いくら幼馴染《おさななじ》みとはいえ不敬だと言われるのではないかと、レジーナはノルベルトとジークハルトの顔を交互に見つめてハラハラしていた。

「レジーナ嬢はお優しいのですね」

「いえ、そんな……」

「名前で呼ぶな」

ノルベルトに突っ込まれてもジークハルトは平然としている。

「侯爵夫人も彼女のような気遣いのできるご令嬢がノルベルトの夫人となってくれて心強いことでしょう」

「それはもう。今となってはもうレジーナがいなくなることなど考えられません」

「婚姻まであと二ヶ月でしたか。待ち遠しいですね」

「レジーナに逃げられる前に正式に結ばれてほしいものです」

「一方通行みたいに言うな、ちゃんと両想いだ」

まるでノルベルトだけが片想いしているかのように話を進めるドルアとジークハルトに、ノルベルトは忘れるなよと釘《くぎ》を刺すように付け加える。

「でも重さが違うだろう？　なんたってノルベルトは夜会でもずっとレジーナ嬢のことを――」

――ガタッ。

ジークハルトの思わぬ告白に唐突に立ち上がったノルベルトを、レジーナは不安げに見上げる。

「ノルベルト様……？」

「………いや……」

レジーナのその顔を見て、ノルベルトは申し訳なさそうに腰を下ろす。

その様子を見ながらドルアはにやにやと笑い、ジークハルトも楽しげに微笑んでいた。

その時、扉の外からセレナが声をかけてきた。

「失礼いたします。レジーナ様、ドレスの採寸を担当する者が到着いたしました」

「あ……遅れると伝えてちょうだい」

「……いや、来てもらったのに待たせるのは悪い」

ノルベルトは素早く立ち上がるとレジーナの手を取る。

「俺も後で様子を見に行く」

「ですが……殿下もいらっしゃいますから……」

「構わなくていいよ。連絡もせずに来てしまったからね」

「……お気遣いいただきありがとうございます。では失礼させていただきます」

まだ気掛かりな様子だったが、レジーナはセレナと共にその場を立ち去っていく。ノルベルトは安堵《あんど》したように息を吐いてどすっと椅子に腰掛けた。

「……彼女に言ってないのか」

「言う必要ないだろ」

「そんなに長い期間レジーナの尻を追っかけ回していたのか」

「追ってはいない。見ていただけだ」

反論しようとしたが反論にならず、ノルベルトはこの状況を楽しむドルアの顔から視線を逸《そ》らす。

「なに、しつこく東部まで追いかけて執念で見つけ出したのはバレてるんだ。今更実はずっとストーカーしてましたなんて知られたところで、懐《ふところ》の広いあの子なら受け入れてくれるさ」

「だからストーカーまではしてないっつってんだろ」

嫌気がさしたように溜息《ためいき》を吐《つ》いたノルベルトはおもむろに立ち上がる。

「……嫉妬に駆られたノルベルト、面白かったけどな」

「そのお話ぜひお聞かせください」

「やめろお前ら」

この状況を楽しむドルアとジークハルトの二人にノルベルトは額に青筋を浮かべる。

「私からレジーナに話しておこうか」

「絶、対、言うな」

ノルベルトは絶対を強調してそう言い残し、苛立《いらだ》ったようにどすどすと足音を立てて去っていった。

「ふっ。今更知られたところで……」

「レジーナ嬢にだけは、ストーカーじみたことをしていたなんて知られたくないのでしょう」

「……本当にストーカーしていたのですか？」

「夜会ではほとんどずっと目で追っていましたよ。元婚約者の方と遠ざかれば追いかけて、会話を盗み聞こうとまでしていましたね。聞こえなくて今のように苛立っていましたが」

「ギリギリアウトだな……」

(そういえば、ノルベルトの恋愛対象が男だという誤解を解くのを失念していたな……)

まあ、下手《へた》に女好きと思われるよりはいいか。そう思いながら、ジークハルトは甘酸っぱいハイビスカスティーに口を付けた。

あとがき

この度は『お金に困って期間限定で侯爵令息《こうしやくれいそく》の夜の相手をすることになりましたが』をお手に取っていただきありがとうございます。

作者の水のすみれと申します。

あとがきを書くにあたって本作品を書いていた頃のことを思い起こしてみると、いろいろなことが蘇《よみがえ》ってきました。

まずはノルベルトの口の悪さに関してです。これ、当然作者は好んで描いているので気に入っているのですが、ムーンライトノベルズの異世界恋愛ものでは特に口調が丁寧《ていねい》な貴族男性が多いと感じていて、念のため注意書きを入れるべきか迷った箇所でもありました。ですが存外これがよかったと感想で仰《おつしや》ってくださる方もいて、そうですよね、当店お気に入りの子です！　なんて思いながらニヤニヤしていました。

またムーンライトノベルズでは毎日連投する方が多い中、作者は未完結のまま待ちきれず投稿を始めてしまい、途中で投稿期間が空いてしまったのですが、これに関しても肯定的な意見をいただき、励ましてくださった当時の読者の皆さまには本当に感謝しています。

実は投稿を始めた頃は未完結だったこともあり、あまり閲覧数《えつらんすう》が少ないようであれば未完のままフェードアウトすることも考えていたので、多くの方に読んでいただいてありがたい気持ちでいっぱいでしたし、ノルベルトとレジーナにキュンとしていただいたことがすごく嬉《うれ》しかったです。

またムーンライトノベルズの他作品だとギャグ要素が多いものもある中、本作品ではそういった要素が少ないけれど、初々《ういうい》しく甘酸《あまず》っぱいピュアな恋愛を描きました（終始エッチだったと思ったそこの方、もちろん体の面は除きます。心の面です）。その初々しさにもキュンとしたという感想を多くいただき、これまたニヤニヤしてしまいました。

ちなみに作者の一番のお気に入りシーンは七日目（最終日）のダンスシーンです。

元婚約者の家門で花嫁修業時にダンスに関しても指導を受けていたレジーナは、当時散々な言われようで自信がなく、当然好きな相手と踊ることも気が引けていました。間違わないよう、ノルベルトの足を踏まないよう、慎重になるあまりにたどたどしくなってしまったレジーナを見て、ノルベルトは吹き出してしまうのですが、揶揄《からか》われたレジーナはいつしか肩の力が抜けて、足元を見なくても自然と踊れるようになっています。

音楽も灯《あか》りもないのに、叱られるあまり義務のように思えて苦手になったダンスを、レジーナはこのとき初めて楽しいと感じるのです。

……いやあ。ノルベルトのなせる業《わざ》ですよね。

淑女《しゅくじょ》らしさを意識するあまり自信を失い、自分自身をも見失っていたレジーナが、ノルベルトと出会ってから徐々に本来の自分らしさを取り戻していく。やっぱりレジーナにはノルベルトしかいないいな、と思ってしまいますね。

レジーナはそんなノルベルトのことを、きっと自分以外の令嬢とも一度打ち解けてしまえば夫婦としてやっていけてしまうのだろうな、なんて思っています。適応力もあり、他人に女性らしさとか男性らしさを求めないですからね。レジーナはノルベルトを人として尊敬していますし、憧《あこが》れみたいな気持ちもあるでしょう。単純な好き好きでない分、新婚時代はノルベルトの方が嫉妬《しっと》深いですが、年を重ねて落ち着いてくるとレジーナの方が嫉妬すると思います。多分。年を重ねても内面まで魅力的な（だと思っている）夫が、仕事とはいえ異国のミステリアスな美女なんかと会食をした日には、悶々《もんもん》としながら帰りを待っているかもしれません。レジーナの不安なんてつゆ知らず、ノルベルトは嫉妬されたことに喜んでいそうですが。

話が逸《そ》れてしまいましたが、思い返せばここでは伝えきれないくらい、読者の皆さまとの思い出や本作品に対する思いが蘇ってきて、そのくらいたくさんの方に支えられて作り上げた作品だと思っています。

最後にはなりますが、今回本作品を手に取ってくださった皆さま、ムーンライトノベルズの方で最後までお読みいただいた読者の皆さま、そして書籍化にあたって担当していただいた担当者さま、イラストを担当していただいた八美《はちぴす》☆わんさま、その他関係者の皆さま方、本当にありがとうございました！

水のすみれ

eロマンス ロイヤル

本書は「ムーンライトノベルズ」(https://mnlt.syosetu.com/top/top/)に
掲載していたものを加筆・改稿したものです。
この作品はフィクションです。実在の人物・団体・事件などにはいっさい関係ありません。

●ファンレターの宛先
〒102-8177　東京都千代田区富士見 2-13-3　eロマンスロイヤル編集部

お金《かね》に困《こま》って期《き》間《かん》限《げん》定《てい》で侯《こう》爵《しやく》令《れい》息《そく》の夜《よる》の相《あい》手《て》をすることになりましたが

著／水《みず》のすみれ

イラスト／八《はち》美《び》☆《す》わん

2024年6月30日　初刷発行

発行者　山下直久
発行　株式会社KADOKAWA
〒102-8177　東京都千代田区富士見2-13-3
(ナビダイヤル) 0570-002-301
デザイン　AFTERGLOW
印刷・製本　TOPPAN株式会社

●お問い合わせ
https://www.kadokawa.co.jp/ (「お問い合わせ」へお進みください)
※内容によっては、お答えできない場合があります。
※サポートは日本国内のみとさせていただきます。
※Japanese text only

ISBN978-4-04-737998-5　C0093　©Mizuno Sumire 2024　Printed in Japan
定価はカバーに表示してあります。